文学鲁军新锐文丛

王韵卷

匍 匐

散文集

山东省作家协会 编

山东文艺出版社

图书在版编目（CIP）数据

匍匐 / 王韵著 .—济南：山东文艺出版社，2021.1
（文学鲁军新锐文丛）
ISBN 978-7-5329-6103-0

Ⅰ.①匍… Ⅱ.①王… Ⅲ.①散文集—中国—当代 Ⅳ.①I267

中国版本图书馆 CIP 数据核字 (2020) 第 041849 号

匍 匐
PUFU
王韵卷

山东省作家协会　编

主管单位	山东出版传媒股份有限公司
出版发行	山东文艺出版社
社　　址	山东省济南市英雄山路 189 号
邮　　编	250002
网　　址	www.sdwypress.com
读者服务	0531-82098776（总编室）
	0531-82098775（市场营销部）
电子邮箱	sdwy@sdpress.com.cn
印　　刷	山东德州新华印务有限责任公司
开　　本	680 毫米 × 1000 毫米　　1/16
印　　张	14.75　　插页 /2
字　　数	232 千
版　　次	2021 年 1 月第 1 版
印　　次	2021 年 1 月第 1 次印刷
书　　号	ISBN 978-7-5329-6103-0
定　　价	48.00 元

版权专有，侵权必究。如有图书质量问题，请与出版社联系调换。

《文学鲁军新锐文丛》
（第四辑）
编辑委员会

主　　　任：王红勇
常务副主任：程守田　姬德君　黄发有
副 主 任：李　军　葛长伟　陈文东　李运才
委　　　员：王　伟　刘玉栋　王方晨　铁　流
　　　　　　孙书文　张海珊　张　继　东　紫
　　　　　　王秀梅　张晓楠

目 录

第一辑：心灵笔记   001

生育记   002
保险记   008
工程记   013
工地记   017
生病记   021
医保记   028
社保记   034
低飞   039
猫事   045
生命的另一种体验   053

第二辑：清欢洗尘   061

寂静的美神   062
木语者   067
拒绝与亲和   072
在路上   075
大地农事   081

岁月的痕迹	085
永不回头的背影	088
淡淡妆	092
初恋，没有约会	095
尘埃里的花	099
绽放如菊	103
炊烟里的童年	105
阳台春色	108
腹有诗书气自华	111
母亲的歌	114
父亲的笑容	119
感受孤独	124

第三辑：纸上还乡　　127

仰天之光	128
蒲松龄故居漫笔	131
海的深情	134
黑松林的记忆	139
仙境海岸	141
牟氏庄园	146
印象清水	149
风从海上来	152
白云生处有人家	158
竹海烟雨	161
秋游虎头崖	163
一座城与一座山	166

第四辑：伊岸秋水　　169

| 砧板上的美人鱼（外三篇） | 170 |

一代文宗作女师	176
1938年，那朵自由之花	182
哲理与谬思	188
梦里无言自清欢	192
青鸟殷勤为探看	195
半缘修道半缘君	199
浓抹山川写性灵	203
文字的天空	206
文学正道是沧桑	209
扇上桃花	212
编辑说明	224

第一辑
心灵笔记

生 育 记

  我们的童年,没有现在的孩子们这么丰富多彩的娱乐活动。那时候,孩子们玩得最多的,就是踢毽子、捉迷藏、丢手绢、老鹰抓小鸡、过家家等游戏。我们这些文静的女孩子都喜欢玩过家家,扮演小妻子、小母亲的角色,手里揽着金发碧眼的布娃娃,轻柔地哼着妈妈唱给我们的儿歌,温柔地哄着怀里的布娃娃入睡。那是潜意识中母性情怀的最初萌发。

  我所在的城市是北方沿海的一个县级市,毕业后我顺利进入开发区一家市政建设公司上班,然后经人介绍结婚。结婚半年后,有段时间我对气味特别敏感,时不时恶心呕吐,一直以为是肠胃问题,没有太在意,直到一位同事大姐善意提醒,才意识到应去医院检查一下,结果真的是怀孕了。看到B超单上那个十字架似的"+"号,在期盼之中,又有点不敢相信。一个新生命的诞生竟然是如此神秘而又奇妙,如此猝不及防而又天造地设,我甚至完全没有做好足够的心理准备,他(她)就一天一天地向我走来。我要当妈妈了!

  母亲已去世,婆婆远在上海大姑姐家,没有一点育儿经验的我,满心欢喜又惶恐紧张地准备着迎接这个新生命。从检查出怀孕的第一天开始,我就郑重地买来一个崭新的笔记本,开始写《宝宝日记》,记载下这个新生命成长的点滴历程,打算长大后与他(她)一起分享和回味。此刻我的身体是迷人的仙境，绿野河流，鸟语花香，簇拥着渐渐长大的生命。刹那间，我儿时那种怀抱布娃娃玩过家家的小母亲情怀被唤醒了。尤其对于已经失去母亲的我来说，孩子更有着不同寻常的意义，他（她）将是我创造的生命，也许有着我母亲家族的隐性基因，神奇地连接着我与他（她）生命的金丝带。一想到自己要做妈妈了，我的生活习惯改变了许多，不再挑食，也不再娇气和任性。一向爱美的我，脱下高跟鞋，摘下隐形眼镜，不施脂粉，素面朝天，开始主动锻炼身体，眼角眉梢洋溢着即将为人母的柔情和恬淡。

那时的我一味沉浸在创造新生命的狂喜和兴奋中，没想到过对于一个女人来说再平常不过的生育，会在我日后的漫长生活中投下怎样的阴影。由于单位效益不好，已经半年没发工资了，检查费和生产费都不报销。他在我们租住房六十里地外的乡镇上班，每天骑摩托车早出晚归，到家已是八九点了，我天天提心吊胆地听着摩托车的声音，直到听见门响的声音才彻底放心。怀孕后期，为了方便去市里医院检查，我退掉了单位附近的租住房，搬回市区娘家的楼房，跟娘家哥哥嫂子住在一起。我每天骑自行车十几里路去单位上班，单位没有食堂和宿舍，中午到外边的小吃摊上买个烧饼或者包子当午餐，就这样一直坚持到孩子出生。

10月22日，离预产期还有半个月，大夫检查说因为母体营养不良，孩子胎盘钙化，可能要早产，让做好提前生产的准备。听了大夫的话，慌乱中的我赶紧办理了产假手续。当天来到他所在单位的宿舍住了下来，希望在生产时一家三口能够在一起，不用再每晚坐卧不安地听着摩托车的声音，担惊受怕。那晚八点半，整个下午都在他宿舍忙着洗衣服打扫卫生的我，觉得疲惫要洗漱休息了，突然感觉身下有水一样的东西流了出来，想起怀孕时曾问过姐姐临产前兆，知道现在这可能是羊水破了，马上要到医院待产。去市里医院来不及了，赶紧赶到他单位所在地的一家大型企业医院。大夫们都下班了，在医院工作的表姐和值班护士过来看了看，说不要紧，明早一上班大夫会过来接生。

整整一夜，我躺在空荡荡的病房无法入睡，一直恶心呕吐、腹泻绞痛。终于挨到第二天早晨，表姐陪着妇产科大夫过来了，看见一夜未眠、被疼痛和呕吐腹泻折磨得奄奄一息的我，表姐说这个样子没有力气生产，必须喝点小米粥才能支撑体力。为了顺利产下宝宝，我勉强喝下了表姐为我熬的小米粥。我的体内涌起一波又一波的阵痛，好像有一只坚硬的勺子在搅动五脏六腑,从腹部向下辐射撕扯。我全身被汗水浸透了,疼得说不出话来,眼泪流干了,嗓子根本发不出声音。我实在无法忍受这折磨了,费尽力气嚅动嘴唇,请求大夫做剖宫产手术。大夫摸摸我的腹部,说孩子很小,我剧痛了一夜,宫口已经开了,再坚持一下,孩子就可以顺产。听说顺产对孩子以后发育有利,我豁出去了,决定自己生,嘴唇疼得咬出了血,连哭喊的力气都没有了。此时已是上午七点五十,距离头天晚上破羊水快十二个钟头了。"宫口已经大开了,使劲,使劲,坚持住!"配合大夫的要求,我一点一点地攒足全身力气,只想让孩子顺利健康地生下来。

这时,四下突然一片沉寂,被疼痛折磨得意识模糊的我,恍惚中听到大夫跟身旁的助产士小声说话:"胎位不正,孩子脚先出来了,赶紧准备采取措施!"我一下清醒过来,意识到自己不幸遭遇了难产。孩子的脚先出来,如果生产不顺,就会被脐带缠住脖子,有生命危险,母亲也会面临大出血,甚至可能失血而死。这样的情况,我在怀孕时听人说过,只是没想到噩运竟然降临到我的头上。

我的大脑瞬间空白如洗,旋即想到九个月怀孕的辛苦、对孩子的期盼,想到自己早逝的母亲。孩子尚未来到这个世间睁开眼睛看上一眼,不能让他(她)就这么一路穿过黑暗离去,宁可付出我的生命,也要把孩子生下来。这时候,时间就是生命,每延迟一秒钟,就意味着孩子多一分危险。我突然生出了力气,起初像抽丝,越聚越强大。我对大夫说,我要孩子,要把孩子生出来。那一刻,没有了疼痛和恐惧,让孩子顺利出生的念头支配着我,身体立刻像充了电一样,全身的力量陡然爆发了。母爱的力量就这样战胜了危险,我的孩子终于顺利出生了,是个女儿,包着毯子只有五斤重。是女儿的瘦弱娇小拯救了她,也挽救了我。我全身瘫软,无力张口道谢。我与女儿终于一起渡过了难关,这是我们母女俩第一次联手打败面目狰狞的噩运!可能是孩子太小又早产的缘故,她出生并没有像小说中描写的那样呱呱坠地。大夫告诉我孩子出生的消息,我犹如卸去了千斤重担,人一下子瘫软下来。这时想起没有听到孩子的哭声,正要问,突然听到一声小猫叫一样微弱的嘤嘤哭泣,然后是大夫如释重负的声音:"孩子生下来没哭,怕嘴里被羊水堵住,倒提着拍打了屁股一下,这会儿没事了。"

我紧张的心立刻放松下来。大夫把孩子抱到我面前,孩子像一只小猫咪一样大小,长着略微发黄的卷曲的头发,脚后跟只有成人的大拇指肚那么大。看着躺在我身旁紧紧闭着眼睛的小小的她,想到刚才孩子被大夫倒提着轻轻拍打的情形,我的心针扎一样疼了起来,泪水模糊了双眼。这时我才想到,如果孩子遭遇了危险,我将如何面对。而假如我失去了生命,我的女儿又将怎样在这个世上艰难地生存下来。我已经失去了母亲,不能让我的孩子一生下来就没了母爱。从今往后,我不再是我自己的了,我是一个孩子的母亲,我要好好活着,守望着她长大,不能让她像我一样,失去母亲,孤苦伶仃。

没有娘家母亲,我是在婆婆家坐的月子。孩子满月已经是寒冬了,他接我们从婆婆家回到娘家的楼房。

他依旧早起晚归骑摩托车去六十里外的单位上班,冬天天冷,经常两三天才回来一次。我一个人照看孩子,买菜、做饭、倒垃圾、洗衣服、换洗尿布、打扫卫生。常常是把孩子哄睡,手忙脚乱地去洗尿布、拖地、做饭,饭菜刚刚做好,还没来得及吃,就听到孩子微弱的哭声,赶紧放下碗筷过去照看孩子,换尿布、喂奶。等忙完回来,饭菜已经凉透了。一次我正在洗衣服,听到孩子的哭喊声,马上跑进房间看,床上已经找不到孩子了,循着凄厉的哭声,看到我小小的女儿翻身掉到了床下,跌进了床头旁的拖鞋里面。孩子太小了,一只拖鞋就能把她藏起来。我是多么希望可以好好地陪陪我的孩子啊。我把女儿抱起来,眼泪不由自主地哗哗流了下来,心疼我的孩子,也更加思念我的母亲。

没妈的孩子是根草,为了我的女儿不再像她的妈妈一样仓皇无助,我要好好活着,照顾好我的女儿。他不能天天回来,我要自己出去买菜、倒垃圾,不敢把孩子一个人放在家里,怕她醒来找不到妈妈哭喊,更担心她的安全,只能把女儿包裹得紧紧的,抱着孩子冒着寒风去倒垃圾,然后到周围的市场买菜。出门时得一手拎着垃圾袋,一手抱着孩子、拿着钱包,回来时两只手紧紧抱着孩子,胳膊上挎着菜篮子。就这样,孩子过百天时,哺乳和一个人照看孩子的劳累,又使我恢复了少女时的苗条和轻盈。

那时候还没有集中供暖,孩子太小,也不敢用电褥子。我住在背阴的北间,哥哥嫂子住在向阳的卧室,我只有白天抱着女儿,穿过哥哥嫂子的卧室,到阳台晒太阳。晚上我就紧紧抱着女儿,用自己的体温温暖她。屋里太冷了,阳光照耀不到的房间弥漫着寒气和阴气。女儿常常半夜冻醒,然后一夜夜啼哭,我只有一次次艰难地爬起来,给她喂奶,为她换干净的尿布，抱着她轻轻哼唱。直到她安安静静睡着了，我才能稍微躺下休息一会儿。我一夜夜反复起来又躺下，累得腰直不起来，只好挂着胳膊，托举孩子跪爬起来。从那以后就留下了痼疾，不敢弯腰，甚至每次洗头腰都像断了一样，许久直不起来。

　　以前对房子没什么要求，但是经历了这个没有阳光的漫漫长冬，我有了买房的迫切愿望。我准备休完产假回单位上班，努力赚钱买房子，只为了可以让我的孩子每天见到阳光。可是没想到，就在我休产假期间，单位改制了，原来的国企摇身一变成了私企。新老板是一个干工程发了财的"包工头"，趁着改制之机，以极低廉的价格买下了我们的企业。新老板没有任何口头或书面通知，单方面与尚在产假期间的我解除了劳动合同。为了生孩子后能多休几天产假，我一直坚持工作到临产，以致营养不良，胎盘钙化，孩子早产，却没想到我的产假成了职业生涯的无限期长假，我被永远抛离了自己的岗位，再也回不到原来的轨道。一夜之间，我由一名国企员工沦落为下岗职工，几代人依赖的企业转眼之间倒手成为个人资本。先是没了母亲，然后失去了工作，命运无情地抽掉了我所有的支撑，我成了一个没有身份的人。在我孱弱单薄的身体上，生育和工作居然成了一对不可调和的矛盾体。如果我不生育，也许还不会下岗，可是作为一个女人、一个母亲，还有什么比自己孩子的诞生更重要呢？生育让我失去了工作，失去了赖以生存的保障，可作为母亲的我有什么过错，非要接受这灭顶似的惩罚呢？过去我心中充满梦想，是因为有个单位在，现在没了单位，被汹涌的浪头推向了社会，我万念俱灰，真的觉得什么都没有了。

　　天渐渐地暖和了，我开始每天骑自行车带着孩子出去，到处看租房广告和招工启事。我想为孩子租一间有阳光的屋子，一间足够；想找一份工作维持生活，不求体面，只要有解决温饱的收入就行。我常会骑着车就忍不住发呆恍惚，没了工作，没有房子，没了母亲，没有温暖的娘家，我像一棵野草在风中飘摇，不知道自己要往哪里去，能往哪里走。女儿能感觉到我情绪的变化，坐在自行车的宝宝椅上，从后面伸出小手抱住我的腰，柔软的身体紧紧贴在我的身上，用稚嫩的嗓音唱起了儿歌："大公鸡，喔喔喔，早早起来笑话我。笑我不劳动，笑我不干活。"听着她故意变调的儿歌，我忍不住笑了，女儿也开心地笑了，从后面更紧地抱住了我。有时候我被生活的履带碾压得没了兴致，麻木迟钝的心全然忘记了领受女儿小小的心意，没有一丝反应，女儿就会在后面奶声奶气地说："宝宝办法不好用了，妈妈不高兴了。"听到女儿这么说，我的内心百感交集，女儿小小年纪就这么有心，这么在意妈妈，让我感到既温暖又心疼。常常，我会不由自主发呆，偷偷流泪，女儿看到了，总是边伸出小手给我擦眼泪，边把嘴巴贴到我脸上问："是宝宝不乖，妈妈生气了吗？"我忍不住把她搂进怀中。

孩子是无辜的，她是我全部的希望和寄托，是我在最艰难无助时坚持活下来的无法割舍的牵挂。每个女人都希望自己能够生一个聪明健康的宝宝，只是命运跟我开了个天大的玩笑，让我体验了生育与下岗的水深火热。但是我从未埋怨过孩子来得不合时宜，我只是心疼孩子，她生下来就跟着我吃苦受罪，颠沛流离，居无定所，三餐不继。我曾经眼睁睁地看着母亲的背影以倒计时永远离我远去，决绝得就像输液袋中一滴一滴落下来的液体。我无力挽留住母亲，但我能够紧紧地抓住孩子小小的温暖的手，我要亲手把她带大，给予她别人无法给予的母爱，百分之百纯棉似的母爱。如果说这世上永远有一个人真心地依恋着你、真正地需要着你，你也对她永远有割不断抛不开的牵挂，那就是你的孩子。

我不后悔，因为没有生育过孩子的女人是不完整的。

（原载《朔方》2017年第12期，《散文·海外版》2018年第4期转载，入选百花洲文艺出版社《2018年中国散文排行榜》）

保 险 记

相当长的一段时间，在睡梦中，我常被一个飘忽的影子追赶着，慌不择路，误入荆棘丛中，被扎得遍体鳞伤，继续没命地狂奔，失足落入水中，猝然醒了，全身已浸泡在汗水中。我忽然想起了那些跑保险的日子，它们就像奶奶给我讲过的"跑反"经历，生存的压力和艰窘像饥饿的狼群在我身后拼命地追赶着。

休产假成为我告别体制内工作的开始，我从此进入了长时间没有尽头的"休息"。记得有一次回农村老家看望公婆，婆婆看着我怀里的孩子说："早点给孩子断奶吧，出去找份工作，咱们这样的人家，养不起闲人。"瞅着只有七八个月大的孩子，我从内心里不舍得。孩子出生时，因为营养不良早产，面黄肌瘦，幸亏我产后奶水充足。女儿已经出落得白白胖胖，皮肤水嫩，开始咿呀学语了，我怎么舍得断奶呢？即使断了奶，这么大的孩子也要喂奶粉，我们哪有钱给孩子买奶粉呢？况且什么都不如母乳营养价值高。我不舍得给孩子断奶，又不想做一个终日照看孩子的所谓"闲人"，只得每天骑自行车带着孩子流浪在大街小巷，看张贴在电线杆上、墙壁上以及塞在门面房上的租房广告和招工启事。

经过反复对比房租，我们终于选定了一家。这是一座城中村的平房，房东一家三口住四间北屋，东边一间厢房租给了一对从乡下来市里做水果生意的农民。南边说是两间，其实只有不到十平方米，隔成了两段，里面仅容得下一张床、一个简易塑料衣橱，外面放一个煤气罐、一张小桌子。这间房每月房租一百二十元，已经是最便宜的了，我们没有能力租比这个更好的。这间房子最令人满意的是公用卫生间有个太阳能热水器，房东大嫂租房时答应我们可以共用淋浴。虽然一个小院住了八口人，不可能天天有机会洗澡，但是能隔三岔五洗一次已经非常幸福了。

接下来我又开始到处应聘找工作，可是每次应聘，对方看看后面宝宝椅上的孩子，问了问能否脱身坐班，听我说不能后，便皱皱眉找个理由拒绝了。是啊，谁会犯傻招聘一个每天带着孩子上班的员工呢？别人生了孩子，夫妻双方的老人像抢宝贝一样抢着带孩子，而我却要带着孩子找工作，委屈与无助由心底冲上喉咙，欲语还休，哽咽不已。奔波到初秋，我的一个同学说，你可以去保险公司做保险代理人，这份工作不需要坐班，没有时间限制，不耽误照看孩子，而且转合同后可以缴纳社会保险。我别无选择，抱着可以签合同缴纳社保的希望，去一家寿险公司做了一名保险代理人。

当时中国刚刚开始开拓保险市场，很多人——包括我在内——根本不清楚保险工作是做什么的。我先是参加培训，每天带着孩子，保险公司管理人员倒也没什么异议。随后进行推销工作，就是通常所谓的跑保险。保险公司每天早上要按时开晨会，我早早起来，给睡眼惺忪的孩子穿上衣服，带孩子去开晨会。在孩子心里，妈妈是她唯一的依靠，只要能跟妈妈在一起，去哪儿都开心快乐。天渐渐冷了，孩子早上起床越来越困难。租住的小平房阴冷潮湿，墙皮斑驳脱落，布满一片片霉斑，像苔藓一样。

那个冬天我得了哮喘，晚上喘不过气，咳嗽不止。有一天晚上，强烈的窒息压迫得我坐了一夜，不敢躺下。实在坚持不住了，他送我去医院，怀里还抱着刚刚睡着的孩子。本想打个消炎针就赶紧回来，可是去了一检查，患了急性肺炎，大夫要求马上办理住院手续。孩子还在哺乳期，每月仅靠他一个人的工资勉强维持，又没有医保，哪里有钱住院呢？我跟大夫商量，想打几天消炎针，开点药回去自己治。大夫看了看我，摇摇头，答一定要打点滴，孩子也要马上隔离。我连夜回老家，把孩子送给婆婆照顾。

也许上苍不忍心再这样无休止地折磨我，我并没有住院，坚持打针、吃药，咳嗽症状减轻了，晚上也能喘过气躺下睡着了。这于我已经是极大的满足，省了一笔住院的开销，症状也减轻了。当然也不可能去复查，生怕检查出还有病灶。明知无钱医治,与其让人心里徒增压力,不如讳疾忌医,权当没事。从那以后,我便落下了过敏性哮喘的毛病,只要闻到异味,就会咳嗽窒息打喷嚏,憋得喘不过气来。

　　这时候孩子已经一岁了,断了奶,能够自己歪歪扭扭走路了。保险公司没有底薪,工资全靠佣金提成,没有业绩便意味着这个月没有工资。为了每个月都能有一点收入,我每天都要带着孩子出去推销险种。因为性格内向羞怯,我不习惯陌生拜访,只有找自己的亲朋好友和同学同事帮忙。从夏天到冬天,我骑着一辆半新的自行车穿梭在小城的大街小巷,自行车后座的宝宝椅上,绑着一个小小的婴孩。婴孩有时会在车子上睡着,头歪在宝宝椅上,如果不是被绑在上面,不知会掉下去多少次了。有时孩子调皮,想在椅子上站起来,或蹬掉了鞋子,总会有好心的路人提醒我:"你孩子的鞋子掉了!"通常听到声音停下时,车子已经骑出去几米了。我跳下来,慢慢地推着车往后退,不敢支住车子停下,怕万一车子歪倒摔坏了孩子,只好一手扶着自行车把手,弯腰用另一只手捡起掉在地上的鞋子。这时我才敢支好自行车,一只手扶住女儿,另一只手给女儿穿鞋。亲朋看见我带着孩子狼狈上门,大都不好意思拒绝,出于同情,会多少买一份保险,这样我就可以勉强每个月都有业绩,相应地有点微薄的收入。在保险公司如果连续三个月没有业绩,就意味着被淘汰了。那几个月,是一向少言寡语的我说话最多、跑得最勤的日子。签一份单,从开始联系、宣传,到签单、收客户款,再到保险公司交款、给客户送保单,最顺利也要五六个来回。有的人言语间不经意地流露出轻蔑或者不耐烦,原本自尊心极强的我,为了完成任务,能挣到维持一个月的饭钱,只有假装看不见。有时签完单往回走的路上,想想自己的处境,忍不住一路走一路默默流泪。

　　一直记得,我签的第一份单,是跟自己的父亲。

　　下岗了,没了工作,没有住房,甚至没人帮助照看孩子,我成了父亲的一桩心事。当时六十多岁的父亲,先是遭遇老伴去世,紧接着眼睁睁地看着女儿下岗,却爱莫能助。原本一头乌发、走路大步流星的父亲几年间迅速衰老,头发全白,步履蹒跚。为了让我能有份收入,曾经做过法官、刚强正直从不求人的父亲,开始挨个儿给亲友打电话,甚至登门拜访,让他们帮忙签单。父亲开口了,亲友们都表示支持。父亲第一个签单,买了一份养老保险。

保险工作说是不坐班，时间自由，其实工作时间是最长的，根本没有规律，也没有节假日。那年圣诞节，大雪从傍晚开始纷纷扬扬地下，早上起来，窗外一片白茫茫，而我仍然要去开晨会。那时候没有手机，租住的房子也没有电话，而不去参加晨会是要扣佣金的。我看看反射着炫目白光的雪地，担心骑自行车会摔倒跌伤了孩子，再看看躺在被窝里熟睡中的孩子红扑扑的脸蛋，实在不忍心叫醒她，于是想着自己去开会，争取早早回来，或许孩子还没醒呢。保险公司离租住房远，走着来去怕时间长孩子醒了，又不舍得花钱坐公交车，于是我轻轻锁好房门，推上自行车去公司了。雪还在下，自行车轧过雪地发出咯吱咯吱的声音。一路提心吊胆地赶到保险公司，眼睛头发眉毛上挂了厚厚一层积雪。照例是半个小时的晨会，这一次我却感到特别漫长，牵挂着熟睡的女儿，唯恐女儿醒了找不到妈妈。终于等到晨会结束，顾不上拜访客户，我骑上自行车匆匆往家中赶。此时路上行人多了起来，雪地被踩泥泞了，又结了冰。我下来推着走了几步，又怕孩子醒了，耳边总是萦绕着女儿凄厉的哭声，于是赶紧骑上了车子。前头人行道上有一辆出租车突然停了下来，从后面车座上下来两个女孩子，看也不看就推开车门要出来。已经来不及躲避了，我猛一刹车，车子一下子滑倒了，我也摔在了雪地上。两个女孩子看到我突然滑倒，赶紧跑了过来，带着哭腔问："姐姐没事吧？"我缓缓地爬起来，试了试还能走路，心里惦念着家里的女儿，又看看面前两个女孩子，想到了仅仅隔着三两年时光，曾经跟她们一样青涩的自己，心里多了几分怜爱，便对她们说："不要紧，你们走吧。以后一定记住，不能在人行道上停车，更不能不看看周围有没有人就贸然开车门下车，这样会出事故的。"出租车司机这才从车里下来，帮我扶起自行车，然后开车离开了。我勉强骑上车子，满心想着赶紧回家看女儿，这才发现车把歪了，骑上去歪歪扭扭掌握不了方向，只好下来正了正把手，又急忙往家里赶去。

　　终于到家了，刚走到胡同口，就听到女儿撕心裂肺的哭喊声，我的心立刻急速跳动起来。我打开门冲进院子，看见房东大嫂隔着屋门在对女儿说话，一岁多一点的女儿穿着秋衣秋裤，赤着脚，正号啕大哭。她的个子够不到房门钥匙孔，正使劲地用手拍打着门，喊着妈妈要出去，房东大嫂没有房门钥匙，只好站在门外哄。我的眼泪哗哗地流下来了，边哆嗦着从包里掏钥匙开门，边喊着女儿的名字告诉她妈妈回来了。孩子看到妈妈回来，骤然停止了哭喊。这时房东大嫂看到我的嘴角凝结了一块血迹，裤子也撕破了，惊讶地问我怎么了，我这才想起刚才差点被出租车门挂住，刹不住车摔倒，被车把剮到嘴角出血了。大嫂问："没让出租车司机带你去医院检查吗？"我说担心孩子醒来，摔了一下爬起来，感觉没什么事就顾不上了。大嫂说那也该留个司机的电话，或者让交警过来做个记录，万一有什么事怎么办呢？我说当时实在顾不上了，只想赶紧回来看孩子。这时才后怕起来，都说上天是公平的，好人有好报，可是我放司机走了，如果真的有什么后遗症，没有医保更没有钱治疗的我，又该怎样面对？

我一把将女儿紧紧地抱在怀里，不想再有片刻的分离，就这么抱着，永远，紧紧地。屋子冰窖一样寒冷，女儿冻得嘴唇都紫了，光着脚直接踩在水泥地上，脚丫冰凉。我低头亲吻女儿冰冷的小脸，解开衣服把她寒冰一样的小脚裹到怀里，给她焐热。女儿仰头看着我，看见我嘴角的血迹，伸出小手给我擦拭，小嘴巴凑上来，一双纯净的眼睛紧盯着我，嘴里说："妈妈不哭，妈妈不哭。"

可是女儿还是感冒了，当晚发起高烧，小脸通红，呼吸急促，全身发烫，嘴巴像染了颜料一样红得要滴出血来。我抱着她去妇幼保健院打针，看到针头扎进她娇嫩的皮肤，比扎在我身上都疼。如果可以，我多想替女儿生病、打针啊。她太小了，来到这个世界，跟着母亲颠沛流离，吃了太多的苦，受了太多同龄人没有受过的委屈。连续一个星期，每次看到我要抱她出门，孩子就开始声嘶力竭地大哭，还哀求道："妈妈，不要打针，不要打针！"我狠狠心，边哄着女儿说"宝宝好了不打针了不打针了"，边把她绑到自行车后座上，推着车子往医院走。刚下完雪，路上结了厚厚一层冰，我不敢冒险骑上车，怕万一再有什么闪失。还没走到医院大门，女儿就认出来了，立刻挥舞着小手号啕大哭起来，边哭边喊："妈妈坏，妈妈坏，不打针……"

我不敢将孩子独自撇在家里了，从周一到周五，又开始早早把睡梦正酣的女儿叫起来，给困得依然闭着眼睛的她穿衣服，带她去开会，然后奔波着挨家拜访客户。就这样跑了不到一年，亲友圈子都跑遍了，断了资源，没了业绩，在保险公司终于干不下去了。

(原载《朔方》2017 年第 12 期)

工　程　记

2000年春天，我和他听从亲友的建议准备自己创业，投资建一个预制件厂。从来没有开口向人借过钱的我，跑遍了散居在这座小城的所有亲戚家，向他们描绘建预制件厂的美好前景。大概是亲友们看我下岗，身边带着一个孩子，一家三口寄人篱下，都很同情，也希望我们能改变目前状况，尽快从困境中解脱出来。就这样东拼西凑，最多的三万，最少的一千，终于凑够了十万元钱，这是我人生中的第一笔巨债。

我们在市南郊区租了一个废弃的村委会院落，随即退掉了市区的租住房，举家搬进了工地棚屋。制作水泥预制件需要液压设备，我们经过四处考察，发现手头的十万元仅够购买一台设备，而我们已经无处借钱，只好决定自己设计加工液压机。从那年盛夏到初冬，经过几个月的实验，我们自己按照图纸制作了一台液压设备，比购买成品刚好省了一半钱。

随后是自己研发模具。我们通过对石子、沙和水泥反复进行配比试验，尺寸、湿度、硬度和凝固时间等都达到了标准要求，第一块路基石终于制作成功了！我当时实在太激动了，就像新妈妈抱着自己十月怀胎辛苦分娩的婴儿，带着热望与期待。十一月，一家市政建设部门的订单来了，我们组织工人倒班加紧生产。

研制出第一台机器，生产出第一块产品，接到第一笔订单，送出第一批货物，那种喜悦与成功的心情无法言表。然而困难接踵而至，借来的十万元钱虽经精打细算，仍然不够前期投入，手里没有了流动资金。原材料一天进不来，房租、工人工资等就要在等待中白白损失一天。心急如焚的我们多次上门催要货款，却一分钱都收不回来，对方答复说最快也要到春节后了。这意味着我们不但要停产，工人工资年前也发不出去了。这些工人大多是外地来打工的，一年到头在外打工，只盼着春节能够挣钱回家过年团聚，怎么能拖欠他们的工资呢？辛苦一年下来，不但借的钱没还上，到年底又添新债。要不回来货款，唯一的办法只有继续借钱。我想到自己春天踌躇满志，能借到钱的亲友都借遍了，年关将近，却又要出去开口向人借钱。如果说春天借钱还对未来充满信心，张口还没觉得有多困难，那么冬天借钱已经真的没有了勇气和底气。吃苦不怕，怕的是满怀憧憬忙了一年，换来的是连一顿温饱、连过一个安稳的年也成为泡影。

我一页一页地翻着手里的电话本，把有希望借到钱的人一个一个地圈起来，却一次次地拿起电话又放下。但想到年关将至，工人们等着回家过年，又鼓足勇气拿起电话。我首先选择了最好的闺密，也是我原来单位的同事冬梅。她下岗后开了一家美容店，每天忙忙碌碌。每次我有困难，第一个想到的都是她，可是春天借她的钱还没有还，而她正攒钱准备结婚，张口实在太难了。我不错眼珠地盯着电话机，手指缓缓拨着号码，拨到最后一位时，却马上撂了听筒，没有勇气打通。就这样，我手里抱着电话机，犹豫几次，终于拨通了，却不知怎么开口。幸运的是电话无人接听，熬过漫长等待的六十秒，我心里竟有种如释重负的感觉。

可逃避不是办法，终究还是要想办法渡过眼前的难关。年关一天天如追兵迫近，我们可以不准备年货，孩子可以不买新衣服，可是工人们的工资不能再拖了，总要想个办法借到钱发给他们才行啊。我跑回老家找到姑姑，向她借了一万元钱给工人发工资。姑姑跟姑父、表弟开了一家养猪场，一家三口生意刚有起色，两个月前姑父却因一场意外不幸去世。她家这样的情况，我本不该再张口借钱，但实在没有办法了。小时候父母上班，将我寄养在奶奶家，是当时尚未出阁的姑姑带我长大。姑姑听我说了情况，让我在家等等，她去把刚存进银行的一笔钱取了出来，催我赶紧带回去给工人发工资。我揣着留有姑姑体温的一万元钱赶回来，给工人们结算了工资，让他们高高兴兴地回家过年。付完工资，手里没有钱了，明年的周转资金又成了问题。

人在穷困潦倒无助时，最能体会到人情冷暖、世态炎凉。苦苦挨到次年春天，资金状况仍无好转，本地亲友都借遍了，有的甚至借了不止一次，再也张不开口了。他想到了他邻县的一位同学，他们学生时代是最好的朋友，他准备去同学那里借钱，以解燃眉之急。第一天过去，第二天就赶了回来。他的同学刚刚贷款买了房子，还没有装修，手里没有余钱，但听说了我们的情况，同学连夜借了四千元钱，让我们先救急，并一再嘱咐不着急还，什么时候有了什么时候给就行。这四千元钱数目不大，却成了我们再次启动生产的救命钱。这笔钱沉甸甸地压在我们心头，成为漫漫黑夜般的生活中的一盏明灯，让我们时时感到温情和希望。此后我们继续摸爬滚打，却始终没有从困境中翻过身来，这笔钱也一直没有能力偿还。直到2013年，我们变卖了设备，我又开始打工的那个十一长假期间，我们带着这笔欠了十二年的旧账及利息，买了一些当地特产，去邻县拜访他的同学。同学说看到我们终于还清了债务，已经非常高兴了。知道我们刚贷款买了房，经济困难，他收下了本金，利息执意不要。在邻县那两天，同学热情招待，带我们回老家看望了他的父母，又去了他市区的家做客。同学的家非常简陋，装修简单，看得出他过得也并不富裕。他贷款买房那会儿，正是我们去借钱的时候，但在这十二年中他却从未向我们开口提过一次。

患难见真情。这些在困难时默默给予我们帮助的人，无论出了多少钱，哪怕只是一袋粮食、一句鼓励的话，都让我们倍感温暖，永世不忘。

创业中最难的就是出去要钱，好在我们不给私人供货，风险相对小一些。每次要钱都要先找甲方工地技术员验收，做工程量决算，再找单位负责人签字，最后去会计处结账。每座庙都要拜，稍微不小心怠慢了哪路大神，就会受到刁难。

2002年冬的一天，一个朋友介绍了一位铁路部门负责人来到我们工地，要订一批铁路道口路基石。当时时令已进入小雪，水泥预制件加工到了一年的收尾阶段，因为霜冻后水泥制品加工要加防冻剂，成本增加，所以除非订货，一般是不进行生产的。负责人看了我们的预制件产品很满意，当即订了六万元的货。货要得很急，我们手里没有流动资金，去银行贷款，又因为场地不是自有，不给办理。为了接下这桩工程，我们想尽办法筹资，终于通过两位农村亲戚以土地抵押的方式贷了五万元，开始了紧张的生产。

他跟一批工人组成一个夜班组，另一批工人组成白班组，两组轮流工作，人停机不停。我则负责供应原材料，验收检查产品质量。就这样忙了一个多月，又将生产出的全部路基石送到三十七处铁路道口安装。这时已是新年前后，寒风凛冽，大雪纷飞，路滑难行。我和他分成两组运输施工，雇了两辆车，带了两组工人，一组沿市区往南，一组向北。待工程竣工，已是小年前后，铁路部门验收后就放假了，年前工程款又结算不了了。贷款全部用在了工程上，工人工资又没了着落。我们三番五次去几家甲方单位结算款项，要回来几千元，赶紧给外地工人结算了工资把他们送走，然后跟当地工人商量说，我们再出去要钱，有了钱就付工资。出去要钱一直要到腊月二十九，单位都放假了。

那些年，我们每年都要外出奔波要钱到腊月二十九，匆匆赶在商家关门过年前给孩子买身打折的衣服，其余什么都买不了。找我们要债的人也一拨又一拨地涌上了门，一直到年三十。从 2000 年到 2009 年，干工程九年，我们在亲戚家躲债度过了十个春节。孩子在放学回家的路上，也时常会被要债的跟上，一路追撵到我们的租住房。那些日子，每当听见敲门声，我就会一阵紧张，知道又有要债的来了。也就是从那时起，我开始害怕敲门声和电话铃声，总是感觉没有自己的生活空间，直到现在，听到敲门声和电话铃声都会有莫名的恐惧。

2002 年这笔六万元的工程款，我们整整要了十一年，每次去要钱，对方都说上面没有拨款。其间铁路部门更换了两届领导，起初还说等有了钱就给，后来干脆躲起来不见，找不到人了。到了 2013 年底，这六万元终于按 90%一次性结算给了五万四，2002 年的六万元可以买一套小户型的单元房，而此时却只够买一个卫生间了。

（原载《青春》2016 年第 9 期）

工 地 记

整天在工地,与工人们朝夕相处,最怕的就是安全事故。事故躲在看不见的角落,张开血盆大口,时刻窥伺着我们,想要吞噬我们。

我永远忘不了2002年秋的那场事故,它就像一个噩梦,一直藏在心底,属于黑夜。

当时工程干了两年,一直没有什么起色,我们在希望和绝望的交织中咬牙坚持。那是一个没有任何预兆的平静的下午,我正在厂子里算那仿佛永远入不敷出的账,突然刺耳的电话铃声炸响,我猛地打了一个冷战,忽然有种不祥的预感。接起电话,是他竭力克制的声音,他说:"你别害怕,我慢慢说给你听。"

我顿觉心跳加速,禁不住声音颤抖地问:"什么事?你说吧,我不怕。"

"老吴死了。"

"哪个老吴?是咱们家那个工人吗?怎么死的?"我一下子跳了起来。

"今天给东村送货,本来是最后一车了,送完货,我让工人们歇一歇,我去找工地技术员验收,没想到刚离开就接到工人老刘的电话,说老吴站在拖拉机后斗跟老刘他们说着话,突然摔了下来,后脑勺磕在了路边水泥地上。我边让老刘抓紧拨打120,边赶了过来……人已经不行了,拉到医院就送进了太平间。"

电话滑落下来，我的大脑瞬间一片空白，整个人麻木了一般，好长时间缓不过来，欲哭无泪。不知道我将面对什么，又会有什么将迎接我。当晚他说要去上海的姐姐家借钱，连夜走了。我没有依靠，也不敢告诉父亲，怕他上火，只好匆匆给姐姐打电话，借了一个季度的生活费，将女儿送到幼儿园寄宿。我一个人准备挺身面对即将发生的一切，吵闹、叫骂、侮辱，甚至是殴打。什么都顾不上了，也没有什么可畏惧、可逃避的了，一切都由我，一个弱女子来承担吧。该来的，都是命中注定的，那就来吧。

我连夜打听摸到了老吴所在的村子看望他的父母。他家只有三间老屋，屋里连电灯也没有，依然点的是煤油灯，昏黄的灯光下，看不清两位老人的表情。我拿出买的礼品和刚刚借来的两千块钱，向老人说了傍晚发生的情况。噩耗传来，两位老人却异常平静。老吴的父亲抽着烟袋，半晌没有说话。他的母亲眼神空洞，嗫嚅着嘴巴，好久没吐出一个字，猛然像是自言自语地冒出一句："俺就知道早晚会有这一天。"听了这句话，我很惊诧，不知道老人要说什么。老人可能是憋了很久了，又说了一句："去年收麦子时，就从拖拉机后斗掉下来一次，好在那次是掉在麦子地里，捡了条命。"

然后老人开始絮絮地讲述起来。老吴患有癫痫病，又喜欢喝酒，孩子出生不久老婆就跟他离了婚，他一个人带着个上学的儿子，农忙时侍弄庄稼，农闲了出来打工。两位老人一直嘱咐老吴少喝酒，注意安全，可老吴总是听不进去。今天中午他又喝了点酒，癫痫发作摔了下去，这次再没有醒来。

"早晚会有这一天的。"老吴的母亲重复了一句。我说不出话来，不知道该怎么安慰这对苦命的老人，也不知道接下来迎接我的会是什么。我跟老人商量，死者为大，入土为安，能不能尽早把人安葬了。老人没有说话，我告辞出来，直接去了医院。

医院太平间里，老吴的儿子和侄子，还有我的几个本家亲戚都已到了。我在那里待了一个晚上。这样的送别，记忆中已经不是第一次了。最早走的是我的老奶奶，然后是爷爷。再然后，我刚刚毕业，母亲就去世了。医院，这个从小让我想起来就吓得肚子都不再疼的地方，这个一听名字就令我全身不舒服以至于宁肯讳疾忌医也不愿来的地方，自己有病可以拖着不来，可是遇上这样的事情，却没有逃避的理由。就在这个黑乎乎的太平间，我送走过自己最亲的人——我的母亲。那一夜，我也是这么坐着，直到天明。

第二天早上，一夜未眠的我赶回厂子。老吴的父母、兄弟姐妹，还有邻居亲友纷纷赶来，黑压压站满了一个院子。村支书和村委会主任也来了，还叫来了他们村子一个退休的法官。他们吵吵嚷嚷，骂骂咧咧，向我要人。我把事情经过讲了一遍，又请在场的工人们复述了当时的情景。我说我会按照法律规定来赔偿，决不会撒手不管，但眼下的事情是先把人妥善安葬，让逝去的人入土为安。人太多了，招呼不过来，我搀扶着两位老人，把几位直系亲属、村支书和那位退休法官请进屋里，商量解决办法。外面的人仍然吵吵嚷嚷，为失去亲人难过的、看热闹的、煽风点火的……好说歹说，总算把大半的人劝走了，但仍有一些人迟迟不肯离去。

村支书代表老吴家属提出了赔偿要求，一个天文数字。我表明了自己的态度：老吴毕竟是在我这里出事的，虽然我处境非常艰难，下岗借钱创业，刚起步就遭此不幸，但我决不会推卸责任。但是提出的这个天文数字赔偿额，我无力满足，也没有依据，完全超出了法律标准。谈判不欢而散。就这样拖了半个月，遗体从医院太平间转到了殡仪馆存放，对方非要拿到那笔巨额赔偿，否则就不肯下葬。这半个月，老吴村子的人几乎天天来闹，一来就是一天，张口要钱，甚至去威胁两位老人，不让他们同意下葬，否则就不管他们了。看着两位老人为难的样子，我替他们感到难过。亲人去世，最需要安慰的是老人和孩子，但这些人不是想办法安慰他们，也不尽快安葬老吴，而是将活着的他们和死去的老吴一起当成了索取利益的筹码。

我一次次地安抚、劝慰、承诺，高烧不退，嗓子嘶哑，却始终没有结果。他们说自己法院有人，要去起诉。我咨询了律师，打听了事故赔偿金规定，同意他们起诉，希望借助法律途径彻底解决问题。我也聘请了律师，准备应诉。得知我要应诉，对方又委托村支书和那位退休法官捎话，表示愿意协商解决。

后来我才知道，是老吴的一个直系亲属想借这件事多要几个钱，并打算把钱要到手后，再以老人年龄大了、孩子还小的名义，名义上替他们保管，其实把钱霸占到自己手里。

找到症结所在，经过拉锯似的反复做工作，事情终于有了结果。我到处求亲告友借钱，给付赔偿金。能借的都借了，仍然无法全部付清。我把借到的钱全部给了新的对方代理人——村委会，剩下的打了借条，以四分的高额利息，一年内付清余款。

出了这事，我们虽继续惨淡经营着，但业务开始慢慢收缩，准备把手里的活干完，抓紧催要到外面的欠款就收摊。干工程，工人因操作不当，碰了手或闪了腰，都是家常便饭，避之不及。有一次晚上外出加班送货，我们带工人们到一个小饭馆吃饭，有个工人吃了块排骨卡在喉咙里，吐不出来咽不下去，赶紧送到附近乡镇医院急救。大夫下班了，只有值班护士，处理不了，又连夜把人送到市区医院挂了急诊，折腾了整整一夜。所以我们都一直吃住在工地，不敢有半点疏忽，只要没有大的事故，就阿弥陀佛烧高香了，但事故最终还是找上了我们。

2009年，预制工程基本收尾，设备停工。当时自己制作的液压设备却不好转让，最后按废旧钢铁的价钱送到了回收站。我们心里虽依依不舍，但再这样耗下去，欠的债越来越多，挣到手的越来越少，根本不是我们能够负担的。

想想干工程十年，风风雨雨，最后不但没有买上房子、赚到钱，反而负债累累，真的是不能再干了。

我又开始了漂泊打工的日子……

（原载《青春》2016年第9期）

生病记

  我长这么大,从来没享受过一次单位组织的体检,从来没做过一次综合检查。刚工作的时候,未婚女孩不参加单位组织的体检。结婚后单位组织体检时我恰好怀孕了,孕妇也不参加单位集体体检。又躲过了一劫——当时我心里的确是这么想的。一是我性格内向保守,不喜欢被陌生人以各种方式询问、检查;二是胆子太小,从小一听说去医院,就会无端地恐惧和排斥。

  童年的我是多么幸福啊!偶尔有一点点不舒服,父母就会紧张起来,赶紧送我去医院检查。而一直对医院怀有深深恐惧的我,常常坐在爸爸自行车的后座上,一听说要去医院,就突然感觉肚子不疼了。我央求着父亲:"爸爸,我肚子不疼了,咱们回家吧,不去医院了。"爸爸转过头看着我,微微笑着,一脸宠溺地问:"怎么还没检查就好了,真的不疼了吗?"我拼命地点头:"爸爸我真的不疼了,咱们快回家吧,你和妈妈还没吃饭呢。"爸爸掉转车头向家的方向骑去,妈妈紧跟在后面,她像看透了我的心事一样打趣道:"韵儿怎么还没到医院就不疼了,是听说要去医院,吓得肚肚不疼了吧?"我坐在爸爸"大金鹿"自行车的后座上,紧紧地搂着爸爸的腰,后座上有妈妈特意为我做的棉垫子,软软的,暖暖的,特别舒服。我对着妈妈做了一个鬼脸,说:"妈妈我真的不疼了,一说到医院,肚肚就不疼了。"

就这样，一家三口说笑着，一会儿就到家了。

这些曾经的温暖回忆，成为我今天坚强面对所有噩运的力量源泉。我始终相信，心中有爱的人，就会希望长存。我小时候就不敢去医院，现在更不敢去了，只是顾忌的原因已完全不同。那时是耍赖、怕疼，现在是因为没有医保，更没有钱。一个连基本生存都无法保障的人，是没有资格生病的。然而，疾病还是像中彩票似的选中了我。

2001年，我陪同学永芳去找另一位在医院工作的同学旭春检查。自从下岗，原本内向的我更加沉默了，疏离了所有的同学朋友圈子，一个人悄无声息地活着，不想打扰任何人。这次被永芳叫来陪她，我心里一想到医院，已经感觉五脏六腑被一只钳子般坚硬无情的手紧紧地攥住了，可是想到这么多年，永芳一直像亲姐妹一样关心照顾着我，我又怎能推辞呢？纵然怀着对医院的万般恐惧，我依旧硬着头皮陪她来了。陪永芳做完检查，趁她在里面休息的时候，旭春以大夫特有的犀利盯着我看了一会儿，没有问我生活好不好，毕竟是多年的同学，她是懂我的。她尽量用平静的语气对我说："我看你脸色不好，给你也做个检查吧。"我心里有些抗拒，可觉得不好拂了同学的心意，就接受了检查。

检查发现子宫壁有一个二点五厘米的肌瘤，问题不大。旭春说子宫肌瘤是女性常见病，多发于中年妇女，而我还不到三十岁，出现症状有点太早了。她知道我当时的处境，嘱咐我要保持心情愉快，半年检查一次，如果增长缓慢可以保守治疗，但若肌瘤生长迅速，或者超过五厘米，就要考虑手术。生活早已千疮百孔的我，哪里顾得上一个看起来并不起眼的肌瘤，怎会在意这点暗疾，又怎么可能保持心情愉快，还能有闲钱坚持半年检查一次呢？

由于长时间肝气郁结、情志不畅，我的肌瘤生长得很快。每次来例假都要七八天淋漓不止，根本不敢穿裙子，大热天也要穿着厚厚的黑色长裤，不敢久坐，也不敢正坐，只能斜着身子侧坐一会儿，然后赶紧起身去卫生间。晚上睡觉要特意套上长裤，身下还要垫上折叠起来的浴巾，就像控制不住尿床的孩子，要不稍一翻身，就会感到有热流汩汩涌出，身下床单已经殷红一片。每次来例假都会腹疼，不敢走得太久，可我却不能闲下来，要外出谋生，跑保险、干工程、讨债、借钱。贫贱夫妻百事哀，连正常生活都难以为继，哪有钱和心情去医治，就这样一个人把痛苦闷在心里，为一日三餐奔波着。

真正有病的人是不愿意声张的。生活安逸的人可以为一个小小的喷嚏悲春伤秋，而衣食尚不能自足的我，没有资格生病医治，连感叹一声的闲情都没有。想起自己小时候偶有腹疼感冒父母紧张的情形，承欢父母膝下的那些日子，是多么奢侈的享受啊！可是现在生病都不敢去检查，更不敢奢谈医治，只有慢慢挨着，任其发展。

2005年底，在上海的大姑姐邀请我们去过春节。那时我们借钱创业后因资金周转不灵，经济比以前更窘迫了。一家三口去上海是一笔不小的开支，何况连身过年的衣服都没有，我总感觉这不是去过年，而是寄人篱下，油然生出了躲债的况味。但他想去，公公婆婆一直在上海跟着大姑姐生活，他想去看看父母了，更想出去散散心、换换心情，一年到头生活太难了。

我在一本刊物上看到过，上海有家医院可以用射频术治疗子宫肌瘤，这样的手术见效快，创伤小，不留疤痕。我有些心动了。肌瘤寄生在体内像一个可恶的魔鬼，时时干扰着我的生活，我是多么渴望能把它彻底消灭啊！而这样的治疗手段，正是我所希望的，没有疤痕，恢复快。他又动员我去上海，我说了自己的想法：去一趟上海这么远，路费开支大，如果单纯为了去过年，对我们这样的家庭实在是太奢侈了，如果可能，我想借这个机会去上海看病。他同意了，说先去看看，如果可行，跟姐姐商量借钱去做射频术治疗。

路费又成了问题，总不能老是跟人借钱，何况我生病的事从未对人透露过。恰巧有个以前的同事也是下岗职工，做起了水产品生意，通过亲戚的关系每年春节给单位供年货。我想起了她，打电话问她需不需要人手，她说需要，可是怕我吃不消，都是冷冻品，太凉了，不适合女人干，而且每件都很大，要破冰、装袋，怕我干不了。为了能去上海治病，更为了解决路费，我咬咬牙说我能行。

我穿上厚厚的棉衣，戴上帽子、口罩和一副厚厚的里面有一层棉绒的乳胶手套，来到同事临时借来的仓库。里面已经有两个人了，都是身强力壮的青年男子，也是跟我一样的下岗职工。这样寒冷的冬季，年关将至，家家都在准备年货、添置新衣，迎接新年的到来，除了我们这些身无分文的下岗职工，没人会在这个时候出来打工。我低着头，一句话不说，跟着那两个人，将一箱箱冷冻的鲅鱼、乌鱼、带鱼等撕开包装箱，摊在已经铺好报纸的地面上,然后破冰,还要保证每一条鱼的完整,再按照每家单位的要求,重新称重、装箱、包装。因为是冷冻品,不敢过夜,必须抓紧包装后运走。

从白天忙到晚上,饭也顾不得吃。那两个人干得很快,都是流水线方式,从车上卸货、开包装、破冰、称重、包装、装车。他做司机运货,我当杠力干活。我那几天恰好来了例假,肚子疼,血呼呼地往外涌,本该连凉水都不碰,而我却面对着满屋子的冷冻品,不停地起来、坐下、弯腰。凉气在整个房间无声地蔓延,冷冻品的温度尖锐冰冷,一瞬间就穿透了厚厚的手套,手套已经成了冰坨,凉凉地贴在手上,但我顾不上也舍不得出去买新的。整个胳膊都是凉的,手像被无数虫子咬啮着,手套也终于被冻鱼的刺戳破了。我浑身直冒虚汗,冷了热,热了冷,整个人像被水浸透了一样。

仓库在一个偏僻废弃的厂区,没有卫生间,我也没有时间去卫生间。我的肚子疼得难受,一串串冷汗从头上、脸上冒出来,每站起来一次,都会感到一股温热的东西哗地流了出来,像坏了的水龙头,失去了控制。人已经完全麻木了,不知道什么是疼痛、劳累、寒冷,只是像一台不知疲倦的机器一样机械高速地运转。我一直跟着忙到晚上十二点,把当天的年货全部破冰装箱,没有什么需要处理的了,便等着第二天再来。

同事拿了几张钞票塞到我手里,说这个活儿不是女人干的,帮了一天忙,回去好好歇歇,明天别来了。我看看手里的钞票,计算着去上海的路费——根本不够啊。我不敢说身体吃不消,怕人家不用我了。同事自然是需要人手的,特别是冷冻品有时间性,而年关将至,除了像我这样的下岗职工等米下锅,谁会在这个时候出来干这样的活儿呢?

回到租住房我才发现裤子已经弄脏了,汗水、血水、泪水恣意流淌着,我感到了疼痛、寒冷、疲倦。简单洗漱一下,我一头扎在了床上。第二天早上已经爬不起来了,可是想到去上海的车票,想到要去治病,强大的精神动力支撑着我又挣扎着起来。又坚持了一天半,总共干了两天半,我们两个人加在一起,就相当于五天的工资。同事付了我们工资,又额外给了我两只鸡、两袋扇贝、一盘鲅鱼,让我们回去好好过个年。

此时已是腊月二十七下午,大人可以凑合,孩子一年到头盼着过年,总不能让她一点希望一点喜气都没有。我拿着钱,带着女儿去集市上花四十五元钱给女儿买了一件棉衣,裤子和鞋依旧穿着她表姐穿剩的。剩下的钱，正好够我们一家坐慢车去上海。走之前，我把同事送的年货分开，一半给父亲，一半准备带给上海的公婆和大姑姐一家。父亲执意不要，让我们都带去上海送给公婆。看我穿着一件旧的黑色长棉衣，父亲又拿出三百元钱让我买件羽绒服穿。

想想作为最小女儿的我，不但不能尽孝，还要让父亲为我操心，我不禁悲从中来，推开父亲的手，把钱放到桌子上。我说我有钱，回来就买羽绒服。父亲有些激动，他患有心脏病和高血压，一激动脸色就会发红、血压陡升，所以平时不管生活如何艰难，甚至身体有病的事情、工地事故的事情，我都从不在父亲面前流露半句。不能照顾父亲已是不孝，让老人跟着操心就更不该了。我能做的，只有多顺着他的心，少让他为我操心。但是无论我怎么跟父亲说自己过得很好，不用他担心，老人还是清楚女儿生活得多么不易。可怜天下父母心，世上最懂你、最疼你的人，莫过于你的父母。看到父亲脸色变了，我赶紧说，爸爸您别生气，我拿着，待会儿就去买！

我到底没舍得买羽绒服，出门在外，花钱的地方多。揣着留有父亲体温的三百元钱，腊月二十九下午三点，我们一家三口坐上了开往上海的火车。这是一趟过路车，车速极慢，但价格是最便宜的，车上满是回家过年的农民工。没有空调，挨到晚上，车上冷得像移动的冰窖。我们买的是坐票，把行李包里所有的衣服都拿出来裹在身上，还是赶不走寒冷。坐了十九个小时，困了打个盹，一会儿就冻醒了。第二天上午十点，终于到了上海。

正月初五，我们循着地址找到了那家医院。检查后大夫说肌瘤长到七厘米了，并且是多发性的，已经引起严重贫血，错过了五厘米的最佳治疗期，不能再拖延了，射频治疗会麻烦一些，但还在适应证范围内。我们问了下手术费用，要六千元。我和他对视了一眼，说回去商量一下，默默地走出了医院，回去的路上我们都没说话。除了向大姑姐借钱做手术，没有别的办法。可是回到家，我们俩谁也说不出口，怕老人看出来，还要装作没事的样子。每一天，我们都在纠结，办预制件厂时我们也向大姑姐借了钱，至今没还一分钱，又怎么好再张口借呢？一直到离开，我们也没说出我生病的事，更没提借钱，满怀治病希望而来，又带着不甘和失望而归。

肌瘤越长越大，我感觉身体越来越差，经常眩晕，视力也迅速下降。每次来例假，都像是一场酷刑，疼得冒虚汗。可是此时我正给一家民间社团打工,能够有一个暂时栖身之所,对年近四旬贫病交加的我实在是太重要了。我格外珍惜这个机会,自然而然地淡忘了工作日和双休日的界限,每周上六天班,不敢请假,即使腹痛难忍,也总是坚持着。然而渐渐地,我越来越没有力气,爬到三楼办公室都会喘息很久,无法步行上下班了。我用积攒的钱买了一辆电动车,却连停放电动车的力气也没有,每次总要攒足力气蹬支架,常常停放一次车要折腾半天,脚指甲也被碰掉了一个。晚上睡觉,我像怀孕中后期那样,身子笨重,翻身困难,仰面躺着感到腹部硬硬的,顶得难受。

实在不能拖延了,我终于下决心走进医院做了检查。结果很快出来了:多发性子宫肌瘤,最大的已经十一厘米,还有一串小的,整个子宫布满了大大小小的肌瘤,像一窝鬼子姜一样埋在了宫腔,由此引发了子宫硬化、顽固性痛经等一系列问题。大夫摇头感叹说这么严重的症状,这些年是怎么熬过来的,建议立刻切除子宫,不能再拖延了。我问大夫一定要剖腹手术吗,能不能不开刀,做微创,保留子宫呢?大夫斜睨了我一眼说:"早干什么去了?把瘤子养到这么大还想微创、保留子宫?等手术切片出来看看再说吧,能保住命就已经万幸了。"

这些大大小小的肌瘤就像树木的年轮,一圈圈地盘旋在我体内,形成一个巨大的旋涡似的暗伤,搅起波澜,吞噬着我的健康,同时记录了我这些年经历的所有磨难和苦痛。身体发肤,受之父母,我是多么珍爱自己的身体,珍爱父母赐予我的完整和美好。我不想留下疤痕,更不想切除子宫,从此成为一个残缺的女人。我的人生已经够残缺了,没了母亲,又失去了工作,没有保障,也没有安全感,像一根草一样在世上飘摇,难道上苍还要让我再失去作为女人最重要的东西吗?

我不甘心!我是一个完美主义者,做什么事情都力求完美,上苍为什么待我如此不公?翻覆之间就把原本属于我的东西一件一件地拿走,让最初丰沛欢畅如一条河流的我干涸断流。我还不到四十岁,身体和精神却已受到了严重摧残和冲击,遍体鳞伤,斑痕累累。如果再失去作为一个女人最基本的特征,未来的人生,我还有什么尊严和保障?还有什么勇气和力量活下去?

生病是肉体的反抗与哗变,可也牵扯到情感和心灵。肉体的疼痛是一时的,情感却在丝丝缕缕、绵绵不绝中接受着洗礼。当生与死成为面临的选择，当一个方案决定着女人的自信和尊严，甚至今后活下去的质量，人生中那些隐忍和坚持还有什么意义？纠结了很久，这一次，我不想再委屈自己，我不愿意被手术刀划开皮肤留下永远的疤痕，更不甘心像摘一只桃子一样被摘走我作为女人最重要的东西，从此残缺不全，等待着干涸断流。

我拿着病历到处咨询，想寻找一个能够保留子宫的手术方案。我打定了主意，如果不能做剔除手术，就不再治疗了。即使失去最后的机会，我也要保证身体的完整，这是我唯一的坚持。就在这时，一位文友帮我联系了妇产科权威大夫曲主任，她把我的情况和要求告诉了曲主任。曲主任联系我做了检查，说这样大的肌瘤非常罕见，一般情况下只有切除子宫，但考虑到我还这么年轻，并且没有基本保障，她表示理解我的心情，愿意尽全力为我做肌瘤剔除术。

最后关头，上苍向我露出了他仁慈的笑脸。2012年12月7日，二十四节气中的大雪，我上了手术台，留给我的，是身体和内心一道永远抹不去的疤痕。

术后十天出院，我重新回到那个装有暖气却从未舍得享用的家。在寒冷的家里卧床休息了一个半月，身体稍有好转，正月初八，我坚持回到那个暂时栖息的民间社团上班了。所有手术费用全靠借钱，养病期间没有工资，我得赶紧上班，只为了每个月那八百元的微薄收入……

(原载《青春》2016年第9期)

医 保 记

九月之杯，注满哀伤之水。

人是一条河，流着流着就断流了，有时是因为意外，有时是因为疾病，寿终正寝的则一路跋涉，奔流尽了属于自己的航程。

这个九月，陆续听到身边一些朋友患病去世的消息。他们都是和我一样的下岗职工，因为生活拮据，买不起社保，也没有医保，小病咬牙硬扛着，直到拖延成了大病，生命之河被疾病无情地阻挡，终于断流了。他们像一截截蜡烛头，白色的，短短的，燃烧着哀伤和幽怨，在生命的尽头，留下的灰烬多么像不甘甚或不舍的眼泪啊。推人及己，我难免心生戚戚。他们都不过四五十岁的年龄，是一条中年之河，上有老下有小，于家庭正是不可缺少的栋梁。假如不是下岗，不是背负着沉重的生活负担，不是抑郁成疾，不是无钱及时医治，也许死神还不会这么早就张开血盆大口将他们残忍地吞噬。

逝者已矣，唯望生者好好活着，一路奔流尽属于自己的航程。即使素不相识，也要彼此有爱，才不枉世上走一遭。

人过不惑，困惑愈多，愈发不敢面对下岗、贫困、疾病、死亡这些字眼，生怕触痛敏感脆弱的内心。想到自己是一个身份不明的人，没有社保和医保，将来没有稳定和保障，心中便充满了恓惶，仿佛失重一样，飘浮在空中。一个下岗者，没有单位给缴纳医疗保险，只能自己缴纳。而更多像我一样的下岗者不是不想缴纳，是根本没有缴纳能力，只能活一天祈祷一天，盼着疾病别找上门。可一旦患上大病，只有眼睁睁地等着生命之河断流，听任疾病如崩溃的流沙般迅速埋葬自己。

自从1998年下岗，二十年了，我再也没享受过单位组织的体检，自己也没有多余的钱自费去医院体检。一直活在拮据困窘中，连解决基本的温饱都困难，哪里敢奢望体检。我自己从内心里也讳疾忌医，唯恐查出什么病来，无钱治疗，徒增精神负担，只能过一天算一天。只要身体还能支撑，就这样熬着，什么时候熬不动了，就自生自灭，无须给家人增加额外的经济负担，免得令原本窘迫的家庭雪上加霜。

然而上苍不会因为你的无助就心生慈悲高抬贵手放过你，反而常常会以游戏的心态，漫不经心地出着手中的牌，跟你玩着猫捉老鼠的游戏。下岗至今，我已经住过两次院，动过两次手术，都是因为肝气郁结，情志不畅，最终上了手术台，甚至平生第一次坐上了轮椅。这两次生病原本都不严重，只是因为经济拮据，没有医保，久拖未愈而不得不手术了。

自从生孩子休产假期间遭遇下岗后，我做过生意，给人打过工，生活却始终没有起色，一直挣扎在贫困线上。我只能维持最基本的生存，以自己辛勤的汗水挣得微薄的收入，用来租房、贷款买房、供孩子上学、还债。每一天我都如履薄冰，唯恐有一点点闪失，继而招致狂风席卷，暴雨倾盆。没有稳定的收入来源，没有基本的生存保障，日子纵然再精打细算、谨小慎微，依然捉襟见肘，能维持温饱已经很幸运了，哪里还有余钱去买社保呢？没有社保，就没有医保，生病自然就没有保障。穷人生不起病，也不敢生病。一个小康之家，一人罹患大病，都会一夜回到解放前，何况本来就风雨飘摇、没有任何保障的下岗职工家庭呢？

患病其实很多年了，但我一直在为生计奔波，像一台永动机，停不下来。长时间肝气郁结，酿成痼疾，又因经济困难，没有能力也没有心情医治，终于错过了最佳治疗时机。我向来是完美主义者，总是信奉"身体发肤，受之父母，不敢毁伤"，无法面对和接受身体的残缺，执拗地不肯手术，坚决抱定宁可任其发展也绝不手术的原则。尤其是一想到鲜血、手术台、无影灯这些阴森森的恐怖名词，仿佛听到手术刀划开皮肤的声音，浑身就会麻木、战栗、颤抖、冷汗成河。记得第一次手术，恰逢我的生日。生日对我来说，除了是母亲受难的日子，没有任何值得纪念的意义。相对于别人生日的热闹和温馨，我只想做一棵寂寞的树、一只孤独的猫、一块斑驳风化的岩石，默默地见证世间的一切繁华与冷寂，一切热闹与苍凉。起初是脖子上发现了一个小结节，花生米大小，渐渐地长成了一个鹌鹑蛋，吞咽困难，虚汗淋漓。爱美的我唯恐别人发现，只得穿起高领毛衣，不时地往上拽拽衣领，借以掩饰。因为经济拮据，我一直拖着顾不上它，直到它越长越大，像一只小拳头堵在喉咙处，说话和呼吸都变得费劲了，甚至半夜几次因喘不上来气，差点昏死过去。此时再穿高领毛衣，就有了窒息感，严重地影响了生活。实在熬不住了，我硬着头皮去了医院，检查结果是甲状腺瘤。医生说不能再拖了，让我马上住院手术。可是，如履薄冰般地维持着最基本生存的我，哪里有钱自费住院手术呢？

　　父亲和亲戚朋友得知我患病的消息，都十分着急，纷纷安慰我说不用担心费用问题，催促我抓紧住院接受手术。大家慷慨解囊，帮我筹齐了第一次手术的费用。手术时麻醉医生要进行局部麻醉，我害怕面对血淋淋的场景，害怕听见手术刀划皮肤的声音，要求全身麻醉，那样我就什么都不知道，也就什么都不害怕了。但是医生拒绝了我的要求，说咽喉部手术需要病人在清醒状态下配合，不然稍有闪失，就会有生命危险。睁眼看着头顶的无影灯，我如一头待宰的羔羊，内心已没有了恐惧，有的只是深深的绝望，眼泪无声地流淌不止。听着手术器械相互碰撞的声音，手术刀切割皮肤的木木的有些钝感的声音，我想闭上眼睛睡一觉，盼望着睁开眼睛，一切都过去了，更渴望闭上眼睛，从此再也不用睁开。可是医生不允许我睡，要我保持清醒，一直在跟我轻声说话，分散我的注意力，并随时掌握情况，同时要求我尽量不要吞咽。可是我太紧张了，整个手术过程中，泪水一直在无声地流淌，越是不让吞咽，咽部越是感觉不适，总是不由自主地吞咽。

　　经过了漫长的煎熬，不知过了多久，终于回到了病房。我试着张了张嘴，却发不出声音了，此后三个多月时间，一直处于失声状态。好在天性内向的我原本也不喜欢说话，现在更是能不张口就不张口。能用纸条交流的，就尽量不出声音；必须说话时，只能哑着嗓子，像一只被人捏住喉咙的鸭子，艰难地贴到对方耳朵上，用尽力气边打手势边耳语。就这样一直挨到冬天，才慢慢能发出声音来了。但从那以后，不喜热闹的我更懒语了，说话稍微多一点，就会嗓子嘶哑，疲惫不堪。

然而，福无双至，祸不单行。命运是一个势利恶俗的家伙，你越是卑微脆弱，它越是极尽欺凌，雪上加霜。我的身体原本孱弱，免疫力低，加上长时间超负荷运转，心理压力大，情绪抑郁，又没有条件休养康复，很快，疾病又一次找上了门。尚未结婚失去母亲，刚刚生育遭遇下岗，正值盛年罹患疾病，噩梦一次次接踵而至。这一次，我打定主意不再手术了。上一次住院手术借的钱还没有还清，不能再张口求人了。我的亲朋好友大多是农民和下岗职工，维持自身生活都已勉强，我不能一次又一次地给大家增添负担，更不想因借钱求助让自己敏感脆弱的自尊心一次又一次地遭受打击。想到没有社保和医保的人生，想到自己这么多年的困窘，想到手术的痛苦，就像一直在茫茫黑夜中跟跟跄跄颠沛流离，看不见希望的微光，我不禁万念俱灰。我想放弃治疗，顺其自然，于是没有对家人提起自己生病的事，一个人隐忍着寄希望于奇迹出现。实在忍耐不住了，就诉诸笔端，隐晦地释放着自己灰暗的情绪。

文友们感觉到了我文字中的消沉痛苦，纷纷关心询问，得知情况后，都热心帮我搜集医疗信息，鼓励我正视疾病。有朋友提出让我出书，卖书治病，我听从了朋友们的建议，决定出书卖书筹钱做手术。文友们了解我的性格，清楚我断不会接受募捐，于是便以预订文集的方式，默默地表达着对我的关心和帮助。

我一直记得第二次手术的情形。我正在病房术前输液，手术车推进来了，我匆忙换上手术衣，被护士推着进入专用电梯去手术室。我平躺在手术车上，看见一个个身影匆忙走过，一道道目光探寻似的射向我，头顶的天花板旋转着，好像随时会倾压下来，空气仿佛凝滞成了一大团水泥，马上就要兜头砸下来。我虽然穿着手术衣、盖着被子，却感觉像赤裸裸地暴露于无数道目光之下，无法挣扎，更无处逃避。

性格内向的我向来喜欢安静，喜欢一个人悄无声息地活着，不愿在大庭广众下抛头露面，更不希望自己成为目光的焦点。但在这样的环境、这样的时刻，这无疑是天大的奢望。这一路是那么漫长，我此刻的心境，与其说是对手术的恐惧，不如说是因尊严被侵犯和隐私被窥探而生出的无助与绝望。我只盼望立刻进入手术室，麻醉后沉沉地睡去，什么都不知道。"人为刀俎，我为鱼肉。"这句话又一次在我心里蹦了出来，眼泪便不由得落下来，无声无息……

手术一个多月后，我又踏上了打工之路，为了日复一日的生活，更为了早日偿还两次手术借的外债。

那次手术至今五年多了，我一直不敢去医院复查，怕一旦查出复发，没有医保无力治疗，只会徒增精神负担。手术后每个月我的生理期都会提前，刚开始是提前一天、两天，后来是三天、五天，现在已经开始每月提前一周了。原本苗条的身材也因为气血两虚而浮肿发胖，走几步路就气喘吁吁。两次手术本来就伤了元气，尤其那次剖腹手术后又没有好好调理，营养和休息都跟不上，造成身体严重损耗。可是我哪有条件吃药调理休息呢？我要不停地打工维持最基本的生存，辛辛苦苦一年下来，微薄的收入还不够买社保的钱，而孩子上学、房子还贷、赡养老人，哪一样不需要钱呢？对于收入微薄、没有任何保障的我来说，是多么渴望有一份医保啊，至少它会让我有安全感，有尊严有质量地活下去。然而，无情的现实却是你越渴越给你盐吃，越生病越要拼命打工挣钱，以维持眼下最基本的生存。

前段时间，拗不过他的坚持，我终于去医院做了检查。意料之中，两种病都复发了，可是我已没有能力再去治疗。我心里清楚，总有一天，我的生命之河会提前干涸、断流，而我能做的也许只有眼睁睁地看着，却无力自救。人如蝼蚁，而如我一样没有医保，谈不上任何生存质量的人，又何止千万。世上只有一种病无药可治，那就是穷病，我不幸患的正是这种病。

没有社保，没有医保，想到没有保障的动荡未来，想到像定时炸弹一样潜伏在身体内，一下一下地数着我的心跳、随时都可能引爆的痼疾，我满心恐惧和焦灼，伸出双手却什么也抓不住。这么多年了，无数个黑夜，我都会从噩梦中惊醒，醒来大汗淋漓，仿佛我身体内流淌的不是血液，而是这种叫汗的浓汁。在梦中，我一次又一次地被人、被恶狗、被巨蟒追赶，退至悬崖边，飘到半空中，一失足就跌得粉身碎骨，失重的身体在空中飘呀飘，像一张苍白的纸，无着无落，不知所终。那些凶狠的目光、恶狗的狂吠、巨蟒的纠缠，一路如影随形地跟踪着我，黏在我的伤痛上。我想要拼命逃跑却迈不动腿，想要振翅飞翔却没有翅膀，我逃，我跑，我哭，我喊，我窒息。我，终于死了，解脱了，然而一切都只是梦，醒来仍是漫漫长夜，淹没我的仍是淋漓汗水。

昨夜，我又一次在噩梦中尖叫哭喊着惊醒。眼前依然是那条丑陋恶毒的白色巨蟒，邪恶的眼睛一直在恶狠狠地盯着我，巨大而丑陋的躯体扭动着，啪啪地甩着尾巴，狞笑着向我扑来，要囫囵地吞噬我。这样的噩梦，这样无休止的折磨，什么时候是个尽头？

(原载《大观·东京文学》2019年第2期)

社 保 记

这是一张卡片，它挺括柔韧，你漫不经心地折它弯它，一旦超过它自身能够承受的限度，它会猝然断裂，就像一些人的命运。

它有曾经的磁卡电话卡大小，或者像一张银行卡那么大——其实它就是一张银行卡，一个一个数字像一颗一颗山楂串成糖葫芦，代表的是一个人的身份，是他（她）在这个尘世以及茫茫人海中的坐标，还有他（她）一生一世的安稳与保障。

它的名字就叫社会保障卡，简称"社保卡"。这三个字，笔画简单，却像三枚芒刺，扎入我日复一日的生活中，整整扎了我二十年。有时我甚至怀疑它已经成为我血肉的一部分，我也想让它这样陪伴着我，同样给我安稳与保障，但我知道，对于真实地活着的我，它暂时只是一种渴望抑或一个梦想。

二十年前，在生命中的第二十五个春天，我遭遇了一场突如其来的"倒春寒"。初为人母的我，休产假期间原单位改制，没有召开职工代表大会，没有哪怕冷冰冰的谈话，就单方面与我终止了合同，仿佛我是一个多余的包裹，有人边喊着到站了边将我卸下车。那个国字号的公司，曾经有着令人羡慕的地位和效益，也曾经是我赖以生存、泊着我全部梦想和激情的港湾，却一瞬间以改制的名义，成为私人手中庞大资产的一部分，我青春的小船却再也泊不进去了。一夜之间，我从做母亲的无限欢愉中被推向社会，成为一个身份不明的人，任风浪拍打冲击，自生自灭。

在轰轰烈烈的国企改革中，我只是一粒微不足道的"小石子"，但正是千千万万如我一样的"小石子"，铺就了一条改革之路。被这浪头打蒙的我，根本不知道此后几年、十几年，甚至一生，作为一枚"小石子"，离开自己的岗位意味着什么，又将面临怎样的生活。身为女人，我经历过生产的阵痛，那是新生命即将诞生所必须承受之痛，但所谓改革的阵痛，带给我个体生命的却是难以愈合的伤口，我的身心反反复复地在泪水、汗水甚至是血水里浸泡，我已不会喊疼。

自那场"倒春寒"之后，我每年都要回原单位几次，要求安排重新上岗，对方却一次次地以没有合适的岗位为由推托。多次交涉无果，我只好找到上级主管单位信访办，信访办让我找开发区招商局，招商局却答复说，原单位已经属于私营企业，他们无权干预。我要求如果实在无法安排，开发区管委作为改制主管单位，应该按照有关政策为我办理买断工龄或者下岗、失业等手续，但没人回应我。我只好给市社会与人力资源保障局写信反映情况。

终于等到冬天，市社会与人力资源保障局打电话让我去一趟。"冬天来了，春天还会远吗？"不知为何，接到电话那一刻，我心头突然涌起了这句诗。我清楚地记得，那个下午朔风凛冽，我的心里却热乎乎的，满怀春天般的温暖来到人社局。接待我的是一位科长，说收到了我写的信，并已去原单位调查。原单位说1998年改制时就没有我的资料，但他们承认我的社保缴费手册在单位。对于这样的解释，我无法接受。如果单位改制时没有我的名字和资料，那当时我被安排到哪里去了？任何单位改制，主管单位开发区管委和改制单位就人员和资产都应该有交接手续和有关档案资料，改制时开发区管委到底是怎么安置的？开发区管委说我的关系在单位，单位说改制时没有我的资料，我不甘心，让他们拿出改制时的单位花名册，查清改制时我的编制到底在哪里，是在单位还是在管委。但是人社局的工作人员支支吾吾，说原单位不予提供。很明显，这是主管部门和改制单位双方推卸责任，互相推诿扯皮。就这样，一个有正式工作的人，一夜之间成了一个身份不明的人，相应失去的还有社保和医保等等所有能够证明自己身份的东西。从人社局出来已近黄昏，天空阴沉着脸，寒风吹彻大地，大雪在孕育中，春天退缩到了我看不见的地方，残忍地与我捉迷藏，而我的心早已苍凉如石。人生是一场苦难，活着就是隐忍，除了面对，我别无选择。

记得"非典"那些日子，我租住在城中村一间平房。平房的门单独向南开设，出门是村里的一条东西主街道，房间里连自来水也没有，更没有厨房和卫生间。房东家的大门向东，他们一家住在北面的四间平房里。我除了接送孩子上学、去打工单位上班，每天回来便关紧南平房的门，除了从房东家大门进大院打水和去卫生间，从不与左邻右舍来往。夏天溽暑难耐，平房被炽热的太阳烤了一天，如同蒸笼，人一进去汗水立刻哗哗地淌了下来。但是我只要在家，再热也会紧闭房门。平房沿街，打开门面对的就是来来往往的行人，一向内向安静的我，不习惯开门生活，更不愿把自己的生活赤裸裸地敞开呈现给别人。我渴望有属于自己的空间，哪怕只是一间斗室。这间平房仅有六平方米，只有一扇门，连窗户都没有，却栖息着我们一家三口，一张床，吃饭睡觉都在这里。那段日子，我生病了，发着高烧，全身疼痛难忍，躺在床上爬不起来。他去三十公里外的乡镇干工程了，年仅五岁的女儿一个人走着去租住房附近的幼儿园。我孤零零躺着，发烧，昏睡，常常一觉醒来，全身大汗淋漓，觉得自己仿佛已经不在这个世上了。迷迷糊糊中，我听到外面有人来回走路的脚步声，边走边说着话，说是村委会给每个村民发放体温表、消毒水、口罩，通知大家去领取。在这个人心惶惶的当口，我愈发感觉自己是一个多余的人，躺在一间不属于自己的小屋里，像一件被抬上笼屉的祭品，忍受着天气和身体双重高温的蒸腾，大汗淋漓如水洗一样，却没有一个人过问，仿佛我从未在这个世界存在过。我就这样躺着，干熬着，直到熬干自己的血液。隐约听到路上有村民相约着去领"非典"防护用品，忽然感觉特别羡慕他们，他们有家，有组织，有政府关心，可是我呢？如果这时候我感染了"非典"，谁会发现我？谁又会在意我的生死？也许只有我一个人，孤零零地卧在床上，隔着一道窄门自生自灭，与门外的世界悄然作别。

可是，很多情况下，我们活着不是为了自己，而是为了那些需要我们的亲人。怀着这样的信念，在胡思乱想之外，在惊慌失措之余，一周以后，我竟奇迹般熬过了那场高烧，疾病终于像悬崖勒马般被我控制住了。

生命脆弱如瓷，一旦失手摔落，即便再高明的能工巧匠，也不能修复到毫无破绽。二十年过去了,我由青春年少步入中年,生活却一直没有着落。人生有多少美好时光经得起这样的蹉跎?尤其对于一个女人,一个下岗失去生活保障的女人来说,二十年的日日夜夜,使我对年龄充满了恐惧。年龄像一把刀,悬在我的头顶,抬头即可看到,每天悄无声息地提醒着我,而我内心愈加凄惶不安。从早到晚,我每天为基本的生存疲于奔命,没有安全感,没有归属感,温饱成为最大的问题。失重的生活与超重的苦痛如影随形地追逐着我,我跟跟跄跄地在尘世挣扎,颠沛流离。我遍体鳞伤,却得不到拯救,痛苦直入骨髓和灵魂,却被强大的外力所遮蔽,一切都是无声无息、无人留意,却痛彻心扉。唯有自己舔着血泪,默默隐忍,孤独求生,为了白发慈父,也为了膝下幼女。

没有社保,就没有基本的保障,更没有稳定的将来。像我这样没有单位、身份不明的人,只能选择外出奔波打工,干一天算一天,微薄的收入连基本生活都难以保障,根本买不起社保。假如失去劳动能力,我就什么都没有了。有时觉得,像我这样的下岗职工,比我的那些农民亲戚都不如,他们尚且有土地可耕种,有老家可退守,生病了有新农合的报销政策,失去劳动能力后每月还多少有点补助。而我呢,真的是一无所有,有力气时靠到处打工维持基本生活,干不动时,世上所有的门窗都关闭了,连仁慈的上帝对此也会无动于衷。

现实张开大口,吞噬着夹缝中的小人物,这些小人物的无辜、痛苦和隐忍,不仅仅是时代被忽略的注脚,更牵动着时代的面部表情与痛感神经。荒野中探出手脚的野百合也有自己的春天,不享有社会保障的人,当然也是一个个生命个体,虽卑微却是活生生的,谁都没有权利剥夺他们的生存权利,他们同样呼唤和迎接着属于自己的春天。然而当疾病猝然来袭,失去劳动能力之时,就是他们彻底失去尊严的开始,高昂的医药费带给家人的会是无法承受的负担。如果求助于社会,则要以乞怜的卑微面目出现,说一些感恩戴德的话,在肉体最痛苦的时候,还要失去最后的尊严,最终也未必能够挽回生命。面对疾病的折磨、经济的困扰、精神的重压,这种没有尊严的生活,是否太过残酷?没有安全感,遑论幸福感,对生命的尊重更只是一纸空谈。人到中年,身心动荡,让我对未来的恐惧尤甚。我不知道,一天一天,背负着沉重的生活压力,承受着巨大的精神负担,我究竟还能走多远?

社保，就像一块沉重的巨石，我好像西西弗，躬身站在山脚，拼尽了全力，向上推着它，想翻过那座山。但它像生了根，又像长了脚，无视我的努力，我沮丧，我失落，我绝望……有时想起来，我恍惚觉得，它真的很像我曾经险些失去的子宫，让我感到无望和疼痛。社保之于我，在生存意义上，也如同子宫，郁结为一道暗伤，成为无法释怀的心结，与我的生活甚至生命息息相关，时时折磨着我，令我鲜血淋漓、血肉模糊……

(原载《大观·东京文学》2019 年第 2 期)

低　飞

　　回家的路上，瓢泼大雨兜头而来，毫无防备的心在雨中激灵了一下子。雨又笼罩了我所生活的世界。雨，断断续续，时疏时密，因落地位置的不同，这雨便有性情、有气味一般，在我咫尺之远，竟有一些息息相通。于是想起了我所居住过的那些漏雨的房子，和那些滴雨的日子。

　　结婚以后搬了十四次家，从结婚上班的第一个地方，到休产假时借居的娘家，之后又搬出来，开始了漫长的流浪。第一个家在我当时的工作单位附近，那是开发区一家新建单位，周围都是一些民居，我在距离单位最近的一个村子里与人合租了两间平房。我与他一起，欢天喜地地买床，买洗衣机，买桌椅。那时候，新婚的我以为租房只是一个短暂的过渡，却不曾想到，那只是我漫长租房生活的开始。此后，下岗，失业，创业，所谓的家，便与我流浪的脚印一路相伴。因为没有固定收入，经济拮据，每次都是与人合租两间正屋，有时则住在南边或者西边的厢房，只是为了有个暂时栖息的场所而已。

　　印象最深的是第四次搬家。因为没有了生活来源，我们听从亲朋的意见准备"下海"。那一年，我借了生命中第一笔巨债，在市郊租了一个荒芜的院子，一个废弃的村委会。那是个荒凉破败的院落，我们搬进去第一件事是除草，草已没过膝盖，散发着一股潮湿霉烂甚至可怕的气息，可是我们管不了那么多了，创业的理想支撑着年轻的身体和灵魂。我们就在这样一个荒草萋萋的院落安了家，这里既是厂房，也是住所。院子里从东到西有十几间高矮不等、破旧不堪的平房，我们选了最东边看上去最整齐的三间住了进去，带着对新生活的向往，开始了忙碌。为了节约每一分钱，我们自己动手，踩着梯子粉刷斑驳的墙面，给张着口的窗子安装玻璃。

夏天蚊虫叮咬，苍蝇嗡嗡飞舞；冬天寒风从墙缝、门缝中，裹挟着雪花造访我们的家。那是真正的寒舍，寒冷的寒，寒酸的寒。多年失修的房顶漏雨，每逢下雨我们家的塑料制品必定派上用场，雨滴滴答答落下来，床上、家具上、地上全是，满屋子响起清脆悦耳的叮叮当当声。我和他忙个不停，把所有的塑料布、洗衣盆、洗脸盆、锅碗瓢盆，全都拿了出来，挨个地方放上接水，女儿在雨声中酣然入睡。结婚时买的床太大，床垫子太厚，那时对新生活充满向往的我们，没有想到在此后漫漫十五年的租房生涯中，当时费心买来的最满意的床和床垫成了每次搬家最沉重的负担。在每个漏雨的夜晚，因为两个人无法挪动大床，又担心年幼的女儿被雨淋湿，我们几乎一直在不停地盖雨布、接盆子，不停挪动熟睡的女儿温暖柔软的身体，尽量不让她被雨淋到。甚至有一次，实在无处可挪了，我在女儿身上撑了一把伞，小小的还没有上幼儿园的女儿，就蜷缩在雨伞下面，伴着雨滴滴答答落在伞上的声音，香甜地睡着。她仿佛在睡梦中遇到什么欢喜的事情，嘴角微微上翘，眼睛轻轻张开，显出甜甜的笑容。

2001年夏天的一个周末，我们创业的第二年，他去外地同学家借钱，当天没有赶回来。那晚又下雨了，我一个人手忙脚乱地铺塑料布、接盆子，然后抱着熟睡的女儿在床上四处躲避。整整一个晚上，我不敢入睡，望着漏雨的屋顶，听着外面肆虐的风声雨声，感觉房屋随时有崩塌的危险，简直要崩溃了。怀中酣睡的女儿是支撑我生存下来的全部力量，像有一只看不见的手，紧紧攫住我的心，又像有一个声音在我耳边回响：既然把她带到这个世界，就要为她负责。坚持下来，坚持！那一夜，我没有合眼，没有丝毫倦意，一个人抱着怀中小小的女儿，在滴雨的夜里坐到天亮，直到雨停下来。多年后回忆起那个一夜无眠的漏雨的夜晚，如果没有女儿温暖柔软的小小身体相伴，我不知道当时的自己会不会因为绝望而坚持不下来。

夏季又偏偏多雨，就这样，一个夏天，雨弥漫于整个卧室、整个房间，弥漫在我潮湿的心里。床头被雨水浸泡得斑斑驳驳，床头上的漆一片片掉了下来，像一幅地形复杂的地图。屋子里到处是发霉的味道，衣服要全部拿出来暴晒，人进去会忍不住打喷嚏，会有透不过气、窒息的感觉，我因此得了过敏性哮喘。在郊外，幼小的女儿被蚊虫叮咬得体无完肤，却从来没有抱怨，只是默默承受。也许因为她生下来就跟着母亲三餐不继，颠沛流离，早已习惯了这样的生活。那时候，从小衣食无忧的我，真正体验到了吃不上饭的滋味。刚刚结婚生育就遭遇下岗，一穷二白的一对夫妻，靠四处筹借，办起了预制件加工厂。当时渴望的只是能有一份稳定的收入，维持起码的生存。

刚刚投入资金，开始生产，当第一批自己研制加工的预制件品销售以后，以为会马上有资金进账，再进入下一轮生产，可是我们辛辛苦苦兴高采烈送出的第一单货，就遭遇拖延付款。工人多是外地来打工的，与我们一起吃住在工地，再没钱，也要想办法让他们吃上饭，安心住下来。原料的供应方，也要想办法给人家结清款项，不然随时面临停产。谁都不能得罪、不能凑合，唯一可以忍受委屈的只有我们自己。我的母亲还没有看到外孙女出生就去世了，母亲走前，从来不会想到她钟爱的最羸弱的小女儿，会在她离开之后过上这样的生活。公公婆婆又远在外地，我们一家三口，在那间漏雨的屋子，那个空旷的大院，像被人遗忘了一样，相依为命。因为是非农业户口，没有土地，没有责任田，没有粮食、蔬菜，也没有钱购买，哪怕是馒头和咸菜。失去了工作，就意味着失去了生活的全部来源。

大姑姐送来了一袋小米，那袋小米成了我们救命的口粮，一家三口，上顿下顿喝小米粥。不足四岁、乖巧懂事的女儿终于忍不住了，抬起瘦弱身体支撑的硕大脑袋，怯生生地问我："妈妈，咱们家可不可以不要天天喝小米粥啊？"一句话惹得我泪水唰唰流了下来。看到失态的母亲，女儿像做错了事一样，立刻扑到我怀里，伸出小手为我拭泪，用稚嫩的嗓音为我唱童谣，想哄妈妈高兴起来。我低下头，看到女儿娇嫩皮肤上被蚊虫叮咬的点点红斑，脸上、腿上、胳膊上，全是蚊虫叮咬的痕迹，有的地方起了红包，有的地方因为瘙痒难耐，被女儿挠破结了痂。夏天的郊外厂区，没有空调的房间像一个巨大的蒸笼，晚上无法入睡。不下雨的晚上，女儿跟着爸爸，躺在外面院子里的水泥制品上，伴着院子外水湾里的蛙声和身边蚊蝇嗡嗡的声音入睡。

实在没有生活费了，孩子要吃饭，工人们要干活，外边的欠账要不回来，而我们又不能总是向亲朋张口借钱。家里常常连一块钱也没有，连一袋盐都买不起。他天天唉声叹气，从来不抽烟的他，从那时开始吸烟，并且有了很大的烟瘾，即使只有五块钱，什么都不买，也要先买上一盒烟。劣质烟的味道开始充斥在整个房间。有一次，他从外面回来，破天荒地买了蔬菜馒头，一进门，把东西放到桌子上，什么也不说，转身躺到了床上，边喘粗气边抽烟，然后从兜里掏出两张粉红票子。看到这些钱，我很奇怪，因为家里即便再拮据，他也不肯开口向人借钱。家里断了炊，全家挨饿，没有周转资金导致停工，最终鼓足勇气向亲戚同学借钱的都是我，虽然我也是那么不情愿，那么张不开口。看着我满是狐疑的目光，他拿出了一个小本子，我拿起来一看，才知道他去献血了。我的眼泪哗地流了下来，又心疼又生气。我们家再困难，也不能去献血啊。他说看到路旁有流动献血车，虽然是无偿献血，多少还给一点补贴，他就去了，并且说没什么，在单位时不也曾经献血吗。他说自己年轻，过几天就好了，没事。

以前我们俩的单位的确经常组织献血，我贫血，检查不合格，没有献过血。他倒是参加过，而且不止一次，可是那种心境情景，跟现在哪有可比性呢？那时候我们意气风发，豪情满怀，积极响应国家号召，而今献血是为了补贴，解决基本生存。而且由于长时间的营养不良，现在献血，身体已经消耗不起了，何况这也不是解决问题的办法。

没有奶奶家和姥姥家可去，孩子跟着我们，冬天忍受着肆虐的寒风，夏天在蚊虫的叮咬、雨水的滴答声和不见鱼肉荤腥的清粥中成长着。我终于下了决心，大人尚可以坚持，但不能让孩子跟着我们受罪了。我鼓足勇气，第N次出去借钱，给女儿凑齐了一个学期的生活费，送她去了幼儿园寄宿班。一个三岁多的小小幼童，生活尚不能完全自理，说话还不能完整表达，就这样离开了母亲的怀抱。

那个初秋的早上，第一次送孩子上寄宿班，小小的女儿紧紧拽着我的衣服，声嘶力竭地喊妈妈，生怕妈妈不要她了，生怕从此离开她出生后唯一始终陪伴她成长的人，怕离开那个贫瘠困顿，于她却无比温暖的家。看着秋风中伸出手绝望哭喊的孩子，我的眼泪哗哗地流了下来。这样一个小小的人儿，就这样一下子被她唯一依赖信任的亲人推到完全陌生的环境中，作为母亲的我肝肠寸断，心疼自己小小的无辜的孩子，痛恨自己没有能力给她一个无忧无虑的童年。我想紧紧抱住那个秋风中无助颤抖的身体，可是理智最终战胜了情感。以爱的名义把她带在身边，却不能给她最起码的衣食住行的保障，这所谓的爱，是否更是一种不负责任的自私？一个人的生命旅途中，很多事情会不经意间忘却，可是秋风中女儿撕心裂肺的哭喊、那双绝望恐惧的眼睛、那小小的战栗的身体，却一直在我的眼前闪烁，在我的耳边回荡。眼泪会蒙住我的双眼，那些往事却清晰地浮在眼前，时时唤醒我隐藏在内心深处潮水般的记忆。

　　安居方能乐业，没有家，就没有安全感，心和身体、灵魂一直在流浪、游荡，像无家可归的孤儿，从一个屋檐下流浪到另一个屋檐下。见到了很多人，认清了很多事。那些善良房东温暖的语言、和善的笑容，和另外一些房东鄙夷轻蔑的神情、刺耳的声音，我都感受过。声音也是有表情、有温度的。还有那些漏风的屋子，墙上斑驳的苔藓。背阴潮湿的房子住久了，我对阳光有种执着的渴望和热爱，那时最大的愿望是能够拥有属于自己的房子，拥有一个属于自己的温暖的阳台，能够让我娇弱可爱的女儿天天沐浴在温暖的阳光中，过上安定的日子。一直在幻想一种生活：岁月静好，现世安稳。有一间不必太大却安静的房间让我写字，让我或喜悦或忧伤的情绪在夜里静静宣泄，在一张张纸上涂上斑驳的墨色。房子一定要有采光极好、宽敞明亮的阳台，站在那里，抬头可以看见天际，低头可以看到人流，有阳光的温暖，有月色的冷寂。一张桌子，一台电脑，一对音箱，就能够让我离我的梦想近些，再近些，就能够给我的女儿一个温馨的家、一束温暖的光芒。我知道，只要有温暖的阳光将我包围，纵然是寒冷的冬天，孤独一人，我的心中也会春意盎然。直到2010年，生活稍稍安顿下来，立刻贷款买了房，我才有了一个栖息的所在，买上了电脑，重新开始写作，灵魂终于跟着疲惫的肉体得以安定下来。

　　生活中有许多事情是消失在写作之外的，相对于生活来说，写作只是一条小溪。生活空间只是我们身体的延伸，无论是延伸在大地上面，还是大地里面……

　　也许是因为大自然和社会对我的洗礼吧，很多人看我的文字，会感到沉重和沧桑，及至见到人，才知原来不是想象中的老人。是多舛的命运让我比同龄人经历了更多苦难的折磨，心早早苍老了，文字自然也沉重了许多。有些词汇，在书本上学来之后，还需在生命里再学一次。在种种生活磨难的背后，我真正懂得和学会了隐忍、坚强。

匍匐在地的时候，渴望的是一种低飞。

（原载《朔方》2016年第7期，《散文（海外版）》2017年第2期转载，入选百花洲文艺出版社《2016年中国散文排行榜》）

猫　事

喵　喵

女儿两岁半时,拍过一张照片。照片中的女儿梳着两只朝天辫,穿着表姐淘汰的不合体的格子连衣裙,坐在一张破旧的沙发上,怀里抱着一只黑白花纹的猫咪。她的眼睛笑成了两道弯弯的月牙,露出两排洁白整齐的牙齿,明媚的笑容让人看了心疼心动。多年之后,读中学的女儿在照片背后写道:喵喵——我幼时的第一个伙伴,也是第一个玩具。

那时候,休产假遭遇下岗的我,因为没有了生活来源,听从亲友的意见准备"下海"。我们借了生命中第一笔巨债,退掉了结婚以来一直租住的房子,带着咿呀学语的女儿,在市郊租了一个荒芜的院子,开始了人生中的第一次创业。

因为手头拮据,我们不舍得花钱送女儿上幼儿园,女儿就这样跟我们住在这个远离人群的荒凉院落,过着与世隔绝的生活,没有伙伴,没有电视,也没有玩具。她独自一人在漏雨的棚屋里孤单地玩耍,度过了一个孩子本该美好的童年时光。连一日三餐都难以为继的我们，根本没有能力为孩子买一件玩具。

直到有一天，孩子父亲从外面回来，手里小心翼翼地抱着一只纸箱，一进大院，就高兴地喊着女儿的名字让她过去看。听到孩子父亲难得的明显兴奋的声音，我立刻抱着欢快应答的女儿跑到院子里。打开纸箱，只见一双绿幽幽的大眼睛有些惶恐地注视着我们，还发出微弱的喵喵声。这是孩子父亲在路边野地里拾到的一只小猫，它黑白花纹，眼睛明亮，体态娇小，是一只刚出生不久即遭遗弃的小猫咪。孩子父亲从路边走过，看见它瑟缩在野地里，不断发出微弱的叫声，突然想到自己幼小而孤单的女儿。就这样，它成了女儿艰辛童年里的第一个伙伴，也是唯一的玩具。

女儿非常喜欢这个乖巧伶俐的小伙伴，给它起名叫喵喵。娇小的女儿把更娇小的喵喵抱在怀里，一起吃饭、睡觉、玩耍，喵喵像一团绒球，每日追随着女儿，形影不离，陪伴着这个在贫穷和孤独中成长的孩子。

女儿一天天地长大，喵喵也已经长成一只半大的小猫，更加淘气了。女儿每日抱着它玩耍嬉闹，容易满足的她心中充满了单纯的快乐。我们住的地方在郊外，出门是一片小丘，不忙的时候，我会牵着女儿，女儿怀里紧紧地抱着她心爱的小伙伴，一起去野外玩。女儿张开小手欢呼着，奔跑尖叫着，嫩绿的青草、打着小伞的蒲公英、繁星般的荠荠菜，都能带给她快乐和惊喜。湛蓝的天空中，麻雀在低翔，不时落下，蹦跳着叽叽喳喳地歌唱。这时喵喵就会挣脱女儿的怀抱，越过犁好的田地的界垄，去追逐欢唱的麻雀。它抵住前爪弓起身子，一动不动，时刻准备着跟麻雀搏斗。女儿跟在它身后，和它一起追逐着那些天空的精灵，稚嫩的童音回荡在绿色的春天里。

在郊外独居，棚屋外的野地里常常有流浪狗出没。有一次，女儿跟喵喵在大院墙外玩耍，突然迎面跑来一只毛发凌乱的流浪狗，仰起头冲着女儿狂吠，女儿被吓得哇哇大哭起来。听到女儿凄厉的哭喊，我从院子里飞跑出去，突然女儿的哭声戛然而止，只见喵喵挡在女儿面前，对着流浪狗高高竖起尾巴，喉咙里发出低沉的吼声，瞪着滚圆的眼睛怒视着流浪狗。流浪狗看到喵喵发怒的样子，吓得跑远了，是喵喵挺身而出，保护了女儿。

然而有一天，喵喵不见了，女儿哭喊着喵喵的名字，找遍了院子里的角落，嗓子都喊哑了，小小的脸蛋满是泪水。我抚慰着女儿，说喵喵可能是跑了，宝宝不哭了,以后让爸爸再给宝宝拾一只小猫好吗?我心里却在想,都说狗是忠臣猫是奸臣,这样艰苦的条件,连人都忍受不了,何况一只来去自由的小动物呢,它肯定是选择离开了。我虽然暗自嘀咕,却不敢说出口,怕伤了女儿纯净如一眼清泉的心。女儿似乎看穿了我的心思,哭喊着坚决地摇头:"不要,不要!肯定有原因,喵喵它不会跑的,我只要喵喵!"在女儿心里,喵喵已经不仅仅是一只猫,而是与她朝夕相伴、相互取暖、不可替代的小伙伴了。可喵喵终究找不到了,那以后很长时间,我们不敢提喵喵,不然女儿总会哭闹着坚持说喵喵没有跑,一定要去找她的小伙伴。

　　大约过了半个多月,我们去清理一间废弃的屋子,准备用来做仓库。打开房门,一眼看见喵喵的尸体,已经干瘪成了皱巴巴的一团,身上的皮毛凌乱干涩。也许它是误吃了什么东西,自己躲到这儿悄悄离去了。我不知道它在临终前经历了怎样的痛苦折磨,但我清楚,它怕我们,尤其是怕它的小主人兼小伙伴看到它痛苦挣扎的样子,所以才选择悄悄地躲起来独自离去。在最后闭上眼睛的一刻,它的眼中一定蓄满了泪水,痛苦伤感而又无限留恋地想着它的小主人。女儿看到喵喵的尸体,哇的一声大哭了起来,坚持要把喵喵掩埋掉,说她知道喵喵不会自己跑掉,它是怕我们难过,自己悄悄躲起来走了……

皮　皮

　　女儿三岁半了,我们准备送她上幼儿园。为了方便接送,我们一家三口从棚屋里搬出来,在城乡接合部租了两间平房。说是两间,其实只有不到十平方米,隔成了两半,里头仅放得下一张床、一个简易塑料衣橱,外面放一个煤气罐、一张小桌子,一家三口挤在那张大床上。

　　腊月底,看仓库的工人要回老家过年,抱着一只小猫来到我们的租住房,让我们代为照顾。女儿一看就兴奋了,央求我们同意,欢天喜地地留下了这只同样有着黑白花纹、同样也是刚出生不久的小猫咪。这次女儿给它起名叫皮皮。

　　皮皮实在太瘦弱了,黑白花纹下是瘦瘦的肚皮、嶙峋的骨头,抱在怀里身子轻得像一团温软的棉絮。女儿每天把它抱在怀里，给它洗澡、喂食，像呵护一个刚出生的婴儿。出门的时候，女儿将只有巴掌大的皮皮放在姑妈送给她的一个铁皮饼干盒里，孩子父亲在盒子下安了四个小轮子，在盒子上穿了一根长绳。女儿无论走到哪儿，身后都拖着这只盒子，盒中的皮皮探出小小的头，瞪着好奇的大眼睛，怯懦而又忍不住东张西望，喵喵叫着跟小主人打招呼。有时它会站起来，弓起身子伸个懒腰，却从不出来乱跑，一直安安静静地待在小主人给它安排的小铁屋里。皮皮长得很快，铁皮小屋躺不下了，女儿又给它找了一个纸盒子当新家。皮皮像它的名字一样，越来越调皮。它经常跑到我们租住房那狭小的院子里，在那株月季花上打秋千，老远听见女儿从幼儿园回来了，便像风一样迅捷又悄无声息地奔到女儿面前，蹭着小主人白皙娇嫩的脚踝。周末早上，女儿想睡懒觉，却常常被它蹭来蹭去地弄醒。有时候女儿玩累了困极了，蒙上被子不理它，它索性在女儿头顶找一个舒适的位置，把自己盘成一坨毛线，咕噜咕噜地跟小主人撒起娇来。

女儿从小跟着我们在艰难拮据中长大，居无定所，颠沛流离，比同龄孩子更懂事，更知道克制。别人家的孩子快乐地玩滑板车、穿溜冰鞋、开碰碰车时，女儿只是远远地站在一边望着，眼里充满渴望和羡慕，却从不哭闹着提要求。皮皮闯入女儿的生活，成为她贫瘠生活里相依为命的伙伴，给女儿贫乏的童年增添了很多快乐。皮皮是一只乖巧安静的小母猫，每次女儿唱歌、跳舞、画画、讲故事时，皮皮都是最忠实的观众，瞪大碧绿澄澈的大眼睛专注地看着小主人，时而喵呜喵呜两声，为小主人叫好。

动物与人一样，也有着细腻丰富的情感，它们甚至比人类更率真、更专注。猫看似敏感娇弱，实则独立，是一种高冷而骄傲的小动物。它们趾高气扬地从你身边走过，甚至不会看你一眼。如果你真的不理它，它就会跑来蹭你，可是当你要抱抱它，在你怀里不过三秒，它又挣脱逃走了。它慢热而长情，只要你对它用心，它也一样会敞开内心欢迎你走进去。

有一次女儿回家，皮皮照例老远就喵喵欢叫着跑到门口迎接小主人，女儿也一样进门就叫着皮皮将它举起来抱到怀里。此刻皮皮却一反常态，用一双幽怨的眼睛瞪着女儿，似乎有什么话要说，突然猛地挣脱女儿怀抱，自顾自地离开了。同样的情形发生两次后，女儿陡然想起来了，原来她在回来的路上抱过其他小猫，皮皮可能闻到了她身上有别的小猫的味道，生气了。从此，女儿外出再也不碰其他小动物，两个小伙伴和好如初。

小动物与孩子之间似乎有着天然的彼此信赖与亲近，皮皮带给女儿的童年无限的快乐和慰藉。女儿眼里的皮皮，不仅仅是一只不会说话的宠物，更是她情感世界里最值得珍视的朋友。有一次，下起了小雨，女儿抱着皮皮打着伞出去玩。回家途中，雨下大了，女儿怕淋着皮皮，紧紧地将它搂在怀里，雨伞斜倾着罩住皮皮，她自己的半个身子却露在伞外。待一路跑回家，她的头发和衣服都湿透了，浑身冰凉，皮皮用两只前爪使劲地抓着女儿，像一个依偎着母亲的婴儿，被女儿保护得好好的，身体温热柔软，一点没被淋到。

皮皮也依恋着女儿，每天早上送女儿上幼儿园，走到门口，皮皮就会跟在后面喵喵叫着，目送女儿离去。晚上接女儿回来，皮皮老远就嗅到了我们的气息，急不可耐地喵喵叫着，跑到门口迎接它的小伙伴。就这样，皮皮从刚来时怯生生地躲在床底下，到遍地撒泼地抱着花盆里的橘树倒挂，陪伴女儿度过了一段快乐时光。

一年后一个春天的晚上，我从幼儿园接女儿回家，却没有见到皮皮熟悉的活泼身影。没听到它欢快的喵呜喵呜声。女儿又跟当时找不到喵喵一样，边哭边叫着皮皮的名字，寻遍了大街小巷。后来据一个从我们租住房门前放学路过的小女孩说，她看见有个奶奶在我们家门前转悠了好几天，那天中午放学的时候，皮皮被那个奶奶抱走了。陪伴女儿一年的皮皮就这样又离开女儿视线，走出了女儿的生活。我们发誓再也不养小动物了，因为不想再感受失去，更怕女儿承受不了这一次次的别离。

丢 丢

直到有一天，我们迎来了第三个小客人。

到现在，我还能清晰地想起第一次遇见它的情景。

时值夏末，天气微凉，下着小雨。女儿已经八岁了，扎着马尾，读小学二年级。那天中午，她放学回家路过一根横在路边的水泥管子时，突然听到一声微弱的"喵"。女儿蹲下身子去找寻，它在黑暗的管子中望向女儿，两星目光闪烁明亮，最终没有拒绝她向它伸出的双手。猫这种充满灵性又高傲乖张的动物注定与飘泊无定的我们，尤其是与在孤独中长大的女儿更容易结下善缘。当这只孤苦的流浪猫走向女儿的那一刻，女儿什么都不想了，她只想带它回家，回那个同样萍踪不定的家。

女儿一路抱着它跑回了租住房。女儿渐渐长大，三个人挤一张床已经不方便了，这次我们是与一家农村进城卖菜的夫妻合租了四间正屋的两间，我们住在西边两间，各自走自己的房门。房子不隔音，隔壁说话的声音都听得清清楚楚。我们睡在靠西墙的那间，房间刚刚能容纳一张大床和一张小床，东边这间当厨房、客厅兼餐厅，放着一个简易衣柜、一只煤气罐、一张折叠的小桌子。小桌子做饭时当菜板，吃饭时当饭桌，女儿写作业时又是书桌。房间太小了，打开桌子就转不开人，只好用时打开，不用时折叠起来。

这样逼仄的住房条件，三口人尚且住不开，哪里还有多余空间容纳一只猫呢？可是看着女儿亮晶晶的眼睛、被汗水打湿的头发、满怀期待的表情，我不忍心拒绝了。小猫被女儿抱在怀里，它有着黄白相间的花纹，弱小的身子蜷缩成一团，两只碧玉般的大眼睛怯生生地望着我，声音嘶哑地喵喵叫着，仿佛知道要与女儿结成联盟，共同争取我的同意。望着女儿和小猫无辜迫切的眼神，摸一摸小猫瑟瑟发抖又温暖柔软的身体，一瞬间如蜻蜓掠过水面，那么微妙而又真切地触碰到我柔软的心底。就这样，女儿收留了这个可怜又可爱的小生灵。鉴于此前喂养的失败，这次我们特意给小猫起了个名字叫"丢丢"，很有点以前人们为了孩子好养，故意起名"狗剩"的意味。

丢丢是一只最普通不过的小猫，然而就在女儿带它回家的那一刻，它便与众不同了，他们彼此需要、相互珍惜。丢丢与我们有一种与生俱来的亲切感，它很快与我们混熟了，开始慢慢地对自己的名字有反应，也开始习惯我们的拥抱。

我们每日为生计奔波，生活完全没有规律，常常回到家已经很晚。女儿从上小学一年级开始，就每天自己走着上学、放学，我们从来没有接送过。回到家，第一个迎接她的总是丢丢。有一次我们到家已是深夜，女儿没有吃晚饭，写完作业与丢丢玩耍等着我们，实在熬不住，睡着了。打开房门，我们看到满脸稚气的女儿躺在床上和衣而眠，小小的身子蜷曲着，怀里抱着丢丢。听到动静，丢丢警觉地从女儿怀里伸出头张望，好像在保护女儿。看到是我们，它懒洋洋地伸了伸腰，喵喵叫着跟我们打招呼，然后又惬意地钻进了女儿怀里。

  一个星期天，女儿和她的表姐抱着丢丢去外公家玩，说好吃过晚饭就回来，可是晚饭时间过去很久了，依然不见女儿回来。正在焦急等待中，女儿和表姐回来了，泪眼婆娑地说，下午带丢丢在外公家楼下的草坪上玩，淘气的丢丢奔来跑去地跟她们捉迷藏，困在茂密的冬青丛中出不来了，只听到丢丢惊恐的哀叫，却怎么也找不到它的影子。她们围着冬青丛找了好久，最后只好垂头丧气地回来了。我听了很难过，只有柔声安慰着面前这两个哭成泪人的小女孩。

  挨过难熬的夜晚，早上送走上学的女儿，父亲突然来了，手里拎着一只网兜。听到喵喵的叫声，我不敢相信自己的耳朵，难道是丢丢回来了？打开网兜，丢丢边叫边蹭着我的裙角，像一个受了委屈的孩子，回来对妈妈撒娇呢。果真是丢丢！父亲说，早上起来听到门外有猫叫声，时不时还有房门被抓挠的动静。打开门，丢丢正在防盗门外边喵喵叫着，边用爪子和尾巴蹭着防盗门，头上身上全是草木碎屑。

  父亲找了个网兜，把它放进去，想提着送回我们家。丢丢起初可能是怕被扔掉，在网兜里凄惨地叫着，使劲地挣扎，想突围出去。走到距我们家一百多米时，它安静了下来，大约已经知道自己即将被送回家。见到我之后，它伸出两只前爪紧紧地抓住我胸前的衣服，眼睛似睁非睁地撒着娇。盯着这个怀中亲密依偎着我的小生灵，我不知道它是怎样从冬青丛中挣扎出来，又是怎样穿越单元防盗门，找到楼上父亲家的。这弱小的精灵，为了寻找主人历尽辛苦，心中怀有一种怎样的信赖和依恋啊！中午女儿无精打采地放学回家，眼睛还是红肿的，一进门竟然又听见了熟悉的喵喵声，女儿立刻喊着"丢丢，丢丢"，边哭边飞跑进门。丢丢高高地竖着尾巴，像以前一样跑过来围着女儿打转，蹭着她的小腿，女儿紧紧地抱住了这个失而复得的"宝贝"。

  经历了这次事件，丢丢和我们相处得更加融洽。每天出门，它都会把我们送到门口，但是怎么也不肯迈出大门一步，就那样目送自己的亲人远去。有时我们去离家不远的广场玩，女儿把装着钥匙的小包挂在丢丢耳朵上，丢丢就会乖乖地趴在地上，时而伸出它的小爪子跟主人嬉闹，但始终坚守岗位，守护着那个挂在它耳朵上的小包。

  一次有位朋友来我们家串门，看到丢丢特别喜欢，说他家底楼好像进去老鼠了，想把丢丢要去捉老鼠。女儿不同意，我也不舍得，最后商量好把丢丢借去十天，再送回来，女儿勉强同意了。仅仅过了三天，朋友就打电话让我们接丢丢回来。原来丢丢去了就钻到一只沙发底下，从早到晚一直凄厉地哀叫，任凭朋友每天将鱼虾端到沙发边，就是不肯出来吃一口。丢丢绝食了！它可能以为我们丢弃了它。朋友无奈，只得让我们接它回来。我和女儿刚走到朋友家大门外，就听到丢丢喵喵的叫声，接着，它箭一般从底楼大门蹿了出来，喵呜喵呜叫个不停，似乎在向我们倾诉分离的委屈。

时间过得真快，丢丢已经长成了一只成熟的大猫，比幼时安静了许多。

2011年春，历经多年打拼，我们终于贷款买了属于自己的房子，从租住的平房搬上了楼。女儿放学回家，问："妈妈，丢丢呢？"我忽然想起，对啊，忙碌了一上午，怎么没有听到丢丢的动静，不会是把它遗忘在租住房或者真的丢了吧？！女儿一听，眼泪唰地下来了，哭喊着说："丢丢，丢丢！你们把丢丢弄丢了，我要回去找丢丢！"这时，隐隐地听到了一声猫叫，我们以为是幻觉，屏息静听，果然是丢丢的声音！只见丢丢正从一只女儿盛书的纸箱里探出头，一边回应着女儿，一边不紧不慢地从纸箱里走了出来，那风度，俨然一位凯旋的大将军。

住在楼上，丢丢生活很不方便，也不适应封闭的环境。我同女儿商量，与其这样每天把丢丢关在楼上，眼睁睁地看着它不快乐，不如把它送给一个喜欢动物又有条件豢养的人家。几经筛选，我们将它送给了一位离我们家不远、住平房的亲戚。丢丢走后，失落和牵挂在我和女儿的心底萦绕了好长时间，我们总是不适应回家后的冷冷清清，担心着丢丢在新家是否适应。但一想到为丢丢找了一个更适合它生活的地方，它应该会获得新的慰藉和快乐，我们也就释然了许多。此时女儿已经长大了，对这种分别的情绪不再像小时候那么无法控制。一直到把它送走，女儿都没有哭，只是偶尔会问我，如果再见面，丢丢与我们，是不是还能认出彼此，丢丢是不是还像以前一样记得住回家的路？

（原载《红豆》2017年第3期，《散文选刊》2017年第6期转载，入选《红豆》杂志选编、中国言实出版社《〈红豆〉散文随笔双年选2016—2017》，二十一世纪出版社集团《2017中国精美散文》）

生命的另一种体验

一

　　"韵，韵，醒醒，听到了吗？"朦胧中听到爸爸焦灼的声音，睁开眼，看到一双双焦灼的眼睛。想说话却没有力气，想要欠身，一阵剧烈的疼痛袭来。"别动，别动！"只听到几个人异口同声地喊道，这才想起自己刚刚做了手术。"醒过来了，我还活着。"一个念头闪现了出来。此时是下午三点半，术前的一幕幕如电影胶片般浮现了出来。上午十点五十分，我正在进行术前输液，手术室的车子来了，就要拉我奔赴"刑场"。匆忙换上手术衣，被工作人员推着进入专用电梯去手术室。只看到面前一个个匆忙的身影，接受着围观者一道道探询的目光，那目光里有同情，有怜悯，有好奇，有漠然。委屈、害怕、无助、悲哀，各种情绪潮水般涌来。手术室门前又过来一辆手术车，躺在上面的也是一位年轻的女子。我与她相视一笑，侧过脸去，不希望被别人看到满脸的泪水。

　　得病其实很久了，多年为生计奔波，长时间的肝气郁结、情志不畅，终成痼疾，又因经济困难，没有能力也没有心情医治，最终错过了最佳治疗时机。

本想任其发展，可是想到女儿豆蔻年华，正需要母亲的呵护，父亲年事已高，正需要儿女的照顾。我没有选择放弃的权利，只有坦然面对。

二

打着吊瓶，架着氧气，挂着镇痛棒，插着导尿管；不能翻身，不敢咳嗽，不能用枕头。做完手术，需要就这样保持平躺六小时。夜已经很深了，同一天做手术的两位同室病友都安静地睡着了，可我却无法入睡。恶心，呕吐，胃里翻江倒海，却不敢翻身，更不敢用力吐，那种恶心的感觉无法控制，比疼痛还要难以忍受。先生急忙找来值班护士，打了一剂止吐针，总算迷迷糊糊睡了一会儿，又被剧烈的恶心搅扰了起来。还不到术后六小时，还是不敢翻身，只得又打了一剂止吐针。此时疼痛的感觉不是最主要的，那种说不出来的煎熬才是最难过的。直到六小时后，在先生和姐姐的帮助下可以稍微侧侧身体，才稍好了一点。吊瓶打了一夜，折腾了一夜，陪床的姐姐和先生也一夜未眠。

术后第二天开始低烧，全身难受，背部、脊椎酸涩疼痛又不敢翻身。下午护士来撤掉了导尿管，让自己下来活动小便，我却起不来，稍微翻动身体，换换姿势，汗便流了下来，床单全部湿透了。同室病友都下床解了小便，而我依然起不来。先生去外面买了一个卧式便具，细心地用卫生纸垫了放在身下，还是不行。术后第三天，护士又来询问。先生把床慢慢摇起来，和病友家属一起，四个人过来帮忙扶我起来，一个擎着输液瓶，两个从身体两侧轻轻扶我起来坐好，一个趁势帮我把腿慢慢搬到地上穿好鞋子，我全身已是大汗淋漓。在几个人搀扶之下，我才挣扎着进了卫生间，几步的路程，却走得那么艰难。

得到消息的亲友们陆续前来探望。我一直发烧、虚弱，整夜整夜输液，极度疲劳却无法入睡，连说话的力气都没有。天气寒冷，雪后路滑，年近八旬、步履蹒跚的父亲每天要换两趟公交车来看我，再换两趟车回去，不放心这个原本就身体羸弱的小女儿。看着同室的两位病友都渐渐有了起色，面色红润，能喝点稀粥、能独立下床走动了，再看看依然低烧、面无血色的女儿，父亲眼里满是焦灼和怜惜。父亲一遍遍地问："要喝水吗？吃药吗？感觉好点了吗？"他顾不得坐下也顾不得聊天，眼睛紧紧盯着输液瓶和女儿的脸，不知道要做点什么才能让女儿减轻痛苦，只能一圈圈踱步，一遍遍自言自语。术后六天我一直低烧，每天输液到次日早上六七点钟。每天清晨，父亲早早就来了，不放心女儿的身体，也为了让天天熬夜陪床的先生能稍稍休息一下。术后第六天，同室病友都出院了，而我又住了两天，才终于办理了出院手续，逃离了炼狱般的煎熬。

三

住院十几天，先生请了假，始终陪在我身边。尤其是术后八天，可能是体质太弱的原因，始终情况不断。先生每晚坚持陪床，一夜一夜无法休息，几天的时间，人憔悴苍老了很多。白天姐姐、爸爸过来替换，想让他回去好好睡一觉，在医院是无法真正休息的。可是他不肯离开，总是不放心，怕发生意外，只有太疲倦时才偶尔到走廊抽根烟，然后赶紧进来。

总算回家了，他要上班，婆母过来照顾我。朋友们陆续来探望，还时不时打来电话询问恢复状况。女儿周末回到家，也似乎突然长大了一般忙着照顾我洗手、洗脸、洗脚，端水送药。那一份小小的紧张和关爱，让病中的我觉得不适似乎减少了很多。要返校了，女儿抱着我絮絮地嘱咐："妈妈你好好休息，会很快恢复的。到那时你依旧漂漂亮亮的，咱俩约好了，要做一对母女姐妹淘哦。"

出院后，我再三对父亲说：一切都好，不用来回跑了，父亲仍是一遍遍叮嘱，终究还是放不下。出院第二天，父亲又过来了，手里拎着大包小包的补品。知道拗不过父亲，我也就不说什么，开心地留下食物，那样父亲才会放心些。身体还是太弱，坐不了几分钟。躺在床上听父亲与婆母聊天，婆母突然问父亲手怎么了，父亲回答没事，不小心碰了一下，不要紧的。听到这里，我紧张起来，果然看到父亲左手手背青紫，有一块明显的伤痕，隐约能看到血痕。父亲这才轻描淡写地说早上过来前，去楼下超市给我买东西，不小心在雪地上滑了一下，摔倒了。父亲已经年近八十，原来一向走路大步流星、昂首阔步的身姿已不复见，以前都是散步来我家，现在已经无力走远路，来回都要坐公交车。这次着急来看我，他竟摔倒受伤了。年迈的父亲这么多年来一心牵挂着身体羸弱命运多舛的女儿，全然忽略了自己的年龄和身体。

住院十天，很久没上网了。吃过午饭，我感觉身体轻松了一些，打开电脑，浏览朋友们的动态，无意中发现了西风的《今日大雪》：

看看日历，今日大雪，阿陌今天有可能手术。纠结了这么久，她终究还是听从了医生的建议。从最初的决绝到最后的妥协，不过是因了亲情的羁绊。那天她对我说：我现在终于知道，陈晓旭为什么选择了放弃。

我硬邦邦地撂过去一句话：那是因为她没有孩子。

阿陌醍醐灌顶般瞬间醒悟了：是啊，我那么早就没了母亲，一想到女儿也要跟我一样失去母爱，就忍不住落泪……

我说，是的，为了孩子，别说是做个手术，就是要你的一只眼睛或一条胳膊，你给不给？

给。只要能留着命看女儿长大，什么都给。

这就对了。

读着文章，我又一次流泪了。尚未结婚失去母亲，刚刚生育遭遇下岗，正值盛年罹患疾病。过去的十几年，我经历过太多的苦难，一个人在黑暗中跋涉了很久。贫穷、疾病、挣扎、奋斗，还有什么不能面对呢？命运的残酷、身体的疼痛已经不能把我打倒，更不会让我流泪，而能够打动我的，往往只是看似寻常却触动心弦的瞬间。我是一个很容易满足的人，在物质上从来没有过高的要求，重视的是内心的感受，需要的是心灵的慰藉。我只需要一点温暖，一点关怀，一点爱心。术后经历了那么艰难痛苦的煎熬，我没有流泪，但是一想到所有关心我的亲人和朋友，温暖的情谊却使我潸然泪下。看西风的博客发表时间，是十二月七日下午四点多，那时我刚从手术室回来，看来相互契合的人之间真的是有心灵感应的。那日，正逢大雪，一个值得纪念的日子，这是看了西风的博客我才知道的。一场大雪把以往的苦难、以往的痼疾一起带走了，留下了一片清爽的天地，一个健康的自己。

四

术后几天，手机持续关机，又怕有什么事情耽误了，偶尔打开看看短信提示，得知文集的书稿清样已经快递过来了。这是我即将出版的散文集第六遍校稿，也是最后一遍。先生匆匆去取快递，二百多页的样稿，数十万字，要一页页全部校对一遍。先生给我摇起床来，一页页翻给我看。因为已经校对多次，且没有精力再一个字一个字地仔细审阅，只是大致浏览了一下，凭借记忆中第五稿的修改意见，着重看看需要重点修改的地方。果然有两张照片的说明被编辑人员给遗漏了。没有力气多说话，也拿不住笔，只能断断续续对先生耳语。先生根据我的意见，拿起笔来做了修改，签了出版意见，然后快递回去，只等着书正式出版了。文集七月底即与出版社达成了出书意向，但当时因为正在参与编辑一套五卷本丛书《莱州文学作品选集》，一直没有时间整理稿件。直到九月份，作协主编的这套文集正式出版，我才开始拿出时间进行散文集的修订整理。十月份签订出书合同，后来又因为对方的某些原因，一直延宕至今。不过在此期间也做了多次修订，力求更加完美，算是好事多磨吧。散文集遴选了这一两年在报刊上发表的六十篇文章，也算是对自己这几年写作的一次阶段性总结和回顾。在出版过程中，得到了很多文学前辈及文友和家人的鼓励与帮助，出这本书的初衷之一，也是想筹得售书款以做手术医疗费用。记得当时刚对文友们透露准备出书治病的想法，就得到了朋友们的支持，纷纷要求预订，文集尚未出版，已经陆续收到了朋友们的汇款。有的从网上购买一本、两本、十本，还有本地的陌生文友辗转打听到我的联系方式，上门找到我，有的购买六十本，最多的一次预订了二百本，要送给亲朋，唯一的要求就是等书出来后，一定要签名。他们了解我的性格，知道我断不会借钱或者接受募捐，于是以这样一种方式，默默表达他们的关心和帮助，以及对我文字的支持与认可。这于此时的我，不啻一场文字的救赎，一次心灵的回归。

它及时安抚了一颗困顿经年的眷恋文学的心,让我重新点燃了生命的希望、写作的激情。这样一份写作者与读者之间的情缘,多么珍贵,又多么神奇。对于一个多年来习惯孤独的人而言,这是一种怎样的鼓励与启示。回想自己的来时路,历尽坎坷,起伏不定,唯有文字,在我最困窘无助的状态下,给了我信心和力量,救赎了一颗困顿的心,让我在经受过坎坷磨难、体味过酸甜苦辣、了解过与自己习惯的生活截然不同的生活方式和思维方式之后,心灵变得包容通达,生命从此璀璨宏大。

手术后特别怕冷,又一直贫血,暂时无法上班,但是心里无时不在惦念自己负责编辑的刊物,看到投稿来的稿件上有错字,总要职业性地提笔改动。坐不起来,就躺在床上,吃力地拿起笔,在样稿上做修改。有些稿子需要在网上发送,我一次坐不了几分钟,但是每天都要上来看看,三五分钟,心里就踏实了,但是写一个简讯、发一封邮件,都要中间休息好几回才能完成。回来第四天,十二月十七号,又开始流血不止,身体更加虚弱,因为焦灼,也没有食欲,几天时间就更加憔悴消瘦了。流血到第七天,医院电话回访,说是术后收缩无力,让吃云南白药止血,直到二十七号才彻底止住血。住院十天掉了十斤,这次折腾又瘦了几斤,终于懂了那句话:不死也得蜕层皮。病来如山倒,病去如抽丝。从住院到止血,短短二十天,可以用一个词来概括:形销骨立。就算这样,我依然每天上网看看,整理即将出版的作协刊物采访文章、照片,给文联发送近期作协简讯,给印刷厂发邮件指出部分笔误。一期杂志代表的是一个单位的整体形象,虽然不能去上班,但是这些能做到的,还是要尽量做得更好些,少出纰漏。工作会让人找到自己的价值,做一个被人需要的人、一个能为社会做一点贡献的人,才会活得充实有尊严。

陆陆续续写下这些文字时,已经距离手术一个多月了,伤口仍然隐隐作痛,仍然怕冷,好像冻到了骨子里,可能本来就是大寒体质吧。这一个多月,没有办法坐下来痛快地写一篇文章,可是那些话、那些字在心里已经飞腾跳跃了很久,现在坐下来,只是做一次忠实的记录。

病中再次重温史铁生的散文集《灵魂的事》,那些富有哲理和智慧且不乏幽默的语言,囊括了他对生命、爱情和信仰的哲思,唤起了我对自身境遇的警醒和关怀,让我的心灵宁静了很多。病中阅读这些文字,感触更加深刻。"生病也是生活体验之一种,甚或算得一项别开生面的游历。""但凡游历总有酬报：异地他乡增长见识，名山大川陶冶性情，激流险阻锤炼意志，生病的经历是一步步懂得满足。"

生病是肉身的事情，可也牵扯了情感和心灵。肉身的疼痛是一时的，而情感却在疼痛时注入肉身包裹的内心甚至灵魂。人生本来就是一场场疾病，而健康就是救赎，救赎我们唤醒内心的温暖与光影，唤醒爱，以及我们对于这个世界、对亲人的感恩，感知个体生命与众多生命之间那种微妙而富有层次感的关系。

春天快来了，我的身体也好了很多。我相信，曾经的苦难、曾经的噩梦，都会随着疾病一起消失。

一切都好。

(原载《莽原》双月刊2016年第5期)

第二辑
清欢洗尘

寂静的美神

琉璃，一个安静清澈的字眼。长一张清新的美人脸，轻轻一念，吐气如兰，如光滑的绸缎，似香甜的奶糖。每念此词，如面对一位长身纤腰的女子，不由令人心旌摇曳。

琉璃，古代写作流离，最早见于西汉桓宽的《盐铁论》；又称璧琉璃，见于东汉班固的《汉书·地理志》；后来从"王"旁，称为"琉璃"。我国古代自己制造琉璃的记载，可见于《穆天子传》中有关铸石的记事。东汉王充的《论衡》中也有道人消炼五彩石作五色之玉的记载。

我国古玻璃（琉璃）技术萌芽于西周，到战国时期已生产出真正的玻璃。最迟在三千一百多年前的西周时期，我们的祖先就开始掌握了琉璃制造技术。在河南洛阳、陕西宝鸡等地的西周早期墓葬中，均发现了大量琉璃珠。战国时期，琉璃是王公贵族权利的象征。河南辉县出土的吴王夫差剑，剑上镶嵌三块蓝色琉璃，湖北江陵出土的越王勾践剑镶有两块蓝色琉璃，王者之剑的琉璃装饰足以说明琉璃在当时的尊贵。博山地区的琉璃生产历史悠久，早在元代，这里的琉璃产业已经具备了相当的规模，及至明清时期，博山地区的琉璃生产发展更为繁盛。

琉璃生产对原材料和技术的要求极高，而博山特殊的山区地质条件提供了琉璃生产所必需的自然资源。又因博山琉璃科学使用了博山特产的鸡油黄、鸡肝石、亮红料、洋青料、珐琅等名贵色,进一步创新了生产工艺,因而在全国独树一帜。

人立琉璃艺术馆是国内首家以收藏古法手工高端艺术品为主的琉璃艺术馆。在这里,看到一件件精美绝伦的琉璃艺术品,让人不禁感叹,真的是美轮美奂、巧夺天工。最令我陶醉的是人立墨彩,它将中国传统水墨文化与琉璃艺术结合起来,色彩微妙,意境深远,使琉璃不再只是精美的工艺品,而赋予其艺术品的意义和品位。

在那些气韵流动的墨彩琉璃瓶前,我屏气凝神,驻足良久。不同的瓶型,不同的底色,在千度以上的高温下,这神奇的艺术作品一气呵成,水墨淋漓,色彩斑斓。连那些瓶子的名字和注解都充满了禅意:桃花源记、驿寄梅花、被山带河、白日火焰——在一个名为"世外桃源"的墨彩瓶下方写着这样一段文字:"褪去人世的繁华,来到这桃源仙境。顺着溪水行船,可以看到山间的桃花林,两岸花草鲜嫩美丽,远处田野交错相通。雾缠云绕,渺渺茫茫,仿佛与世隔绝。"

它们全身是晶莹的、透明干净圆润的,透出了美、欢愉和安静。这些琉璃作品兀自高贵地站在那里,把这一瞬间延长了,它们延长了生命,超越了可以感觉的范围,定格了无法用语言描绘的现象。作家无法描摹的瞬间的美,却被琉璃艺术家永恒地定格。同行的一位文友被这种美震撼了,她抱着手,一言不发,没有与同行之人窃窃讨论,也没有迫不及待地按下相机快门,就这么安静地站着,站成了与眼前的艺术品一样的风景。当我们欣赏美的时候,心头会产生一种骚动感,这种骚动感是渴求净化自己内心的前奏,仿佛雨、风、繁花似锦的大地、午夜的天空和爱的泪水,令荡涤一切污垢的清新之气渗入了我们的灵魂,从此永不离去。忽然觉得,艺术是无法用语言讲述的。所有与文学,尤其是与散文相通的艺术领域,如绘画、建筑、雕塑、音乐和琉璃制作,都能够丰富散文作家的心灵世界,并赋予其散文以特殊的感染力,使之充满绘画的色彩、建筑的和谐、雕塑的线条、音乐的节奏以及琉璃艺术对具象的捕捉、对意象的表达。

人立琉璃,琉璃身,艺术心。从站在这里注视着它们的那一刻开始,你就跟你的心和解了,心底澄澈,安详宁静。此时,你只需怀着儿童般的纯朴和热心人的专注，听从一个更伟大的力量——自然的力量之调遣。你的心是平静的，同样也是充实的。你的眼和手，与头脑、四肢同时运用，急切地寻觅、开悟。一种无止境的美的享受与追求促使我们产生耐心，去细细揣摩。欣赏那两只天鹅脖颈的线条、荷花叶片上的褶皱，体会行云的色彩、翠鸟的灵动、烈焰炙烤下沙漠里的点点绿洲。我们最为珍视的那些美的想象，此前一直在一种朦胧的抽象中保存着，在心灵深处保持着的纯洁完美，此刻瞬间被启发点燃了。

在展厅灯光的照射下，每件作品都晶莹温润、光彩夺目。那些在我们想象中所描绘的、呼之欲出的物体获得了形态，形态的美又转变成实质的美，而世界的梦想和光荣也变得既可看见又可感知了。在这里，可以看到戈壁滩上游走的生命、飞翔的精灵；夕阳西下，石壁间的缝隙也被残光映照得气势恢宏；田野里蛰伏的小虫、或憨态可掬或桀骜不驯的十二属相，无不惟妙惟肖，姿态各异。从真正艺术的眼光看来，自然中并不存在卑庸的事物，艺术的精雕细琢和自然的精细微妙是没有止境的，精细作品随时随处都可以把美创造出来。

在西冶工坊，工人们手持一根长长的空心金属管，顶端放置材料，将其伸入1200℃的高温炉中烧热，迅速拖出，一手拿蘸料的铁吹筒，一手迅速拉出造型，反复锤炼——"火里来，火里去"。

工坊院子有些破旧，四周是一些古旧的房子，古朴、温暖。靠近北边车间窗前有几棵树，五月的阳光直射下来，一束金黄色的光线透过树叶的缝隙，洒落在干燥的水泥地上。作坊里温度很高，一股热气扑面而来。一个穿灰色短袖T恤衫的工人正在制作琉璃，他坐在马扎上，身材看上去很结实，湿透的衣服贴在后背上，仿佛能拧出水来。那人没有看到我，他在一块长长的取料器上慢慢地、静静地摆动，身子几乎一动不动。我走了过去，向他打听琉璃的制作工艺，并认真地看他在那里塑型，时不时到高达1200℃的高温炉中淬火加料。他说正要做一只白色的兔子，并说工匠想做成什么，想加多少料、什么颜色，全在于匠人自己心里的构思。他的话不多，脸上带着一丝腼腆又略带自信的微笑，时不时站起来，去高温炉里淬火、吹制、造型。他说琉璃制作需要娴熟的吹制技术和造型技术。吹制技术是利用琉璃在一定的温度范围内具有可塑性的特点，使用中空的铁管从炉中挑出琉璃料，在冷却过程中不停转动手中的铁管，吹制琉璃的形状。琉璃造型则有着十分严格的工艺，工匠手持一根带有小钩的长铁杆，将材料钩住送进温度高达1200℃的火炉中，材料熔化后，迅速拖出放在铁墩上，一手用工具拉着高温材料，一手用钳子拉出造型。

正是初夏，闪烁的阳光从大门和窗户照进来，把他的血管宛如珍珠般明晰的色调摹写出来，把他健康红润的脸色及其阴影一侧流动的血脉描绘出来。琉璃造型仿佛是魔术一般转瞬间一挥而就的奇迹，需要力气和速度，要在1200℃的高温下快速定型，在有足够体力的前提下还需要精确精准，要处于全神贯注的紧张状态，同时具备艺术的审美。他边干活儿边自言自语起来，笑容温和，我却听不懂他到底说了些什么。慢慢地我感觉到，他是进入了一种状态，是将手中的琉璃制品看成了鲜活可爱的生命体，它们能呼吸、会微笑，在它们的体内都藏着一颗玲珑心，懂得倾听他说话，默默地与他交流。在它们灵动的身躯以各种形态彻底成型之前，他的每一句话都能得到它们发自内心的回复，每一个动作都能赢得它们迎刃而解的响应。

正如作家用语言表达自己一样，琉璃师傅们用这些作品无声地表达着他们的生活和他们的生命世界，成为以琉璃为对象的艺术家。他们不会把事物只作为素材来感觉，而是将其对象化，化为一个个血肉丰满的生命来感觉。这些艺术品，如此无意地从观察与劳动中产生。人都有一种渴望，渴望以某种形式诉说和表达自己，恰如叙说某种同样真实的事物，比如，人们会通过空荡荡的大海、雨天的屋子、枯藤老树、西风瘦马来表达寂寞。激情消失得越多，人类对这种语言理解得越透彻，越会以最朴素最天然的方式运用它，寻找让自己心动的东西，在忘我中绽放。此刻，人不再是万物灵长，而是作为一个物安放在众物之间，平起平坐，共同交流和呼吸。在我们的感官吸收进所有这些美的同时，我们的心也沿着智慧与愉悦之路、沿着朦胧模糊的情感隧道前进。这些情感，在心灵之隧道分岔、调整，延伸得越来越远，搅起了我们内心未曾想到过的词汇，启示着一些我们未曾见到过的形式。

琉璃，以其温婉、含蓄、高贵的气质源远流长，历经千载。它一直是美的化身，与美相连，让人忍不住屏气凝神，似乎一声轻咳都会破坏这份静谧、安静、神秘的美。它战胜了人精神上的追求，会让人体验和沉醉于一种难以言说的境界。琉璃工艺不仅是一门技术，更是一门艺术。当我们凝视着琉璃时，词语在人类语言那暗淡的边界地带抬起了他们纤弱的躯体，又在失望中陷落进去。他们必须通过把绿色渐渐变成蓝色和摆弄色块来叙述他们的故事，神秘地、沉默地编织他们的语言，对于美的感受似乎不可思议地敏锐起来。水塘里闪烁着耀眼夺目的反光，光波在一层一层淡下去，表面和边缘那种镀金镶银般的光亮真是美不胜收；山峦那迷梦一样的紫色、冬天的枝干那绝妙的线条，以及遥远的地平线那暗白色的剪影，全都是你心里喜欢的样子。

美隐藏在每个人心中，每个人心中都有不同标准的美，艺术的价值就在于能使美从人们心中苏醒过来，引起共识。精致的做工，新颖的创意，我们谓之"匠心独运"，匠人就是最好的艺术家。人类劳动无可辩驳地构成了历史，劳动者就是历史的创造者、美的缔造者。当你真正拥有了工匠精神，就会很容易感知工作的乐趣，产生有诚意的劳动成果，人们也会从你的作品中体会到你的良苦用心，感受到每一个细节的美感或专业。无论这样的成果是什么，那些真正的艺术家、伟大的工匠们，已经将他们全身心投入所完成的作品赋予了灵魂。

艺术是无声的，欣赏者也不忍心侵犯其缄默。艺术家无须说话，他竭尽全力去做的，就是为我们清晰地显示那一片绿色和银白色，那潺潺的溪流，那在风中摇曳的垂柳。他应该与我们走得非常之近，但又总该有某种东西把我们与他隔离开来。"存在两种形式的寂静：一种是语言的安静，另一种是声音的安静。而后者对我们的影响更加深远。"

我想到了一类人和他们所代表的精神品格。像琉璃工匠这样的艺人一旦进入状态，马上会专注地干着各自的活儿，敬业之极，努力将每一桩事、每一件东西都完成得尽善尽美。他们有一个共同的名字：匠人。

（原载《美文》2017年第2期，入选中国作协创研部编选、长江文艺出版社《2017年中国随笔精选》、百花洲文艺出版社《2017年中国散文排行榜》、山西人民出版社《中国随笔年度佳作2017》、山东友谊出版社《好散文（1978—2018）》、吉林文史出版社《中国青年作家年鉴》）

木 语 者

  我们这儿的人,买了房子装修,喜欢找南方木匠来干活儿。所谓南方其实是相对于我们所在的北方,具体点说就是苏北和苏中的乡村。这些乡村木匠带着各自的手艺,背井离乡跨过长江,来到我们这儿。他们很快以活儿细致、手艺精湛、款式新颖站稳了脚跟,打开了市场,创出了名声。我们爱找他们几乎到了迷信的地步,仿佛不找他们,我们心里便不踏实,活儿也干不好,单单忽略了他们水涨船高的工钱。

  我也不例外。我到老黄的板材店买材料装修新房,请他帮忙介绍个南方木匠来干活儿。老黄是重庆三峡库区的移民,异地安置到了我们这儿,下岗后代理了某品牌的板材,经营着一家颇具规模的店铺。那些南方木匠,还有当地木匠们,经常替主家或领着主家来老黄的店买板材,老黄为人精明灵活,一来二去地与他们都熟了,清楚他们每一个人的手艺情况。他操着重庆味道的普通话,笑呵呵地说:"你们这些人哪,老是迷信南方木匠,你们当地有的木匠就做得挺好的。"说完他指着立在墙根的一个酒柜说:"你瞧这酒柜,板与板之间没有一点缝,连胶都不用,这就是老董做的。"那酒柜四平八稳地站在那儿,看上去的确端庄大气、赏心悦目,于是我记住了老董——一个我们当地的木匠。

  我打电话给老董,他正在邻近的小区。我说我是老黄介绍的,想找他干活儿，请他现在来房子现场看看，我好根据他的要求去准备材料。他回答说正给人干活儿，脱不开身，待干完后再联系我。他的语调平静，听不出某些工匠揽到活儿的迫切和高兴劲儿，我听后却有点不高兴，心想你离我就咫尺之遥，怎么就不能先暂时放放手中的活儿，来我这儿看过后回去再接着干。我觉得老董拿架子，冷漠无礼，甚至动了不再找他的念头，但想到他做的漂亮酒柜，我努力说服自己再等几天。

三天后，老董给我打电话，说那家的活儿已干完，半小时后到我的房子，一起将工具拉来。我听了又有点不舒服，心想我只是叫你来现场看看，还没确定找你干呢，你怎么就将工具一股脑地拉来了。老董来了，拉来一电动三轮车的各种工具，还有一张半个客厅大的旧毯子，见我困惑，他解释说是这铺在地上接锯末、刨花和遗落的钉子的。我说了需要干的活儿，他边听边插嘴说自己的想法，听得出他考虑得很周全，这一刻，我决定就用他了。待我说完了，他猛地来了句："就这点活儿呀？"显然他是嫌我家的活儿少，干起来不过瘾。我这才认真地瞅了瞅老董，他中等个头，面色白净，胡须修剪得体，如果不是他身上穿着那套后背印着某品牌木工板广告的工作服，我也许不会当他是一个木匠。我建议他跟我到楼上楼下相同格局的房子去看看别人怎么干的，他头摇得像拨浪鼓，干脆地说："不用看，我知道。"我想，你没看怎么知道别人干得什么样。他在心头盘算了会儿，一口气说出了所需的板材、五金等，我快速地记在了纸上，又逐一跟他核对了一遍，然后拿着这份清单，到老黄的店里买齐了所有材料。老黄又额外撺掇我买了一种叫"罗马柱"的装饰条，他说做出来效果好，先拿两根试试吧。

晚上，我有些不放心，从同事发给我的图片中选了几个款式转发给了老董，却一直没见他回复。之前有丰富装修经验的同事提醒过我，由于工钱是按照所消耗的板材张数来计算，有的木匠故意虚报和浪费板材来赚取工钱，我似乎还得防着老董这样做，别当了冤大头吃了哑巴亏。所需材料都送到了，房子钥匙也已给了老董，剩下的活儿就看他的了。

一连两天我都有事，没到房子里去，老董也没跟我联系。第三天上午我去了，老董已在客厅中央铺开了毯子，上头立着丈把长的马凳，凳下散落着锯末、刨花和钉子等物什，还有各式各样的工具。一个中年妇女正给老董打着下手，我一眼看见她穿着印有某玻璃厂字样的牛仔布工作服。这是老董的妻子，原来在玻璃厂车间干，后来单位改制下岗，现在听老董调遣，给他搭把手、递递工具什么的。

在老董的手底下，阳台的橱子率先挺身站了起来。我们的阳台个别地方设计有问题，比如现在橱子这个位置，有一根碗口粗的下水管，不偏不倚地自上向下贴墙竖在中间，楼上那户是打了个橱子将管子彻底遮挡在了后头，但这样可利用空间就缩小了。而老董不，他偏偏独出心裁地用几块木板包起了管子，再穿过橱子中间，看上去像是装饰，不露痕迹，又充分利用了空间。我顺手掏出一张名片，插向门边的缝隙，只见严丝合缝，根本插不进去，门与门之间上下齐整，浑然一体。

我禁不住夸赞老董，跟他聊起了天儿，他停了手中的活儿，摸出一根烟点着了，附和我说着话。像我见过的很多手艺人一样，老董也有很大的烟瘾，似乎烟不离手，抽的是那种几块钱一盒的烟。他的老家在董庄，一条烟潍路横过门前，董庄百分之九十的住户都姓董。村中人多地少，一些村民便想方设法学一门手艺谋生，陆续有了泥瓦匠、木匠、铁匠等等。老董是跟邻村一位老木匠学的手艺，那年他十七岁。老木匠心地善良，手艺精妙，对老董倾囊相授，再加上老董人勤快，眼皮活，悟性高，出师后立即自立门户，凭一手好活儿成为当地最好的木匠。外村人不知道他叫什么，都喊他木匠，这样叫仿佛周边只有一位木匠，就是他董木匠。老董曾经是周边几个村庄日常生活中不可缺少的角色，谁家盖房造屋、打制家具，首先考虑的肯定是他，他无论在谁家干活儿，主家都是酒肉招待，工钱丰厚。眼见老董忙得分身乏术，有村民便送自家孩子跟着老董做学徒。董庄的人都沾亲带故的，打断骨头连着筋，老董抹不开面子，上门便收，也有个把年轻人学得了好手艺。我们这儿重视中秋和春节两个节日，兴买了东西走街串巷"送节礼"，登门看望自己的长辈、师傅什么的。我问老董："他们学成后，每年过中秋和春节还去看你吗？"老董答："不看，都出师了，各干各的了。"他妻子插话道："他每年中秋和春节都买了牛奶、烟酒和点心去看他的师傅，师傅没了继续看师娘。"老董一口一口地抽着烟，忽地叹了口气，说："你瞧这满地用电的工具，比过去那些老式的木锯、刨子、凿子、锛子、铲子可省劲多了，但现在就是没人愿学这手艺喽，脏累苦不说，收入也不行，赶不上到外头打工干个建筑队挣得多。其实那些这板那板的家具，哪有咱自己打的实木家具结实耐用，还贵得吓人。"见我不说话，老董接上了一根烟，任它在手指间一点一点地燃烧，顺手捞起一块木料眯起眼盯了会儿，开动电锯"滋滋滋"地锯割起来。停了电锯，他口中开始嘟囔着什么，我听出是一连串的数字，它们属于客厅左右对称的那一对博古架。老董不是对我说的，也不是跟妻子说的，而是在和他手底下的木头说话。听他妻子说，他干活儿一进入状态就这样，别人不理解，还以为他自言自语是有病。

我想起了转发给老董的图片，老董却说没看见，我拿出手机找到图片指给他看，他只瞟了一眼，有些漫不经心地说："知道了。"这一次，我不再腹诽老董，因为我渐渐地认识到他是一个有自己的主意和想法的人，也是一个有脾气和对自己的手艺充满自信的人。果然，几天后，一对博古架对称着立起来了，它们一眼瞧上去像图片中的模样，但仔细瞅瞅，却更精美大方、苗条稳重。

那天老董干活儿，我在一旁站着看，似乎在见证一件工艺品的问世。我不说话，他也不理会我，又开始嘟囔着和木头说话。这中间他接了个催款电话，是售楼处打来的，催他抓紧去补交剩余房款。老董为了俩孩子在城里上学，买了一套学区房，已经交了四十多万元，还差一两万元就能拿到钥匙，以后孩子们就不用住校了，但他目前硬是拿不出这钱。他问我办房产证所需的费用，我也说不清楚，他沉默片刻，又嘟囔起来。

老董最兴奋的是一连接到了两个电话，都是像我一样经人介绍找他干活儿的。他掩饰不住高兴，对妻子说："这两家活儿多，干下来差不多就能交齐钱拿钥匙了。"他是真的需要钱，但他不急不躁、不温不火，仍然像刚开始一样，专注而认真地干着活儿。

十天后，所有的活儿都揭开了盖头，老董和妻子准备收拾东西了。他们将工具一件一件地收进工具箱，然后一人攥着毯子一边，将那些锯末、刨花和钉子等，悉数包裹了起来，费力地抬到门外。

所有材料都用得恰如其分，剩下的只是些派不上用场的边角碎料。

还有那两根"罗马柱"。

老董不紧不慢地说："这个用不上，博古架这儿的空间窄，用了它留给中间推拉门的地方就更小了，要多用好几张木板，同时至少需要六根这样的柱子，浪费钱，还不实用，也不好看。"

老董和妻子将毯子卷走了，我送他们到电梯口，盯着不停闪烁变换的楼层数字，我想到了有一类人和他们所代表的精神品格。像老董这样的手艺人，日复一日地忙碌在机械重复、枯燥无味的劳作中，唯一的休息就是静静地坐在一片狼藉中，痛快地抽一根烟，走一会儿神，想一些永远想不完的心事。但他们一旦进入状态，马上会专注地干着各自的活儿，努力将一切都做得尽善尽美。

他们有一个共同的名字：匠人。

我发现，老董不知啥时留了一小堆锯末和刨花在我的客厅。我知道，这不是他的疏忽，他和他的一辈辈同行一样，是在坚守着自己的行业规则，这样意为"还有活儿干"。

但愿老董们天天都有活儿干，赚个盆满钵溢。

（原载《文艺报》2016年8月5日，入选北京工业大学出版社《2016中国散文排行榜》）

拒绝与亲和

应该感谢电视。是现场直播,让坐在荧屏前的我们在同一时间与不同的生活同步,看到了某些正在发生的感动。

记得看过"感动中国"人物评选活动的颁奖晚会,当主持人报出一个名字时,一个人一步一步地迈上领奖台,大家先是看到一头积雪似的白发,接着是一张慈爱而坚定的脸,最后是并不高大甚至有些佝偻的身体。这时主持人忙迎上前去,伸出手想搀扶一把,可出乎意料的是,那人坚决地拒绝了他,坚持着自己迈上了领奖台。

那是一个八十多岁的女性,岁月的负担和她所从事工作的压力都集中到了她的肩头,让她有些不堪重负,仿佛正在一点一点地变矮变小,最后像一粒种子回到了泥土里。社会的冷漠与不解、亲人的怨恨与误解,有时会让她觉得支撑不住了,就要倒下了,永远也不想起来了。

因为她站起来就要奔波,就要呐喊,就要工作。

她是多么需要支持和帮助啊!

至少主持人这么认为,所以他才会担忧她,情不自禁地去搀她扶她。

但她却拒绝了他,而且拒绝得那么有尊严,那么有力量。

站在最平民的立场,深入最卑微的民间,从事最孤独的工作,凭一个人的尊严和力量,做一件最不被理解的事情。她已经习惯了一个人挑战自己的生命极限,一个人抵抗自己的惰性和怯懦,一个人纯洁地支撑和站立在地上,就像狂风飞沙中不倒的胡杨。

与艾滋病人一起生活,领艾滋病孤儿回家过年,她做的哪一件事不是这样呢?

那一瞬间,我同时看到了两种感动,都来自人性腹地和心灵深处。

伸出的手和拒绝的手都是人类最柔软最珍贵的语言,他们虽然失之交握,却彼此永远保留了人的尊严和力量。

我也永远地记住了她的名字:高耀洁。因为她的拒绝。

还是应该感谢电视。还是现场直播,让坐在荧屏前的我们在同一时间与不同的生活同步,看到了某些正在发生的感动。

记得看过一个访谈节目,讲的是某省取消农业税之后,农民种粮的积极性空前高涨,某农民一人承包了许多亩土地。这无疑是一次应景报道,是对某项政策的生硬尾随和冰冷图解,枯燥的数字激活不了我的热情。正当我慨叹某些画面的浪费性流失,准备关掉电视彻底"消灭"它们时,接下来的一幕却让我改变了主意。

画面很快切换到了那个被采访农民的手上。我可以身临其境般想象得到,摄影师缓缓地扯回了镜头,又缓缓地推向了那双手,一直向前推着,推着,越来越近,几乎凑到了上面,这才让我们有机会看到了那么一双手。

那手粗糙黝黑,长满老茧,骨节很大,可以抡得动最沉的农具,捧得起最大号的粗瓷碗。

多少话语和数字都及不上那手给我的印象深刻和感动。

对土地的热爱,对粮食的亲近,对生活的积极……一个农民的一生,都被攥在了一双手中。

感谢镜头,感谢摄影师,感谢那双手。确切地说,应该感谢灵光一闪的人性才是。是摄影师心灵的猛一震颤,是某一刻柔软的触动,是农民心灵的真诚袒露,是某一刻真实的渴望,让我看到了电光石火的一瞬间,尽管仅仅几秒钟,却胜过千言万语。

那是一双亲和的手,就像我们父母的手。

透过一双手,我意识到了一个细节的恒久颤动,和一幕情景的强大穿透力。

我也终于承认,最深的感动来自最微小的镀满人性光芒的细节。比如,一只拒绝或亲和的手。

(原载《黄河文学》2019年第11期)

在 路 上

苹果的呼吸

苹果进城就露了马脚。

在乡村,它住在一片叫园的土地上。这园没有屋顶,也没有围墙,身边一条小河,流水潺潺。

它长在枝叶茂盛的树上,被自己父亲母亲的臂弯拥抱和呵护着,仿佛一生都在摇篮里,在秋千上。它的头顶是蓝莹莹的天、扎不下根的云、光芒四射的阳光,风儿在它耳旁绕来绕去地捉迷藏。昆虫们弹琴给它听,各种鸟儿跳跃在父亲的肩头,离它如此近,唱着不同方言的山歌。还有一种黑白尾巴的小鸟儿最淘气了,它喜欢探出尖尖的嘴儿,啄它内心甜蜜包裹的核。就连龙舟一样的蚯蚓,也不甘寂寞地蠕动现身后,又潜回了大地的心脏。

它从未想过自己会走下树来。想那个干什么,这样不是挺好吗?

它与兄弟姐妹们在一起,肩并着肩,说说悄悄话,风来了,趁机耳鬓厮磨一下，会心地微微一笑。

它嗅不到自己的呼吸，也嗅不到别人的呼吸。整个园里，甚至更大范围的土地上，都是这种呼吸，被醇厚的阳光发酵，被热情的风儿领舞。它先陶醉了，丢了嗅觉，当然就嗅不到呼吸了。

直到在一只手的帮助下，它走下树来，与兄弟姐妹们身子挨着身子，簇拥着进城。

一个买苹果的女人边挑边说："你闻你闻苹果的香气。"

的确是香气，像花瓣一样盛开，冲撞在空气里，尾气、浊气、尘埃被冲溃了，黑暗被激活了，明亮更明更亮了。

苹果们其实一直在睡觉。你想想看，它们躺进纸箱，坐上汽车，从山里出发，整整一个晚上，一路颠簸进城，累了，不知不觉，就发出了香甜的呼吸，还咯咯笑出了声。

直到被人领回了家，还没有睡醒。

于是，它们继续呼吸，像长了脚，跑得满屋香气暗涌，仿佛一条地下河。

桃子的笑脸

沿河市场。

一个农村中年妇女，在地上摊开一块塑料布，卖桃。

桃躺在布上，青里透红，安静无声。

个个桃上开裂，深入果肉，如遭鞭笞，又如刀刻，呈锈色。

买者有说像伤疤，有说是皱纹，七嘴八舌，说法不一。

我听人说过，这叫水炸。据说下雨多了，桃一兴奋，绷不住自己，就炸了、裂了。

这样的桃，每条裂缝里都藏着甜，咬一口，满嘴蜜。

妇女说："我叫它笑脸。"

我强调是水炸。

妇女执拗地重复："我就叫它笑脸。"

口气坚定，不容怀疑。

我抬头细细打量她。她貌不出众，穿着简朴，或许没钱，也可能身疾病，却以乐观、开朗的心情面对生活，从桃上看出了一张张笑脸。

一个能够从桃上看出笑脸的人，世上还有啥难事绊得倒她？还有啥挫折打得倒她？

我真的想不出来。

快乐的南瓜

一个老者，一身短打，一头微汗，晨练回家。

半路遇到卖南瓜的，一辆板车，停在马路一角。车头向上，两条车把直冲天空。车上，各种形状的瓜你拥我挤，亲密依偎，像通铺上卧着的乡村孩子，睡着了，睡没睡相。它们都是一样的金黄饱满，面目晴朗，内心一包面。

老者挑了一个。瓜弯弯的，呈月牙状，像来时的那条山路。细头向前，粗头往后，中间恰好搭在肩膀上，不硬不软。瓜翻一个身，继续睡。

老者扛着瓜，哼着《智取威虎山》，掩饰不住得意，回家，不亦乐乎？

一路上，他不用担心瓜会翻身起来，睡眼惺忪，掏出小家伙，尿他一脖子。

就像骑在他脖子上，细声细气地吆喝"驾，驾"的小外孙。

他伸出左手，轻轻扶着瓜，不断地给瓜催眠。走在路上，一下右脚撵着左脚，一下左脚撵着右脚。

上学路上

午后，上学路上，小女孩一个人走。

她爱走沿河市场那条路。

路的东侧砌着水泥台，从这头到那头，一长溜儿。台上是个斜坡，有土，有草，有树。有心人瞄准了这儿，抢先种了油菜。

花开时，像谁失手打翻了颜料桶，泼洒了一坡金黄，灿灿烂烂，晃得人眼花，惹得蜂飞蝶舞，滚来滚去，为心仪的同伴采打一枚花戒指。

她边骑着车子，边探手撸得一把油菜花，沾一手金黄与芬芳，惊跑了蜂与蝶。

结果了，又长又细的针翠翠绿绿，里面密密缝着一粒粒会汩汩出油的秘密。

她边骑着车子，边探手撸得一把油菜籽，攥一手结实与圆润，手心仿佛油腻腻的。

这发生在午后，路上仅她一人。

她快乐的心跳像一波又一波的涟漪，无限地放大了这静悄悄。

买 杏

清晨，沿河市场。

一个农村老汉蹲在一侧，卖杏。

他的身体颤颤巍巍，手哆哆嗦嗦，连划几根火柴，都没点燃口中的烟，只好不吸了。他捏下烟，夹在右耳间，像夹着一支粉笔。

一老妪来买杏，精挑细选，像选孙媳妇，拿起放下，放下拿起。不多不少，只买一斤。

袋中杏颗颗模样周正，面色黄润，性子温柔。

老汉提秤，抹砣，多了。

老妪掏下几颗，给我。

复称，仍多，又掏出俩。

我张袋欲接。

老妪却不给我，攥在手心，虚虚地。

趁老汉收钱的工夫，她缓缓张开手掌，悄悄将杏滑入袋中，赚得俩杏，一脸不动声色与暗自得意。

却被我觑了个完整。

我开始怀疑老汉也觑了个完整,然后也偏偏一脸不动声色与暗自得意。

踩水娃娃

久旱的天,终于押上了雨脚,酣畅淋漓。

水泥路上坑洼不平,探出许多焦渴的手掌,接了一汪汪水,牛饮个够。

雨渐缓,但不止。

雨滴落到水汪里,溅起水包包,五分硬币般大小,像是许多鱼潜伏水下,淘气地吹着泡泡,零零碎碎地辉映着灰色的天光和云影。

一个男孩放学了,盯着脚下倒影里小而瘦的自己,没命地四下奔跑着,去踩水泡,自己碎了,天光花了,云影破了。

水泡不断地幻灭,不断地从天而落,不断地遇水生长。

大地是一张硕大无边的荷叶,敞开无数纵横如叶脉的阡陌,承接露珠似的水泡聚散轮回,一如刹那时光,旋飞流逝,从头再来。

男孩总也踩不尽,却不泄气,不放弃。

我想起了看到的另一幕。

喷泉边,伴随着音乐响起,七色彩灯闪烁,水从地下向上喷出。

起初水小。一个男孩探脚踩住了,水被压制了,憋了回去。他有点得意。

待到音乐爬上第三十九级台阶,高亢与嘹亮如决堤之水冲出肺部,水掩不住自己的伤口,一窝蜂地涌出。

男孩孤零零的脚堵不住了,水从无数方向喷射出来,像绽放的礼花。

这个男孩和那个男孩一样,他们的鞋进水了,裤腿湿了,溅了一身水。

但他们的脸蛋红扑扑的,眼睛亮晶晶的,表情既兴奋又疯狂。

没人呵斥他们,也没人制止他们,整个世界,就他们在那儿自己跟自己玩耍。

他们不用考虑踩痛谁的神经。

他们踩的就是水。

顶起一柄透明的花伞伞的水。

从头到尾都清清白白、平平淡淡,一眼可以看透灵魂的水。

遛 羊

依羊的体积,够不上"头",至多是"只"。

我是这么认为的。

那只羊够老了,至少是一群羊的父亲或母亲,祖父或祖母也说不准。

它的下巴上飘拂着一卷胡子,又白又亮,像未启用的排笔。抬头,在凌空写草书;低头,悬腕在写楷书。

同样的胡子移植到了冯神父的下巴上。

这让我相信,神父和羊都是上帝的孩子,或是信使,给我们传递福音。

一个中年人持一根树枝,梢头几片绿叶,一目了然。后面跟着他的妻子。

他挥动树枝赶那只够老的羊,羊两侧肥胖,肚子下垂。羊故意逗他,赖着不走,像生了根。他轻轻扫羊,如挠痒痒,羊猛回头,咬住树梢,嚼那几片绿叶,汁染绿了白牙,吧嗒嘴,像老汉在抽旱烟。

有人问他在干什么。

他答,兽医教的,羊吃撑着了,开出药方:建议多活动。

这是我早晨在大街上看到的一幕。

有人喜欢被脚步引着遛弯,有人喜欢被狗牵着到处遛早,还有人喜欢挑着鸟遛一角幽静……但你见过在大街上遛一只老羊的吗?

(原载《岁月》2018年第3期,入选北岳文艺出版社《2018年散文诗选粹》)

大地农事

棉桃——此物最相思

棉花棵上结桃子——这不是荒诞的寓言,而是土生土长的农业愿景。

不管是白的花还是红的花,凋谢后赶趟结出的都是棉桃,青涩如禁果。遍地棉桃被举过头顶,踮起脚尖探向太阳,激情受孕,悄结珠胎。

丝丝缕缕的柔情被一针一针地密密缝入坚硬的果壳,被一寸一寸地压缩进逼仄的黑夜,在深刻的窒息中缓缓成长。

一些结籽的心事粒粒可数,如骨鲠在喉,攒足了劲,大声叫喊,像一个哑巴歌手要引吭高歌,只见喉结徒劳地蠕动,似有风雷激荡,却没有声音。一不小心,砰地迸裂了自己,挣开了一絮一絮的思念。

思念纷纷笑开了花,地上的羊群误闯了进来,赖着不走了,天上的云朵失足掉了下来,一下子找到了家。

这是一种暗暗滋生的思念,被柔若无骨的棉的花层层包裹,像一个结实的秘密。它类似单相思,或一次马拉松似的苦恋,从头到尾,只是一个人默默想象和描摹另一个人的背影,而季节已由丰腴渐渐消瘦。

一双手左右开弓,十指翻飞起落,如鸟儿在琴键上跳舞,采了一朵一朵比人瘦的思念,在围裙里促膝私语。

最终,它会以纯粹洁白的质地,温暖我们的生活,也照亮我们的记忆。

我们将它穿在身上,拥它入梦,在肌肤亲近中慢慢被幸福的潮水漫过,及膝,至腹,没顶。

土豆——我忧伤无比

你不是一个混血儿,但你有那么多缤纷如节日的名字。

穿西装打领带时,你是马铃薯。

穿上中山装扣紧最后一粒风纪扣,你有一连串相亲相爱的名字:土豆、洋芋、地蛋、山药蛋……

听见谁叫起这些名字,我就想起你们在泥土中扯着同一根脐带,偎依着沉睡不醒。

说到在土中沉睡,不管是黄土地、黑土地,还是红土地,都是健康的肤色,与种族无关,同样质朴而沉默,像我们各自四肢摊开印下"大"字的祖先。

像一条鱼,你一个猛子,一口气扎入泥土浪中,再也不肯现身,是一个真正的潜伏者。

偶尔有的耐不住寂寞,冒失地探出青青头皮晒晒太阳,我们就叫它愣头青。

更多的深藏不露,不会歌唱,也不喧哗,却不甘沉沦,一天天地生长,积攒自己内心的黄金。

直到被锄头唤醒。

你被装进各种筐、篮子、纸箱和编织袋里,坐车进城来到市场,一股脑地被倒在地上,接受形形色色的目光审视,被一双双轻佻的手挑剔。

你的身上结着干涸的泥土,说明来自乡村,来自某片土地,也许就是我老家的那片土地。如果谁试着搓掉泥土,就搓去了你单薄的黄皮肤。你不会娇气地大声喊疼，但你会绽开自己金黄的肌肉，沉默地表达自己的抗议与愤怒。

这种金黄所散发的光芒，相当于一盏十五瓦的灯泡，凝聚起一个黄疸病人的执着与热量，曾经照亮暮年的凡·高，和他潦倒的盘子、刀叉与食盐。

你的身边散漫地丢着秧子，它们曾经与你同命相依，现在却渐渐在枯萎，努力挽留着最后的湿润，保持着最后的翠绿。

马铃薯啊，我不习惯叫你穿西装的名字，还是叫你地蛋亲切些，就像喊自家兄弟。但你不开口说话，这让我忧伤无比。

一整个下午，面对桌上的一张白纸，和纸上的一个你，我默默地等待你开口说话。

我多么想像你一样，蹲下身子，一点一点地沉潜入我并不深的内心，连带着血肉剜出仅存的一点点黄金。

地瓜——大地的乳汁

在南方，我叫你红薯，就像叫我甜甜的红姐。

回到北方，我入乡随俗地唤你地瓜，好像唤我熟悉的乡亲。

双眼皮噙着露水，我站在这里模仿土豆花开的声音：地瓜地瓜，我是土豆。

听到呼唤，仿佛对上了暗号，你翻身坐起，一袭长长的绿裙，铺满了半面山坡。

此刻，春天恰如美少年，荡着柳丝翩然降临。

埋藏于各种肤色的泥土中，其实你并不孤独。躺在宁静广阔的黑夜，你有那么多姐妹，她们都有一个暖暖的乳名，轻轻唤上一遍，从四面聚拢过来，一家亲情融融。

以土掩面，没人看见你羞红的脸。从最小的甜蜜开始，你一点一点地长大，一天一天地成熟，像饱含着乳汁，温柔的内心奔腾着无数血管，每一条都是母亲的河流，充沛丰盈。

你一旦被农具刨挖出来，濯净满面泥土，立刻如花似玉，光彩照人。

是你喂饱了我童年的饥饿。那时，饥饿是一柄从喉咙中长出的鹤嘴锄，探向你热气腾腾的诱惑。你不仅填饱了我空荡的胃，还启蒙了我对甜蜜的记忆。

是被炭炉烘烤得焦头烂额的你，在孤寂的异乡，像一粒火种慰藉着我快被冻僵的心。

是一锅黏稠的地瓜稀饭，使我们千疮百孔的爱情，奇迹般地水乳交融难舍难分。

今夜，我在台灯下挖掘出这些，才发现我们一生中的甜蜜，都与这种从大地分泌的乳汁相依为命。

（原载《散文诗》2019 年第 10 期下）

岁月的痕迹

去年去北京办事，那是一个酷暑的午后。公交车上，人不是很多，我选了一个靠窗的位置坐下，悠闲地观赏着外面的风景，等待发车。突然，售票员对着我的方向喊了一声："那位女孩儿，车快开了，劳驾您把车窗关上好吗？"。环顾四周，邻座是一位男青年，并没有年轻的女孩子。我疑惑地向售票员看去，售票员正对我点头，微笑着说："谢谢啊，姑娘！"

自从做了母亲，虽然也还常有些小儿女的心态，却总是提醒自己稳重，为人处世要克制理智，唯有心底深处仍偷偷保留着一点对自己小小的宠爱。好多年没被叫作"女孩"了，几乎忘记了自己曾经也是一个被娇宠着的、简单快乐的小姑娘。

是从什么时候开始变的？突然想起，刚结婚时，提到"女人"这个词就感到特别羞涩，叫不出口。那时候，自己骨子里依然是个小女孩，青涩、矜持，看到陌生人，总是没有开口，脸已先红了。生命就是这样，需要时间去衬托，也在生活中不断消耗。现在，那个连"女人"两字都羞于说出口的女子，被叫作女孩居然会感觉惊奇。如此巨大的心理、生理变化，却不自知，时间真的能让一切面目全非。记得初为人母时，对着襁褓中的婴儿，新鲜而又好奇，看着那粉嘟嘟的脸蛋，我似乎一时还没有适应母亲的角色，偷偷对着那个小小的生命说一句："叫妈妈。"瞬间便脸红心跳，似乎怕被人听见。孩子渐大，我慢慢开始自然地适应母亲这个角色。那一年，女儿上小学四年级，我像以往一样，牵着孩子的手去童鞋店买鞋，结果服务员说，这里只有童鞋，没有你女儿的尺码。当下茫然，没想到孩子要买成人的尺码了。也是那段时间，带女儿乘公交车，习惯性地要给孩子打半票，结果售票员说孩子的身高已经超过了一米二，需要打全票。我恍然大悟：原来孩子已经长大了，不再是那个懵懂的小小孩童。蓦然领会到，自己也许要慢慢衰老了，人的心态、容颜就这样在悄无声息的时光流逝中慢慢变化着。还记得孩子上幼儿园大班的第一天，放学后去接孩子，却被刚来的实习老师用狐疑的眼神挡在门外，怎么也不肯相信眼前这个年轻的女子会是一个六岁孩子的母亲，直到让女儿确认，然后请班主任证明后才终于把孩子交到我手中。那时候，面对别人诧异的目光，我总是暗自得意，骄傲地宣布自己是孩子的妈妈，看到对方怀疑的眼神时，心里总是有种恶作剧般小小的满足。现在，即使不带孩子出门，也常会被人问起孩子多大了。就这样，慢慢接受了时光的赐予，那个年轻活泼的女子渐渐成了一个温婉成熟的母亲。

那天听一个相识不久的朋友说，偶然看到一个十多年前的同学，一位昔日的美女，居然认不出来了。朋友感叹对方老了的同时，怀疑自己是不是也老了。我听了只好安慰她，你不老，清秀可人呢。可是心里却想说，我认识你时就是这个样子，一个短发齐耳、满面沧桑的中年女人。原来，人都是在别人的眼神里、在孩子的成长中、在生活的磨砺下，心老了，眼神老了，皮肤松弛了。

记得有人说过，三十岁前的面容是父母给的，三十岁后的容貌是自己给的，人生的境况都写在脸上。岁月是把整容刀，无论光彩熠熠还是憔悴苍老，刀柄都握在你自己手里。同龄人中，依然有人眼神清澈、皮肤娇嫩、声音清丽，宛如少女；有的则由一个曾经天真娇羞的女孩变得庸俗不堪、不修边幅，那必定是经历了颇不如意的生活，体会了同龄人所没有经历的艰辛。人的容貌，更多体现的是人生的境况和自己的心态，所谓的老去，是相对而非绝对的。时光的载体，有着私人的感情和爱恋，带着沉静的珍藏和倾诉，会把一个历经千重万叠困境的女子，锻造成一个有韧性的人。而这样的女子，必然智慧聪颖，清楚地了解生命的本相，忠实自己的内心。她可以经历过流年，却把那些挫折变成人生宝贵的财富，吸纳、消融，令自己越发光彩照人、柔和温润、眼神纯美，独不见岁月的痕迹。其坚定与柔韧，似溪涧细水，长流不息。

生命是一场追随、一场逃离，偷渡了多少热情，又虚度了多少年华。繁华与躁动触目可及，荒凉和寂寞亦不遥远。选择怎样的生活，常常在一念之间。时间其实是一种宿命，一切都在时间的笼罩和覆盖中变换，一切都在岁月的洪流里积淀升腾，沧海桑田，白云苍狗。"时间是单轨的，它一去不返，但它不是白白过去的，在它所走过的地方，便留下深深的痕印，使人感到世界是在怎样地不断变化，怎样地改变了容貌。"（林默涵《狮和龙》）女人真正的美丽，需要用善良去着色，用修为去滋养，与其刻意改变容貌，不如努力扮靓人生。唯有如此，美貌与高贵才不会因岁月而黯淡，即便老得不能再老，亦有着惊人的风姿。一个女人只要美丽着，便不会暮气缠身，而从容淡定，是一种靠岁月才能洗练出的优雅和智慧的美。

成熟的女子，早过了轻吟浅唱、薄恨闲愁的年龄，却依然可以心思单纯、情感丰沛。原来时光并不仅仅会流逝，它被心灵雕刻过，它一天天积累着情感，它只属于那些懂得生活、善于在生活中撷取养料、懂得珍惜的人。她会把对这个世界的体验、对自己家庭的责任和爱写下来，沉潜在心底，修养自我。虹影的散文里提到，一位喜欢写作的女士临终时对儿子说，她想把骨灰埋在公园里，还有她写的小说，也要埋在土里，在上面种一棵树。只要她的孩子看到这棵树，就能感受到母亲的存在。她是聪明达观的，她把生命和写作变成了一棵树，永远存在下去。

其实，人内心的时间在于你自己，一样的生活，就是有人能够在湍急肮脏的河流中不沉地盛开，由不得你不对她格外珍视。

（原载《时代文学》2013年第4期上）

永不回头的背影

过年了,我听着外面的鞭炮声,感受着过年的气息。而每当这个时候,最盼望的,是能有一份工作,可以让我在节日值班,名正言顺地远离过年的氛围,离开喧闹的拜年的亲友。

尤其是正月初三,这个出嫁女儿回娘家的日子。这是一个难挨的日子,因为自从母亲去世,我早已经没有娘家可回,于是这样的时刻,只想把自己关在屋里,那种节日的喧嚣与热闹,对我来说是一种无法忍受的折磨。那年,也是春节,1994年正月十六晚上,我和哥哥在医院值班,照顾重病的母亲,准备次日若没有什么特别的情况,由姐姐换班,我们回单位。然而就在凌晨时分,与疾病抗争了三年的母亲终于彻底离开了我们,终年五十五岁,刚刚退休。

一直想写一些关于母亲的回忆,可是内心始终在回避,因为太沉重。任何语言都不足以表达我深埋心底的对母亲的依恋和无尽的思念,以及这些年来的无助与委屈。

十六年来,我始终不曾中断对母亲的思念,往事无穷无尽。遥远的地方,有我远去的母亲,岁月抹去了她的归程,留下了永不回头的背影……

母亲的祖父是清朝的举人,因在家排行老四,又在朝廷为官,人称"四官"。直到多年以后，母亲回老家，依然被当地老人称作"四官的孙女"。因为当时我年纪小，母亲老家的事，只是断断续续听母亲、亲戚及老家邻居说起过。母亲的祖父是当时驻中俄边境的地方长官，在东北多年，听母亲说当时哈尔滨的最高建筑就是他老人家在东北任职时督造的。后来他告老还乡，土改时意外去世。母亲的祖父有四个儿子一个女儿，二儿子早夭，大儿子和三儿子都在东北开公司办实业，四儿子和女婿则毕业于黄埔军校，1949年去了台湾。我的外祖父是家里的老三，他有两房夫人，我的外祖母在老家，是大夫人，只有我母亲一个孩子。二夫人一直跟随外祖父在东北生活，生了五个孩子，听母亲说，我最小的舅舅只比我大两岁。后来，按照政策，外祖父在牡丹江的公司被公私合营，外祖父做了经理，按照当时刚刚颁布的推行一夫一妻的新《婚姻法》规定，回来与外祖母办了离婚手续。母亲老家的田产房屋在土改时被分，马厩成了生产队的饲养室，几座平房分给了贫下中农，只留下一座五间大房的四合院，成为祖孙三代栖身的地方。四合院青砖灰瓦，雕梁画栋，门前的两座石狮子默默诉说着主人昔日的辉煌。母亲的祖母是远近闻名的美人，一向养尊处优惯了，经不起这一连串的变故，哭瞎了眼睛。而我的外祖母离婚不离家，遣散了家里的长工用人，一个原本足不出户的大家闺秀，从此承担起了照顾瞎眼婆婆、稚龄女儿的责任，祖孙三代，孤儿寡母，开始了艰难的生活。记得母亲讲过，每年春节家家点红灯，而母亲家只能挂黑灯。每次批斗，外祖母这个已经离了婚的女人，仍要以地主、资本家及国民党反动派家属的身份被拉去陪斗。当时家里珍藏的许多照片字画，包括母亲的祖父在任时的照片、母亲的四叔父及姑父在黄埔军校时的留影和一些名人真迹，都在"文化大革命"期间扫"四清"时被付之一炬，珍玩玉器也在红卫兵打砸抢的狂潮中所剩无几。只剩一些铁器铜具，在1958年"大炼钢铁"的洪流中，亦在劫难逃。

即便如此，外祖母也没有放弃对母亲的教育。而外祖父则建议，当时社会政治背景复杂，怕母亲受到更多伤害，稳妥起见，一个女孩子，只要上个师范，有一份稳定的工作就可以了。于是母亲成为那个一千多户的大村子里第一个上掖县（莱州当时称掖县）一中，也是第一个上莱阳师范的女学生。在莱阳师范，母亲是第一个骑上自行车戴上手表的人，那应该是外祖父对女儿的一种补偿吧。母亲能歌善舞，多才多艺，毕业后被分配到莱阳农学院做图书管理员。在那样的年龄，"恰同学少年，风华正茂"，热情活泼的母亲怎会安心做一名图书管理员？于是她自学大学课程，并且积极要求入党，可是屡屡因复杂的家庭背景而不能通过政审，自学又被认为是不安于本职工作。就在这个时候，因为都是掖县老乡，父亲和母亲被学校党组织介绍交往。当时的父亲在莱阳农学院求学期间四年蝉联学生会主席，又是学生党员，毕业留校在教务处，踏实本分，是学校重点培养的接班人。母亲对性格内向、沉默严谨的父亲并不十分认可，在母亲"小布尔乔亚"的浪漫内心，一直想找一个志趣相投的伴侣，憧憬一段罗曼蒂克的爱情。又是上级出面干预，婉转批评了母亲的小资产阶级思想。终于，在组织的关怀下，1962年一个初夏的周六，两个人把各自的行李搬到一处，在学校提供的一间单身宿舍，由当时的校党委书记做证婚人，准备了一些糖果花生，举行了简朴的革命婚礼。多年以后，我还见到过当时他们的结婚纪念品——学校送的一本写着两个人名字和农学院签名的《青春之歌》和一面半身衣镜。而那本《青春之歌》一度是我幼儿时期自学的读本。后来，因为母亲不满于做一名职员，一直想重拾自己的专业做教师，再加上外祖母年已老迈需要照顾，于是拖着当时已是教务处副主任，马上要接任主任的父亲回到了老家。回来之后，父亲离开了原本熟悉的环境，一切重新开始，再加上他性格耿介，工作并不顺利，在公检法转了一圈直至退休。母亲的一生，物质条件优越，又有在外人看来令人羡慕的工作和家庭，而她内心的痛苦却无人体会。因为家庭出身问题及对父亲事业的愧疚，也因着自身才华得不到施展，她始终郁郁不得志，以致疾病缠身，早早离开了人世。母亲去世后，外祖父虽然来过几封信，但因为对外祖父当年抛妻弃女的怨恨，我们兄妹始终未曾回应，慢慢失去了联系。不知外祖父而今怎样，想来他已是九十高龄，或许已经离开人世了吧。沧海桑田，物是人非，随着母亲的离去，曾经人丁兴旺、风光无限的徐氏家族在莱州老家成了一段尘封的往事，湮没在历史的烟云之中。唯一值得欣慰的是，虽然早已中断联系，但听母亲说过，母亲的大伯、四叔及外祖父的两支，均繁衍生息，在台湾和东北枝繁叶茂。

母亲去世后，为了母亲的愿望，也为了寻求家庭的温暖，我很快结婚生子。因为没人帮忙照看孩子，产假多续了一年，在这期间，单位改制，我由一名事业单位的文员变成一个下岗职工。母亲去世，自己失业，人生在短短几年中发生了重大逆转，而我也从此由一个不食人间烟火的单纯女孩变成世间一粒卑微的尘埃、一叶漂泊的浮萍，饱尝了人情冷暖，阅尽了世态炎凉。也许上帝是公平的，给了你无忧无虑的童年和少年，就要给你饱经磨难的青年和中年。母亲，你可知道，三个孩子中，你曾经最钟爱娇宠的小女儿，却经历了最多的折磨和苦难，度过了人生中最黑暗的一段日子。我没有什么可以依靠，就像行驶在茫茫黑夜中的一叶小舟，找不到方向，随时都有被惊涛骇浪吞噬的可能。我终于深刻地体会到一句话：没妈的孩子是根草。这十六年，我经历了一般人难以承受的挫折和打击，学会了忍耐和坚强。一向敏感脆弱、被称为"林妹妹"的我，之所以能够坚持着走了过来，源于骨子里的那份高傲和对家庭的责任。

长歌当哭，世上最疼爱我的那个人再也不会回来了。在这样安静的夜里，伴着外面的爆竹声，我悲从中来，放声痛哭。为我的母亲，也为我自己。

人生是一条曲线，总是高高低低起伏不平。十六年来，我经历了创业的艰难、事业的失意、生活的困窘、疾病的折磨，爱恨情仇、悲欢离合、天灾人祸都已遭遇。走过最低的深谷，早已是风轻云淡，宠辱不惊，还有什么可畏惧呢？珍惜自己，好好活着，为了我的女儿。我相信，走过阴霾，一定会有一片属于我的阳光。

一直想写一段关于母亲及其那个家族的历史，写写那段有着鲜明时代烙印的过往，只是以我的阅历学识，深感力不从心。但我还是要纪念我的母亲。这份回忆，是当时那个特殊时代小人物的缩影，也是中国知识分子生存境地的折射。

谨以此文，献给我的母亲。

（原载《散文百家》2015 年第 3 期）

淡淡妆

寒冷的冬夜,独对电脑,突然想对自己说点什么。于是脑海里浮现出这句词:"淡淡妆,天然样,就是这样一个汉家姑娘。"

第一次听到这句词,应该是1978年,我五岁的时候。那时"文化大革命"刚刚结束,正是文艺界百花齐放百家争鸣的时期。记得当时家里订了《人民文学》,我没有上幼儿园,自己在家啃字。每天晚上母亲下班回家,我便缠着她给我读书。曹禺的历史剧连载《王昭君》就是发表在那个时期。那时我还不会写字,识字也是半认半猜,纵然如此,读起书来却十分投入,难过时泪水涟涟,高兴时喜笑颜开,小小的心早已飞进了书中,自己也成了故事中的人物。记得当母亲用标准的普通话读到这句词时,我的眼前便出现了这样一位古代少女:薄施脂粉,淡扫蛾眉,娉娉婷婷,不媚不卑,款款而来。一时间,风华绝代,仪态万方,震动了大汉朝堂,征服了大汉天子和匈奴呼韩邪单于的心。在那个以女人的悲哀造就辉煌的年代,她拯救了万民,避免了一场生灵涂炭的战争。时代赋予这样一个弱质女子如此的责任,然而也唯有她,一个淡淡妆容的丽质佳人,才能担当起如此重任,历史,也从此有了这浓墨重彩的一笔。与这句话同时记住的,还有一句"长相知,不相疑"。只是在当时那个年龄,单单记住了这句话而已,对其含义的理解,则是在多年之后。和亲的意义、对当时政局的影响,这一切,对于一个年仅五岁的稚嫩女童来说，根本无法深解其含义。但是那种淡妆自然的美，却在幼小心灵里留下了关于美的启蒙，种下了一颗爱美的种子。

也许是早慧的孩子早熟，也许是女性爱美的天性使然，从那以后，这句话就常常萦绕在我的耳畔，这个形象也常常出现在我的眼前。于是我也成了一个喜欢淡淡妆、天然样的女子。

因着这一份对美的执着与感悟，我从小便是一个爱美的女子，尤其对长发情有独钟。记得小时候，我一直想着，将来长大一定要留一头飘逸的长发，长发飘飘，长裙飘飘。但是直到初中毕业，我留的始终是娃娃头，黑黑的头发，齐齐的刘海，白衣黑裙，气质温婉。因为经常随父母工作调动转学，记得每到一个新学校，站在教室里，老师向同学们介绍我时，总会引起一阵小小的轰动，大家都会交头接耳，说来了一位日本女孩。其实我觉得，说是像一名五四新文化运动时期的女学生更恰当一些。后来上了高中，我开始慢慢留起了长发，大学时，真的已经是长发飞扬。长发飘飘，带给了我许多少女时代美好的回忆。记得一位同学给我的信中写道：喜欢远远地看你，看你飘逸的长发；渴望慢慢走近你，欣赏你天然的略带娇气的风韵……长发就这样陪着我度过了许多年，期间随着心情场合季节的不同，演绎着衬衣牛仔的清纯、T恤短裤的靓丽、连衣裙的端庄、连体裤的洒脱、旗袍的婉约典雅——而唯一不变的，始终是这头顺直亮泽的长发。发型犹如服装，每个人都有自己的风格。我不适合马尾的活泼、短发的清爽、鬈发的风情，唯有长发，才是属于我的宁静与柔美。

曾经的我，最喜欢的是简单的黑白。黑发如瀑，白衣胜雪，身姿婀娜，纵娴静不语，亦掩不住夺目的青春。日子渐行渐远，倏然发觉，自己居然开始慢慢喜欢上了曾经认为俗气的彩色。不是喜欢，而是适合。开始搭配出碎花的优雅、红色的妩媚、黄色的明艳、粉色的娇柔及紫色的神秘。简洁单纯的黑白，穿在身上，慢慢找不到了曾经的感觉。终于明白，那时的青涩，衬不起绚丽的色彩，而那时的青春，也无须斑斓色彩的点缀。而今，岁月早已把一个生活在象牙塔中不食人间烟火的单纯女孩变成平凡日子中的成熟少妇，面容仪态与性格阅历都在变化，不再幼稚任性，也不再娇弱纯美。开始可以慢慢包容，包容更多的情绪，也包容更多的色彩，而始终未变的，是玲珑有致的身材和飘柔顺直的长发，以及骨子里不染尘埃的气质。常常在商场试穿新衣时，被年轻的店员羡慕地包围起来，问我的身材何以保养得曲线曼妙,是否做过人工的处理。这样的问题被问得多了,已懒得解释。身体发肤受之父母,除了结婚时打的耳洞,全身再无加工的痕迹,没有文眉漂唇,更没有丰胸提臀。不会无谓地浪费银子,更不会无端地虐待自己,我就是这样本真自然的一个人。而我的衣服,亦从来不会盲目追求潮流,只是淘选适合自己的风格:修身与简约。也因此,常常虽身着旧衣,却被朋友夸赞好看。被问起在哪里才能买到时,唯报然相答:此乃十年前的旧时裳。也依然如少女时代一样,常常被初见的人评价像日本女子,我想这应该是现代快节奏的生活,使大多数女人身上少了一份女性特有的含蓄与平和,多了一份躁动与凌厉吧。应该感谢我的夫君,结婚数载,他始终给予我年少初识时的那种理解与尊重、宽容与宠溺。他总是尽其所能给予我支持和鼓励,从来没有给我太多的压力,使我没有变成湮没在柴米油盐中的庸常小妇人,而能安于清贫的生活,固守着自己丰富的内心世界。于是,我还是那个被温暖呵护着、喜欢撒娇喜欢做梦、情怀浪漫不失童真的小女子。

美丽是一种态度,细节能彰显品位。美的仪态仪表,是对自己也是对别人的尊重。人生的每个阶段都有各自不同的美,只要有一颗爱美的心,便会让自己的美焕发出不同的光彩。

静夜,此时,电脑前端坐的,依然是这样一个淡淡妆容的女子。

(原载《青春》2013 年第 7 期)

初恋，没有约会

　　那一年，她刚刚毕业，分配到一所乡镇中心小学教课。她教两个毕业班的数学，与她对桌而坐的，是这两个班的语文老师皓。他比她大两岁，白净的面孔，戴一副近视眼镜，很文弱的样子，但眼睛很亮。她迄今不忘的，就是他看她时那双亮晶晶的眼睛。

　　因为他们的家都住在市区，在校食堂吃饭的总有他们两人。不约而同地，他们总是吃完饭一起回办公室相对而坐。从分配到调离那所学校，只有短短两个月，却是一段令她终生难忘的日子。

　　她对他起初有点好奇，因在那所乡镇小学，青年教师多，而且都是出双入对，而他是唯一不谈恋爱的人。无论谁为他介绍对象，他一概不见。学校有几个对他有好感的女老师，他也是礼貌而有分寸，始终保持距离。听人说，他决定二十八岁之前，事业未有建树之时，不考虑个人问题。

　　他的课教得非常好，讲一口流利的普通话，写一手好字。他喜欢唱歌、绘画、硬笔书法，而且样样出色。当时他已是省硬笔书法协会的理事，更是代表学校进行各种观摩课教学的不二人选。

　　她那时正是情窦初开的年龄，刚刚毕业进入社会，碰到这样一个与众不同的大男孩，又与她有着很多共同的喜好，自然多了一种情愫。

每天去食堂吃完午饭后,他们就很默契地一起回到办公室。那个炎热的夏天,他俩都未回宿舍睡过一次午觉,却每天都精力充沛,兴致高昂。他为她唱歌——他的歌唱得非常好,嗓音浑厚,节奏准确。从那时起,不懂音乐的她,开始对歌曲产生了浓厚的兴趣。他们俩形影相随,一起骑自行车去市里看画展,一起去艺品店买文房四宝,晚饭后一起散步,闲暇时一起去食堂做饭。端午节,谁也没有约谁,却不约而同,两人谁也没回家,前后脚走到食堂,一起包饺子。做饭的阿姨回家休班,两个从来都不会做家务的人却忙得津津有味。一顿饺子,连包带吃,从上午十点一直忙活到下午三点,却觉得时间过得好快。

他让她喊他哥哥,并拿出充足的理由,比如他的年龄、阅历,以及对她的娇纵。的确,同他在一起,她感到好轻松。她总是任性而为,无理取闹,而他总像个宽厚的大哥哥,包容着她。有的人相识三年陌不相知,有的人相识三天却已心意相通。连自己都摸不透的性格,常被他一语中的。那时的她,敏感而娇弱,他的一个眼神就会让她浮想联翩,一句无意的话又常会惹得她泪水涟涟。于是他就会手足无措,用那双能摄人心魄的眼睛看着她,温柔地说:"别这样,我最怕看到女孩子哭了。"有时他画画,她坐在旁边看,看到他那么专注忘我的神情,竟会突然无名火起,去撕他的画,扔他的纸笔。他总是不愠不恼,笑眯眯地看着她说:"撕吧,画撕了可以再画,你能解气就行。"别人都说他俩恋爱了,可一直到她离开,他们都从未提及。他曾画了两幅画、写了一幅字送她。那幅字写的是:"昨夜西风凋碧树,独上高楼,望尽天涯路。衣带渐宽终不悔,为伊消得人憔悴。众里寻他千百度,蓦然回首,那人却在,灯火阑珊处。"那是不是一种暗示呢?

当时他对她非常好,但总有一种大哥哥式的宽容与呵护。记得一次去外校监考,正赶上下雨,他借来一件雨衣帮她穿在身上,陪她一起去。走到半路,娇气十足的她因淋雨赌气不走了。她站在雨里,撕掉雨衣扣子后要脱下来扔掉,他一面为她重新穿上雨衣,一面态度温和却语气坚定地说:"不要任性,淋了雨会感冒的。再坚持一会儿,前面马上到了。"并从地上揪起几根野草,拧成细绳,小心地给她系好,权当纽扣。她只好像个理亏的孩子,乖乖地跟着他走了。

时间转瞬即逝,她调离的日子很快到了。他骑车送她回家,然后又带她回学校驻地的小镇看电影，结果因去得太晚没看成，他俩又重新回到学校。在她的宿舍，他们第一次那么近地相对而坐。因她没在学校住过宿，没带蚊帐，他回宿舍把自己的蚊帐解下为她挂起来。那天晚上，他们相对而坐，相互注视，说了许多无关紧要又莫名其妙的话。后来不知为什么，她又哭了，他突然紧紧抓住她的手攥在自己胸前。这是第一次，被一个异性握住手，也许过于纯情浪漫，她认为自己受到了侮辱。因为她一直想听他明明白白告诉她，是否喜欢她，可他什么也没说。她以为这不是自己追求的爱情，以为这是对神圣的爱的亵渎。毕竟，那时的她常常沉浸在爱情小说中，追求的是一种柏拉图似的精神恋爱。他的这一举动，对当时的她来说，完全出乎意料，与平日冷静谦和的他截然不同。她抽回了手，非常生气。那晚，他们相对着坐到凌晨三点，竟都不知困倦，却似乎什么也没说。然后他告辞回宿舍睡觉了。第二天早上她醒来时，却发现他正站在她的房门外，一脸憔悴，眼睛通红。原来他一夜未眠，五点钟就站在房门外，在等着送她回家。

此后，她调到另一个单位上班了，他给她写过几封信，但没有主动来单位找过她。后来她回信告诉他，有人各方面条件都很好，在追求她。她的本意是想试探他，可也许刺激了他当时高傲又失意的心，他回信祝她幸福。

三年后，又是一个夏天的中午，他突然打电话到她单位，说已调进市委工作，想去找她。并说当年之所以没有明确表白，是因为以他当时的处境，怕没有能力带给她一个满意的未来。而此刻的她，已有了真正的男朋友，正享受着那份来自男友热烈坦白的爱，不想再去伤害别人的感情。她没有回答。

十年过去了，他们已是使君有妇，罗敷有夫，彼此就像两条平行线，行驶在各自的轨道，从来没有交集。然而曾经沧海难为水，她始终不能忘记那两个月的相处，并一直耿耿于怀。不知他是否喜欢过她，如果是，为什么不主动一点呢？独处时，她常常回忆起那段让人心动又伤心的时光。他是个聪明高傲理智含蓄的人，而她则感情丰富、浪漫矜持。现在想一想，如果当时的她少一些刁蛮任性，给当时失意的他一点温暖和关心，或许不至于徒留遗憾吧。那时，他曾一次次留她陪他去看电影，而她每次几乎要留下时又突然骑上车子回家。他拽住她的自行车，她却竭力挣扎，直至他终于无奈地放手,而她一路上又会怨恨他为什么不肯再挽留她,全然没有顾及众目睽睽下,她的执拗离去留给孤独的他的那种尴尬。她过生日,他希望她能留下与他共度,她却故作骄矜离他而去,而后又神不守舍地想象与他共吹蜡烛的情景。炎热的中午,他出去买了西瓜送给她吃,她却把宿舍门关起来,任他在外面一遍遍叫着她的名字,任同事们在旁边笑闹起哄,任他在骄阳下晒得汗流浃背。他终于走了,把西瓜送给同事,他们俩最终谁也没吃。她怪自己为何不出去,又恨他为什么不坚持再叫下去。也许当时爱情小说看多了,耽于幻想,总希望自己的爱轰轰烈烈,希望他一直在外面站着等她,无论是黑夜降临还是星辰隐去,直到她出门……

他是闯入她心扉的第一人,可也许这份感情越强烈,也就看上去越无情。她喜欢他,然而出于少女的矜持,一直希望他向她表白,因为得不到明确的答复,便折磨自己也折磨他。她从没想过要去珍惜那份感情,追求自己的幸福。

初恋时,他们不懂得爱情。她不知道,这是否算初恋,甚至不知他是否喜欢过她。

初恋,没有约会。

(原载《鹿鸣》2018年第6期)

尘埃里的花

那一年,她和他,都刚刚毕业参加工作。一个他们俩共同的朋友介绍他们认识,相亲的那种。那时的她,一帆风顺,心高气傲,总觉得生活中处处有温暖的阳光照耀着自己,从来没有认真考虑过自己的未来,包括那个未来的他。那时的他,刚刚从农村考学出来吃了皇粮,在那个年代,也算是天之骄子、父母的骄傲。因为彼此都怀着强烈的优越感,相亲的意愿并不强烈,带着玩笑的成分,反而显得轻松许多,没有任何的压力和紧张。

刚刚见面,她看他相貌普通,个子不高,但是头发浓密蓬松,眼神干净,笑容和善,举止儒雅。他眼中的她,身材苗条,气质婉约,面容清丽,俨然大家闺秀。见面彼此一笑,竟如早已相识般默契。她问他的第一句话是:"请问你叫什么名字,可以用笔写下来吗?"他倒也坦然,微笑着报出名字后,随手写在纸上。名字敦厚,字也写得遒劲古朴,如眼前人,真个是名如其人,人如其字,让人感觉踏实、沉静、安全。第二句话,依然是她问他答:"我不会做饭,什么家务也不会做,你呢?"他仍然从容地笑:"我会做饭。两个人都上班的家庭,不同于农村,家务本来就不多,谁有时间谁多干点。"她从小娇生惯养,不知人间疾苦,那双调朱弄粉、舞文弄墨的手,从未进过厨房——她闻不得油烟的味道。她窃喜,心里暗暗有了些许好感和兴致,一连串问题便脱口而出:"你会唱歌吗?会弹吉他吗?

可以为我唱一首歌吗？"她不会唱歌，却喜欢欣赏，常常幻想有一个人，与她晓风残月、古道西风，与她把酒谈情、吟诗和曲。在月朗风清的晚上，在碧波荡漾的海边，在层峦叠嶂的高山，怀抱吉他，为她弹琴唱歌，花前月下。而眼前这个人，居然真的会弹吉他，真的为她唱了一首歌，嗓音浑厚，韵味悠长。

没有金钱权力的权衡，没有门当户对的观念，没有任何世俗的顾虑，两颗年轻而充满浪漫的心，就是以这种方式拉开了相伴一生的序幕。别人眼中的他们并不般配，无论是出身、气质还是形象。他的"相亲团"特意去看了她，担心地对他说："这个女孩娇气、骄气、洋气，不食人间烟火。这样的女孩子，恐怕不是咱们这样的家庭能配得上的。"可是他一如既往地宠她、懂她，欣赏她"天然的略带娇气的风韵"，说她善良、单纯，有气质、有才华，不平庸、不世俗。她的闺密也对她说："他们家是农村的，家庭负担很重，家中兄弟姐妹又多，关系恐怕很难处理。"她也依然沉浸在单纯的幸福中。她没在农村待过，不知道农村家庭的疾苦，她只是觉得孝顺父母的人才可以托付终身，他的父母供养他不容易，要如自己的父母一样对待，只要经济条件允许，他们会尽可能为老人提供优越的条件，让老人颐养天年；至于兄弟姐妹间的关系，只要以诚相待，有什么好计较的呢？而她的同学、朋友更是不解，甚至不平，一向高傲矜持的她，不知将来会有什么样的人才能够与她携手终生，但怎么也不可能是他！

嫁给他，他总认为是委屈了她。于是每天下了班，他会精心做好饭菜，开心地看着她吃完，然后认真征求她的意见，菜的味道如何，饭做得怎样，为的是了解她的口味，为她做更可口的饭菜。她于是嗔怪，每天把她喂得饱饱的，她快要吃成小胖猪了。她想戴隐形眼镜，那时这个县级市刚刚开始引进，他不放心，拿出两个人一个月的工资，带着她去省城眼科医院专门配制。她自己不敢摘戴隐形眼镜，每天早上他便为她仔细戴上，晚上为她细心地摘下、清洗。她身体娇弱又不喜欢运动，为了让她锻炼身体，他陪她玩游戏，带她跳舞，教她练气功。她早上赖床了，他给她准备好吃的喝的，让她抓紧时间去"上学"，别迟到了。她吃饭挑食，他怕她营养跟不上，变戏法般把牛肉、羊肉、葱、姜、蒜等她不吃的东西调到食物里骗她吃掉。她不开心了，他会耐心地哄着她；她开心了，他喜欢宠溺地拍拍她的头。在他的眼里，她就像一个需要呵护的小姑娘，而她自己也一直心安理得地享受着这一切。

　　日子在波澜不惊中度过，一直到她生完小孩休产假期间，单位改制，一夜之间，她由一名事业单位文员变成了无业者。他安慰她，正好不喜欢上班，孩子小又需要照顾，这下可以在家好好休息了。她依然不会做饭，他依然不放心她做家务，每天上班前絮絮地嘱咐：电饭煲别忘了拔掉插头，出门注意安全，自己别做饭等着他回来。他知道她是个小马虎，粗心大意，丢三落四，感情上细腻敏感、温柔善良，生活琐事上却是粗线条。下雪的早上，他去上班，看到地面积了雪，他会返回来告诉她，外面下雪了，没事别出门——怕她感冒了，怕她滑倒。她不喜欢串门，不喜欢谈论家长里短，当然也没有一般女人的长舌与八卦、斤斤计较。空闲的时候，她喜欢静静地待在家里看书、写字，他鼓励、督促她，他知道她的梦。有时候她偷懒，他会催她去"写作业"，或者翻出她以前写的东西，以老师的口吻"谆谆教导"："天才是百分之一的灵感加百分之九十九的汗水。你的文字基础不错，更要加倍努力，发挥特长，千万别像方仲永一样'小时了了'，长大却'泯然众人'啊！"去外地出差，他自己什么也不买，却会买回来她喜欢的睡衣、口红、香水。他太了解她了，了解她虽已为人妻、为人母却依然无法改变的小儿女情态。渐渐地，她开始感觉生活不像以前那样无忧无虑了，多了一个孩子却少了一份收入，而他老家的父母年事已高，生活的重担一下子压在他一个人身上。虽然他从不表露什么，但她看出他有了负担。她不忍心，于是提出到私企上班，或者去国外打工。可是他坚决反对，怕给私企打工会让她受委屈。去国外打工，他更不放心，怕她吃不了苦。他觉得对不起她，觉得自己不能为她带来安逸的生活。为了改善经济条件，他决定放弃悠闲的工作，下海经商，而她，也从此成为商人妇。就这样，两个曾经"指点江山，激扬文字，粪土当年万户侯"的人，抱着"壮士一去兮不复还"的壮烈情怀，投入商海。

　　没有资金，没有经验，没有显赫的家族，没有曲里拐弯的关系，为了生存，他们从曾经衣食无忧的生活环境中一步踏进了商海。一无所有，白手起家，没有什么人可以依靠，凭借的只是一份责任与不甘。而她，在这段日子里却渐渐坚强、成熟了起来，从一个条件优越没有金钱观念的大小姐，变成了精打细算的小妇人。因为，她不忍心让他一个人去承受。他领着工人施工，栉风沐雨，辛辛苦苦，人沧桑了许多，再也找不到昔日的从容与优雅。她为了减轻他的负担,四处奔走,借钱贷款,联系工程,结算款项,催讨债务,全然不似昔日矜持高贵的她。但不管多累多忙,他仍然不放心让她做饭。偶尔为了给他惊喜,她悄悄走进厨房,为他洗手做羹汤,虽依然是笨手笨脚,但想到他这些年的付出,心里竟满是甜蜜与温柔。

　　苦难会让人成熟,十年的时间,会改变一个人许多。在生活的磨砺下,为了责任,为了家,她变得很低很低,低到尘埃里。在尘埃里,那朵相濡以沫的花,盛放开来……

(原载《青岛文学》2013年第3期)

绽放如菊

周日下午，和先生送女儿返校。时令已是深冬，朔风凛冽，寒意蚀骨。路上的行人穿着厚厚的棉衣，戴着口罩和帽子，全副武装地匆忙穿行着。车西行至十字路口，红灯亮起。等待的过程中，很自然地，我又开始四面环顾，似乎每一天、每一处，都隐藏着数不清的风景。

果然，马路北侧的一对老妇人吸引了我的目光。一个穿深绿棉衣的老太太正拉着一个穿暗红衣服的老太太的手，似乎在絮絮地嘱咐着什么。两位老太太应该都是七十多岁的年纪，干瘦矮小的身体，核桃般沟壑纵横的面孔，灰白的头发，包裹得如两枚严严实实的粽子。暗红衣服的老太太拉扯了一会儿，终于摆脱深绿棉服的老人，踏上斑马线，向南边走去，步子缓慢，但是很沉着，稳稳地，没有回头，一步一步穿越十字路口。天很冷，北风吹着老人灰白的头发，矮矮的枣核一般的身体佝偻着，让人担心一阵大风吹来，会把老人刮起。她终于走到路南侧的人行道上。路北，深绿棉服的老人一直站在那里，两只眼睛盯着前面那个矮小的、步履蹒跚的红衣人，眼神专注、紧张，仿佛眼前的世界只有那片暗红。老人一动不动，眼神时而焦急，时而轻松，随着那个暗红身影的动作，无意识地变换着表情。老人全神贯注地盯着眼前那片暗红，不会意识到，有一个人正同样紧张而又好奇地注意着她眼中的那片暗红，和全神贯注的她。

天很冷,风很大,穿过斑马线的老太太默契地回首,仰起菊花般的笑脸,挥舞着胜利的手势,对马路对面的老太太大声喊着什么。隔着这么远的距离,呼啸的风伴着汽车的鸣笛,根本听不到其他声音,但是她相信,马路对面的绿衣老太太一定能听得到,就像此前她虽然一直没有回头,但是一定能感觉到对面老太太那双关注的眼睛。

看到暗红衣服的老太太终于安全地穿过了马路,绿衣老太也挥起了手,手臂在寒风中如一段干枯的树枝,那笑容也如菊花般,层层叠叠,在严寒中盛放。两位老人各自站在马路的一侧,互相挥着手,大声地喊着什么,眼神明亮、开心,如一对单纯可爱的孩子,在放学时向对方挥手道别。然后暗红衣服的老太太转过身,步子轻捷了很多,悠闲地甩着手,继续向前方走去。路北侧的绿衣老太太又盯了一会儿,似乎突然意识到寒冷,肩膀缩了起来,搓着两只手,缓缓转身离去。

绿灯亮了,车启动了。我对女儿描述着刚才看到的一幕,心里涌起了阵阵暖意。女儿说:"妈妈你观察得好仔细,想必她们是一对老闺密吧。"是的,她们一定是一对要好的朋友,也许从女孩时,两个人就在一起,一直相互搀扶着,磕磕绊绊走到这苍老的暮年。但是她们的眼睛里,分明没有人性的狡黠与世故,却有一种返璞归真的率性和天真。那位暗红衣服的老太太,一定是穿过了人流如织的马路,去看望对面的密友,或许在那里开心地聊了一天,谈论她们的丈夫、儿女,甚至会回忆起年轻时一段甜蜜的记忆,继而流露出少女般的娇羞。吃过午饭,绿衣老太太不放心,执意要送老姐妹穿过马路。暗红老太摆脱了她拉扯的手,安慰说不用送,她自己能走。为了让朋友放心,老人过马路时故意走得镇静而从容,继至不肯回头去看老朋友一眼,因为她知道,有一双温暖的眼睛,会一直陪伴着她前行。

人生苦短,云卷云舒,看似相同的每一天,都在不经意间发生着不一样的故事。若在风烛残年,尚能记起有一抹亮色闪耀,寒冷的冬天,还能感受到明媚的阳光在远处等待,那人生还有什么悲苦让你畏惧不前?

(原载《红豆》2018 年第 6 期)

炊烟里的童年

已近春节，年味渐浓。大街小巷，到处是拎着大包小包的行人，街上车水马龙，各个商家的停车场也早已满满的。看到这番景象，我不由想起童年过年时的情景。

我的老家在乡下一个偏僻的村庄。小时候，每到寒暑假，父母要上班，就把我送回奶奶家住。

乡村腊月的早晨，升腾的雾气铺天盖地，炊烟袅袅，将宁静的院落包裹得严严实实；沉浸在腊月早晨朦胧之中的雄鸡，拍打着美丽的金边翅膀，站在稻垛垒高的篱墙上引颈高歌；慵懒的小狗躲在草堆里，偶尔发出几声寂寥的叫声；黄白花纹的大猫窝在灶台旁呼呼地酣睡。灶房内，小脚的奶奶早早起床生火做饭，灶膛内炭火烧得通红，将奶奶瘦小的身影映照在土墙上。

乡村中的女人从来不睡懒觉，尤其在腊月，她们起得更早。就在奶奶忙碌着做早饭的时候，爷爷起床了。他照例要先悠悠地点上旱烟，呲呲作响的烟头忽明忽暗，待慢慢地吸完，奶奶已经招呼吃饭了。和着奶奶的唠叨声，爷爷才慢条斯理踱到饭桌旁泰然落座。

浓雾渐渐散去，和煦的阳光普照大地，将腊月的山村装点成一幅古朴淡雅的风俗画。爷爷吃过饭后，穿上奶奶给他准备好的出门时穿的衣服，拎着一个帆布袋出门，到镇上去添置年货。每年腊月二十四五开始，爷爷都要骑上壮实的"大金鹿"自行车，不厌其烦地数次往返于城镇与乡村，有时会跑上一整天，买回几幅五谷丰登、六畜兴旺的年画，还有"岁通盛世家家富，人遇华年个个欢"的大红春联。更多的时候，爷爷是到镇上打散酒，买烟丝、卷烟纸或者买肉。记得有一年，爷爷买了一个猪头，他嘴上惬意地叼着烟斗，手里拿着烧红的烙铁，烧猪头上的毛，临时支起的小锅里熬着松香，弥散开来的奇怪的香味引得我们这一群孩子尖叫着围拢上来，七嘴八舌，叽叽喳喳。奶奶则领着刚结婚的俏丽婶婶和尚未出阁的巧手姑姑忙着包饺子、包包子、蒸红枣饽饽、炸面鱼——灶膛风箱奏着欢快的乐曲，燃着的柴火噼里啪啦，跳跃的火苗呼呼作响，锅盖上升腾着一层热气，狭小的房屋到处弥漫着温暖的节日气息。

  腊月山村的黄昏更是迷人，时间仿佛也在一瞬间静止。八十岁的曾祖母和邻居的老人们围坐在烧得通红的火炉旁，闲谈中洋溢着思念和期盼。落日已近山边，熟悉的身影出现在村口的暮霭中，渐渐看清了，是在外边工作的父母、叔叔带着哥哥姐姐们回来了。家里人欢呼着聚拢起来，哥长弟短地彼此打着招呼，互相打量着是长胖了还是变白了，每个人都是一样地高兴，一样地欣喜。我和几个早回到老家的堂兄表妹们拥上前去，争抢着父母、叔叔们捎回的糖果、点心、玩具和过年的新衣，然后一窝蜂跑开，脚不点地地窜回家，开始打开新衣逐一试穿，或把玩着新玩具，品味着好吃的点心，对即将到来的大年初一充满了吃好饭、穿新衣、挣压岁钱的憧憬。

  终于等到了腊月三十的晚上，吃年夜饭的时候。这天晚上，大人们格外忙碌也格外耐心，因为这天晚上是不许呵斥小孩子的，而孩子们也早被悄悄嘱咐，不许哭闹，不许乱说话。这个时刻，也是姑姑婶婶大显厨艺的时候。记得那年做年夜饭，刚进门的婶婶抢着给厨艺娴熟的姑姑打下手，却不时对姑姑做好的菜肴品头论足。姑姑噘起小嘴，满脸的不服气，借故把手中的活推给了婶婶，谁知婶婶竟不慌不忙，顺势站到了灶旁，煎、炸、炒、蒸、炖——有条不紊，剩下的几个菜在全家人惊诧的目光中散发出扑鼻的香气。从那年开始，家里便有了不成文的规矩，年夜饭由姑姑婶婶共同担纲。待到饭菜做好，酒也早已温好，爷爷、二爷爷、爸爸、叔叔们推杯换盏喝将起来。几杯老白干下肚，潮红涌上面颊，话也多了起来，侃年景，聊收成，说工作，讲子女，谈到开心处，不时发出阵阵爽朗的笑声。

时光如流水，不经意间悄悄流转。一切早已物是人非，童年时那个炊烟缭绕的小山村，却常常萦绕在我思乡的梦里。

(原载《红豆》2018 年第 6 期)

阳台春色

"春日迟迟,卉木萋萋。仓庚喈喈,采蘩祁祁。"春天在人们的翘首盼望中,终于姗姗而来。春天,透过阳台上秀逸明媚的迎春花、绿意盎然的吊兰和打开窗子时"吹面不寒"的"杨柳风",以及低头看到的婀娜艳丽的美女春装,真切地感受到了浓浓的春色、春意、春情。而最先报到的春之使者,自然是温暖柔和的春日阳光。每天推开卧室门,阳台上春天阳光特有的气息,便会让人的心里充满了馨香与惬意,饱含了诗意与柔情。

对阳光的执着和热爱,应该始于十多年前。那时的我刚刚结婚,没有赶上单位福利分房的末班车,刚刚成家又没有能力买商品房,于是寄居在娘家的一套单元房里。当时哥哥也结婚不久,我与丈夫及哥哥嫂子住在一起。房子是两室两厅,向阳的两间,一间是哥哥嫂子的卧室,一间是客厅,我和丈夫住在北边的卧室。直到女儿出生,我依然没有买上房子,依然住在那间没有阳光的屋子里。也就是从那时起,原本无忧无虑、不谙世事的我,开始迫切地渴望拥有一套自己的房子。白天哥哥嫂子上班了,我抱着孩子穿过客厅去阳台上晒太阳,阳光暖暖地射在女儿小小的柔嫩的身体上,我的心里却是彻骨的寒凉和无望。站在阳台上,抱着襁褓中的女儿,看着对面的阳台,心中充满了向往,想象着那个阳台里面应该有一个幸福的家庭，有温柔的女主人、能干的男主人和一个可爱的孩子吧。每当夜色降临，抱着女儿外出散步，目光总是久久停留在小区里那些阳台后依次亮起的灯光上，看着那星星点点，闪闪烁烁，心里就会特别惆怅。不知何时，那些精致玲珑的阳台后会有一个属于我的家。那时最大的愿望是能够拥有一套属于自己的房子，拥有一个属于自己的温暖的阳台，能够让我娇弱可爱的女儿天天沐浴在温暖的阳光中，过上安定的日子。

为了这个目标，我开始努力打拼。我们一无所有，白手起家，凭借的只是一份责任与不甘，直到有一天，终于可以有能力为自己买一套房子。仍然记得，当我第一次看到这套房子时，正是一个春天的午后。房子里有可以摆放浴缸的宽敞的卫生间，宽阔明亮、十个多平方米的阳台，还有一间能够安放下我绚丽梦想的书房。站在落地窗前，阳光透过窗子照射进来，温暖而又柔和，带着春天特有的暖暖的温柔的气息。我在窗前站定，沐浴着阳光，感受着春风微微的气息，眼前浮现出《泰坦尼克号》中罗丝与杰克在轮船甲板上迎风而立衣袂飘飘的情景，恍惚间觉得自己也好像插上了翅膀，想要凌风起舞。我听到内心有一朵花瞬间开放，一个声音在对我说：就是它了。我知道，只要有温暖的阳光将我包围，纵然寒冷的冬天，孤独一人，我的心中也会春意盎然。于是在历经创业的艰难与奋斗之后，我终于成了这套房子的主人。

而今，一年四季，每天早上我起床做的第一件事，就是从卧室信步来到阳台，把所有的窗子打开，呼吸一两口新鲜的空气，望一眼澄澈的天空，看一看穿梭的人流。即使是寒冷的冬天，只要是灿烂阳光的日子，若你路过，抬头看到在所有紧闭的阳台中，有着几扇打开的窗户，那应该就是我的家了。然后开始一天的忙碌，把床上所有的被褥都搭在阳台栏杆上，把刚清洗好的衣物晾晒起来，充分享受那令人迷恋的阳光的味道，然后拖地擦窗，洗漱更衣。忙完这一切，看着窗明几净的家，望望素颜清爽的自己，再一次来到阳台，感受阳光独有的温暖的味道、干净的气息和面前辽阔的视野。此后的时光，端坐在电脑桌前，或者阳台上白色的小茶几前，品一口酽酽的红茶，听干净的音乐，读清雅的文，写温暖的字，安守一份心灵的宁静。以书为伴，以文字为友，纵一个人的世界，亦不会感到寂寞。心情郁闷烦躁时，站在阳台极目远眺，看高高的天空，望远远的山峦，瞬时心旷神怡，豁然开朗。有时趴在阳台的护栏上，看街道上满目的春色葱茏，鼻尖掠过春的气息,心底油然漫过清新与美好。

春天就是这样,在春光中,在阳台上,在我的心里,点点滴滴,绵绵密密……

(原载《红豆》2018年第6期)

腹有诗书气自华

鞋跟很高,身材很好,气质很美,笑容很真。款款而来,眉宇间淡定从容、宁静自信。这就是我,一个知性的女子,一个优雅的女子,一个喜欢读书的女子。

可以说,我是书本陪伴着长大的。小时候,父母上班,没有人照顾我,小小年纪的我,就是枕着书抱着书,度过了孤独又充实的童年。可以一日无食,不可以一日无书。书是我最好的良伴,最知心的闺密。

博尔赫斯问道:什么是天堂?

博尔赫斯答道:天堂是一座图书馆。

这位在满是灰尘的图书馆里破万卷书、下笔有神的学者,曾无数次说过:"我是一个作家,但更是一个好读者。"过去,无数个博尔赫斯式的优秀人才用成功经历为"读书有益"做了验证。而今,一百多个国家以时代对读书的呼唤作出回应——以色列人把读书放在首位,英国提出"打造读书人的国度",法国人年均读书十一本。温家宝总理在做客新华网时就提到:"我非常希望提倡全民读书。我愿意看到人们在坐地铁的时候能够手里拿上一本书。因为我一直认为,知识不仅给人力量,还给人安全,给人幸福。多读书吧,这就是我的希望。"联合国则将每年的4月23日定为"世界读书日",鼓励人们发现读书的乐趣,并对那些推动文化进步的人们所做出的贡献给予感谢和嘉奖。

　　古人云："腹有诗书气自华。"这句话很好地诠释了读书对一个人的气质、修养的重要意义。曹操貌不出众，自惭形秽，就让仪表堂堂的崔琰代替自己来接待匈奴使者，他站在后边冒充卫士。后来他派人问使者，你以为魏王相貌如何？使者答曰：魏王果然玉树临风，但他身后那位才真正风度高雅。由此可见，一个满腹经纶、饱读诗书之人，无论怎样遮掩，那种儒雅的气质、奕奕的神采，也是挡不住的。读书不仅陶冶个人情操，亦涵养一个人的气质。如果用传统的审美观点看，孔子、鲁迅、莎士比亚、托尔斯泰，都是相貌不佳的，或五短身材，或乱发蓬松，但他们伟大的作品使他们成为美的化身、学习的楷模。这就是男人的姿色、男人的资本，可使万人敬仰，傲立于天地之间。

　　"关关雎鸠，在河之洲。窈窕淑女，君子好逑。"自古以来，爱美、追求美就是人类生活永恒的主题之一，而女人对美的追求，更是千百年孜孜以求、亘古不变的话题。"一个人的审美修养对人生尤为重要。"要提高一个人的审美修养，需要通过丰富自己的内涵来使自己更美，读书是最重要的渠道。外在的美只能取悦一时，内心的美方能经久不衰，而教养，就是女人的第一妆容。教养之于女人，就像化妆品中的精华素。最美的女人永远是由内到外都焕发光彩的，追求灵魂的精致与曼妙，优雅而自信。精华素是滋养女人的最佳化妆品，不是一日便见功效，需要日积月累，需要长久坚持，就像教养一样，需要女人博览群书，汲取营养，潜移默化，方能光彩明丽，熠熠生辉。古人云，知书方达理，温柔才贤惠，说的就是女人的教养。教养不仅能映亮一个女人年轻时的光彩，更能让一个女人收获到别人看不到的尊崇和体会不到的尊严，如古代才女谢道韫、李清照，近代写下"若论女士西游者，我是支那第一人"的康同璧，中国现代第一位大学女教授陈衡哲，中国共产党第一位新闻发言人龚澎，"翻手苍凉，覆手繁华"的著名华人女作家严歌苓。掩卷向往，总有那么多才女，过往岁月的沉淀于她们和她们的文字，都是分外增添魅力，使古典的美丽穿越时空，在岁月的长河中活色生香。

　　像所有的女人一样，我也天生爱美，天生喜欢那些美丽的事物与美好的感觉。而世界上恰恰有这么一种东西，契合了我敏感而细腻的内心，令我为之沉迷，为之流连忘返，让我丰富了自己的内心，使我的身心都丰盈优雅了起来。那就是读书。读书可以使人的心胸更宽广，眼界更开阔，一个有知识的女人会游走于文字与生活之间，成就一份美丽的事业，沉淀着文化的底蕴，去塑造一个积极向上的自己。

女人是水做的，纯美柔情，淡淡地来，淡淡地去，淡淡地处事，给人以宁静，以淡淡书香的魅力，宣扬自己独特的美丽。

（原载《青春》2012 年第 1 期）

母亲的歌

文字有时候是无力的,越是至亲的亲人,越是不敢轻易以文字触碰,只能静静地安放在记忆里。我的母亲于1938年农历九月初六出生在一个书香门第,从小受到了良好的家庭教育。母亲那一辈起名字时,女儿排"淑"字辈,儿子排"恩"字辈。因为外祖母只有母亲这一个孩子,于是母亲自己改名字为"恩廷",寓意自立自强,担当起儿子的责任。1953年母亲考入掖县一中,成为当时那个一千多户的大村子里第一个上掖县一中、后来也是第一个上莱阳师范的女学生。

母亲能歌善舞,多才多艺,毕业后被分配到莱阳农学院担任图书管理员,在那里,认识了当时在莱阳农学院毕业留校的父亲。后来,因为母亲不满足于做一名大学职员,一直想重拾自己的专业做教师,再加上外祖母年已老迈需要照顾,于是要求父亲一起回到了掖县老家。回老家后,为了方便照顾外祖母,母亲回到老家所在的乡镇中学教书,父亲则在市区工作。当时交通不便,父亲一周才回来一次。上班之余,照顾年迈多病的外祖母及抚育我们兄妹三人的重担就都压到了母亲一个人身上。尤其是我,因为从小体弱多病,母亲更是倾注了更多的心血。记得母亲说过,我出生三个月便生了一场大病,母亲抱着当时奄奄一息的我到处求医问药,却被告知已无治愈希望,让回家准备后事。母亲不甘心,自己学习医理,天天为我熬药调理。也许母亲的诚意感动了上苍，我奇迹般地痊愈了，但是身体一直很羸弱。小学五年，我有一半时间是在家里自学度过的，而教育的责任又落到了母亲的身上。那时小小年纪的我，体弱多病很少上学，但是在母亲的指导下，已经认识了许多字。每天晚上，哥哥姐姐在校读书，母亲上晚自习回来得晚，我自己在小屋读书，读累了想睡觉，又感到害怕，就把自己卷进被筒，蜷缩起来进入了梦乡。最难得的是周末，爸爸和哥哥姐姐都回来了，吃罢晚饭全家一起散步，然后举办家庭晚会，妈妈拉二胡，哥哥吹笛子，姐姐唱歌，我跳舞，爸爸当观众。有时候，父母有兴致了，还会跳跳交谊舞，唱好多的苏联歌曲：《喀秋莎》《莫斯科郊外的晚上》《小路》……现在想想，那是我最快乐的时光了。晚上睡觉前，我终于可以被妈妈搂在怀里，听着妈妈为我朗读，为我辅导功课。因此虽然我很少去学校，成绩却始终名列前茅，这应该感谢母亲始终不渝的影响和教导。

十八岁那年，高二的暑假，我又因一场疾病住院手术。住院三个星期，母亲衣不解带，夜不能寐，时刻陪伴在我的身边。因为是夏天，怕伤口感染，母亲特别注意卫生，天天为我擦洗身体，留意伤口变化。怕我烦闷，性格乐观活泼的母亲还常常给我读书，为我唱歌。如今想来，当年的情形历历在目，恍若昨天。

母亲给我印象最深的还有她的善良和对学生的关心及对工作的热爱。高考恢复后，母亲担任初中毕业班班主任及数学老师，学生们求知若渴，母亲更是把所有的精力和时间都投入到教学中。每天放学后，学生们都会自发来到我们家向母亲请教学习问题，而母亲则会不厌其烦地给予义务辅导。到了吃饭时间，母亲还会挽留学生一起进餐，边吃边讲，常常等学生都告辞离开时已是深夜。母亲又开始挑灯夜战，准备次日的备课笔记、做家务，几乎每晚休息时都已是凌晨时分。对于家庭困难的学生，工资微薄、同样生活拮据的母亲还会常常给予物质上的帮助。母亲一生善良，乐于助人，她将全部精力放在了家庭、事业、学生、子女上，却没有时间照顾自己，终于积劳成疾，五十多岁刚刚准备退休时，得了重病。即使这样，母亲依然乐观而善良，依然把身边的人记在心里。记得母亲患病后，身体羸弱，已经不能出门了。为了安全，每天出门前我们都会把家里的防盗门锁好，嘱咐母亲自己在家不要随便给陌生人开门，有事给我们打电话。但是常常回家后发现门已打开，询问后才知道，母亲在阳台看到楼下小区里的园林工人修剪花草，天热或者口渴了，想找点水喝，于是她拖着术后的病体艰难地下床，打开防盗门请工人进来喝茶休息。我们听后都心疼地嗔怪她，怕她身体承受不住，也担心她的安全。母亲却说，这么热的天气，人家在外面工作，口渴了，帮助一下是应该的。

母亲常常说，知书方达理，温柔才贤惠。母亲身上那种知书识礼、恬淡豁达的气质，她开朗善良的性格，以及对文学和音乐的爱好，都给我留下了深刻的印象。鲁迅说，童年的情形便是你将来的命运。在我成长的路上，母亲的言传身教真的已经在潜移默化中影响着我，为我的文字功底打下了很好的基础。我对文学和音乐，有种特殊的感情，也特别敏感。在我求学期间，家庭的原因，加上自身的努力，学习成绩一直非常优秀，那时我的志愿是读北大，父母也对我寄予了很大期望。在我上学前，读《青春之歌》时，对北大的未名湖就有了模糊的向往。然而后来，因为一些偶然——现在看来也是必然的原因，我没能实现自己的理想，甚至距离当初的愿望越来越远。这是我一生的痛，也是父母最大的遗憾。

母亲中专毕业，没有读大学一直是她的心结，她一直盼望着等到退休，去北京读老年大学。母亲能歌善舞，性格活泼，只是工作与生活的双重压力使她一直没有释放和展现的机会。她总是在期待着，等到儿女成人，自己退休，要去组织老年乐队，她做指挥，还想去练书法、经商……在母亲压抑了很久却一直浪漫的内心，有许多的事要去做，去实践，去体验。

然而后来，等到母亲终于退休，刚刚要安享晚年，要过属于她自己的生活时，因为过度的操劳，疾病早已侵蚀了她未老先衰的身体。刚办完退休手续的那年，一个春寒料峭的清晨，她离开了人世，带着她未能实现的梦，带着她的无奈、不甘和对新生活的向往、对儿女的留恋。

母亲去世二十年了，时光在飞逝，却带不走对至亲之人的思念；尘埃在落积，却掩盖不了那曾经的往事。农历十月初一前的一个晚上，我与姐姐筹划祭奠之事，姐姐声音低沉地问："明天去祭奠妈妈，咱们该准备点什么？"是啊，该准备什么呢？思绪在瞬间弥散开来，搜寻着那曾经的点点滴滴。我想起了母亲那温暖的怀抱，躺在里面的我却忽略了她的温柔、她的疲惫；我想起了母亲那慈爱的目光，懵懂的我却忽略了她的忧伤，扭曲了她的期望。有父母之爱的庇护，每个人的童年都是快乐的。儿时的我身体孱弱，常常生病请假，小学五年在校的时间不及其他同学的一半，而学习成绩却始终名列前茅，这些全得益于母亲下班做完家务后对我的耐心辅导。当时生活条件普遍不好，但是母亲为了我的健康成长，总是精打细算，生活调理得非常好，使我从没感受到同龄人那种儿时的生活艰涩。母亲就像一把巨伞，为我遮蔽风雨，无论是物质还是心灵，我没有受到一丝伤害，得以无忧无虑地顺利成长。正是母亲的言传身教让我懂得人要内外兼修，始终要有善良积极的心态，要有悲悯的情怀；无论身处何境，都要做一个有素质有修养的人。孩子的心总是单纯而美好的，对未来充满了希冀。记得中考后，我以全校第一的成绩考入高中。一天吃罢晚饭陪母亲散步，心情舒畅，谈到了未来的发展，我信誓旦旦地对母亲说："妈，等我将来考上北京大学，毕业去上海工作。冬天陪您在黄浦江畔漫步，夏天带您去承德山庄避暑。"妈妈听了很高兴，一句孩子的稚言就让她神采飞扬，满足之情溢于言表，甚至计划等我将来毕业工作，她也已退休，要安享天伦，在我将来工作生活的城市上老年大学。

时光如梭，岁月蹉跎。转眼二十年过去了，我已身为人母，母亲却早已离我而去。我没能实现当时的承诺，甚至越走越远，没有一份属于自己的事业。母亲匆匆地走了，带着她的依恋和牵挂，永远地离开了。想到这里，我已经泪流满面，缓缓地对姐姐说："给妈写一封信吧。告诉她时隔二十年，女儿终于慢慢地找回了曾经的自己。"

祭奠这天，天阴沉沉的，风很大。那堆黄土静静地卧在那儿，淡淡地看着这个世界。"亲戚或余悲，他人亦已歌。死去何所道，托体同山阿。"摆好祭品燃上香，纸钱和书信瞬间化为灰烬，烟雾升腾在茫茫的天空，随风四散。我在心里默默地对母亲说："妈，女儿没有实现儿时的诺言，请您原谅。希望您在天堂里生活得幸福，做您想做的事情，再也不会有尘世间的烦恼。"

人生从父母的笑声中开始，在子女的泪水中结束。伴随你成长的是父母艰辛的付出，你的人生历程中走过的每一步，都离不开他们无私的爱心。"子欲养而亲不待"，留给我们的，是一生挥之不去的遗憾。

世上没有不死的生命，却有永恒的母爱。

就把这份难忘的亲情珍藏在心,成为自己生命的一部分,那么,母亲就会永远在离你最近的地方陪伴着你。她会继续看着你成长,感觉着你的喜怒哀乐,与你一同看这烟火人间,再也没有什么能把你们分开。每当音乐响起,我的耳畔总是回响起母亲那轻柔舒缓的歌声……

(原载《教师博览》2017年第11期)

父亲的笑容

她已经很多年没看到父亲的笑容了。

小时候,她文静懂事,是父母的乖乖女,加之是最小的女儿,自然格外受到宠爱。哥哥姐姐年纪比她大许多,看到父母都宠着她,有时半开玩笑地说:"咱们家儿女双全,你这个三儿,就是一个'多儿'啊。"她听了,立刻紧张地跑去问父亲:"爸爸,哥哥姐姐说我是'多儿',是真的吗?"父亲看着她,脸上溢满了慈爱的微笑:"谁说我们家小朋友是多余的,要我看是'少儿'呢。这么可爱的小姑娘,怎么会是'多儿'呢?"说着便怜爱地把她拉到身边,给她掏耳朵。那时候,她是个特别娇气的小姑娘,不放心让其他任何人给她掏耳朵,包括细腻温柔的母亲。唯独父亲才让她放心,因为一向脾气暴躁的父亲,为她掏耳朵时,却总是小心翼翼,从来没让她有一丝不舒服的感觉。

她知道父母喜欢她,也就更在意这份感情,总想做一个最乖的孩子,让父母高兴。全家人都知道父亲最宠她,甚至宠得没有原则。父亲是极爱干净的,他一向寡言少语、脾气暴躁,哥哥姐姐都怕他。有一年暑假,刚上初中的哥哥在家鼓捣无线电实验,房间里一团糟,还未来得及收拾,恰好父亲下班回家了。看到满屋狼藉,父亲的眉头立刻紧皱起来,猜到是调皮的儿子所为,就要冲儿子发火。母亲朝她使一个眼色,乖巧的她立刻跑上前,对父亲撒娇："爸爸，对不起，刚才是我找玩具，把房间弄乱了，爸爸别生气啊。"父亲低头看到小女儿，眼神立刻柔和了许多，怒气早已烟消云散。姐姐丢了东西或碰坏了物什，也会紧张地跑去找小妹。善良的她，不愿意看到父亲生气、姐姐挨训，也总是把责任揽过来。甚至父母闹矛盾了，她也会跑去对着爸爸妈妈撒撒娇，看着这个娇憨可爱的小女儿，父母的怨气立刻化为乌有，于是家里减少了很多硝烟的味道。甚至有时候，哥哥姐姐想买课外读物，怕被严肃的父亲拒绝，也会请她去做小"说客"。而只要她出马，必然皆大欢喜。母亲和哥哥姐姐常把她抱起来，边逗边说："果然是个'少儿'啊，想不到还能做我们家的灭火器和传声筒呢。"

父母工作的地方距离奶奶家九十里地，那时家里还没有摩托车，更没有私家车。每个周末，父亲都要带着她回老家看爷爷奶奶。"大金鹿"自行车前面叮叮当当挂满了给爷爷奶奶的东西，她坐在后面的车座上，那里有一个父亲特意为她安装的小椅子。她两手抓住小椅子的扶手，一路唱着歌，间或给父亲讲刚看的小人书里的故事。九十华里，要骑上大半个上午，父女俩一路走着、说着，她像一个清脆的小铃铛，带给父亲一路欢声笑语。那时候，路上极少有汽车，更很少见到小汽车，偶尔父亲也会搭乘大卡车带她一起回老家。记得一个暖春的周日，父亲和她一路说笑着往奶奶家赶，忽然，一辆吉普车从后面飞驰而过。她指着疾驰的吉普车，仰起小脸，撒娇地对爸爸说："爸爸，我想坐小汽车。"爸爸听了，居然停下车子，在路边东张西望起来。那时候，整个县级市也很难见到小型汽车，吉普车也是凤毛麟角。父亲站在路旁，边用手扶着车把，边看着路上偶尔驶过的车辆。这时，一辆半新的吉普车从后面驶来，慢慢在他们面前停下。车上一位伯伯探出头跟父亲打招呼，一向不肯求人的父亲见到熟人，竟破天荒推着自行车走到车子前，打听车子的去向。可能是巧合吧，吉普车正是去往奶奶家方向。父亲说明意思，车上的伯伯下了车，把她抱了起来，热情地邀请她跟他们一起上车。就这样，那位慈爱的伯伯一路与她说着话，把她送到了奶奶家，父亲则一直骑着自行车，紧紧跟在后面。

随着年龄渐长，她由一个胖乎乎的小娃娃长成清秀苗条的小姑娘，模样也越发像父亲了。人们见了她都会对父亲说："老王真有福气啊，女儿聪明懂事，而且越长越漂亮，越来越像你了。"父亲听了呵呵笑着，低头看看女儿，虽不说话，那种骄傲早已溢满眼角眉梢。

夏天的晚上，父母要到院子里乘凉，她会轻轻给父母搬来小椅子，请他们坐下。还没等父母说话，她早已飞身进屋，顷刻，一把大蒲扇就塞在了他们的手里。然后，她自己搬一只小板凳，双手托腮，坐在父母面前听故事。那时候，仰望天空中闪烁的星星，父亲就会给她讲用肉眼比中国科学院天文台早两小时发现天鹅星座新星的段元星；换一条新裙子，母亲会给她讲从黎族人那里学会使用制棉工具，并回家乡教人制棉、传授和推广织造技术的黄道婆；还有"淡淡妆，天然样"的汉家姑娘王昭君……文学就这样在她幼小的心灵深处植下一粒种子。沉浸在家庭浓厚的文化氛围中，她渐渐长成一个散发着书香气息的娴静女孩。

她家里有很多藏书，从小她就生活在浓郁的书香之中。那时候她认不得几个字，读书总是半认半猜，即便如此，却丝毫没有减少读书的兴致。每天晚上入睡前，是她最开心的时刻，那是属于她的固定的读书时间，无论父母多么劳累，工作多么繁忙，总要给她读一段书。《暴风骤雨》《青春之歌》《王昭君》《钢铁是怎样炼成的》……就这样，每天晚上，她都会伴着书香甜甜睡去，梦里仍沉浸在书的意境中。那时候，她就是以这样的方式接受了文学的启蒙与熏陶。父母为酷爱读书的她订了很多文学读物，《中学生》《儿童文学》《少年文艺》《东方少年》等等。在属于她的小屋里，父亲专门帮她建了一个图书角，每个周末，同学们都会来她的家里借阅。而父母就成了她最好的助手，帮助她做好借阅记录，为她包书皮。父亲会把同学们借阅时翻破的书页耐心整理裱糊好，教育她读书人要懂得爱书。也因此，直到现在，她都对文字、对书本有种特别的感情，爱惜书本，敬畏文字。

眨眼间，她已成了一名高中住校女生。高中三年，父亲每周都要骑自行车跑三十里地去学校看她，给她送刚刚包好的饺子。无论刮风下雨、酷暑严寒，每周二和周五上午的课间操时间，父亲高大的身影都会准时出现。每次见到她，父亲都没有太多的言语，那种沉默的爱却深深镌刻在她的心里。依然记得，那一天，校园的天空高而深远，绿树就那么站着，眺望着遥远的白云。教室门前，她安静地站在那里，看绿树，又看云的游移。在她把脖子看得酸痛的时候，同班的女生在喊，那声音真清脆，就像小鸟在浓荫里叽叽喳喳："阿韵，你父亲在校门口。"许多年后，她回忆起这声音，不知怎的，耳边总响起校园中的鸟鸣。

初中毕业那年的暑假，她突然萌生了给杂志投稿的念头。于是，她人生中的第一篇稿件载着她的梦想和希望，随着八分钱的邮票一起寄走了。高中开学两个月，翘首企盼的她渐渐淡忘此事，以为早已泥牛入海。然而就在一个飘着秋雨的下午，刚下课，身着单衣的她正准备跑回宿舍添衣，一抬头却看到一个穿着雨衣推着自行车的熟悉身影向这边走来。雨下得这么大，而且父亲刚来过不到两天，难道是又来了？正犹豫间，父亲已经急促又兴奋地喊起她的名字来，然后躲在一间教室檐下，激动地打开用塑料袋仔细包裹的手提包，从里面拿出一本刊物。原来是她的文章发表了，父亲居然冒着雨给她送来。那一刻她有点恍惚，有点激动，甚至有点小小的埋怨和心疼：一向沉稳冷静的父亲，这次却像一个孩子，下着雨骑自行车跑这么远，就是为了告诉她作品发表吗？

她的学习生活一直非常顺利，成绩优异，懂事乖巧，是父母和老师的宠儿。然而，也许上帝是公平的，总要在一个人的一生中增加一些磨难。她毕业参加工作那年，刚退休的母亲身患绝症匆匆离世。尚未从失去母亲的痛楚中恢复，她又遭遇单位改制。仿佛一夜之间，命运在这个不谙世事的单纯姑娘面前露出了狰狞的面目，她几乎被击垮了。下岗失业，居无定所，好不容易借钱筹资联系工程又遭遇拖欠货款，工人接连出现安全事故，真是祸不单行，欲诉无门。租房，搬家，要债，借钱，这就是十几年里她生活的全部。她的处境成了父亲最大的心病，父亲的担心，又成了她这个做女儿的最大愧疚。在最灿烂的年华里，却过着最黑暗的生活，不能为父亲分担什么，反而成了父亲的累赘。那些日子里，一向严肃寡言的父亲变得絮絮叨叨起来，祥林嫂一般，总是忍不住絮叨女儿的困境，女儿多舛的命运尘封了父亲的笑脸。

苦难会使人成熟，生活的打击，却使一向娇气脆弱的她坚强了起来。她要努力改变自己的处境，让父亲少为她担心。无论遇到了什么困难，她都会咬紧牙关，不肯对父亲吐露分毫。每次回家，她都要先调整好情绪，尽量掩饰自己的疲惫与无助。报喜不报忧，虽然没有什么喜事可报，至少不能告诉父亲坏消息，不能让他跟着自己担心，少让他上火。这，就是她唯一能报答父亲的吧。

对于心理压力与生活压力过重的人来说，生存绝非易事，在艰难之中，只有反复追寻生命的意义，把痛苦、希望，把全部的精华和梦想输入文字之中，使之丰富充盈，才能够借以摆脱孤独存在的命运。历经生活的多重变故，她终于又开始笨拙地回归文字的天空。她发现，只有文字才能让她取暖，才能带给她力量。只有写作，才是最能让她感到接近幸福的一件事，能够在最迷茫的时候给她带来信心，也会给忧心忡忡的父亲带来一丝希望和慰藉。看到她终于又开始有了适合自己的生活，父亲由衷地高兴。他会一遍遍抚摸她发表作品的刊物，然后一个字一个字认真阅读。父亲还把她发表文章的所有杂志、获奖证书都精心收藏起来，时不时拿出来看看。而让父亲第一时间看到自己发表的作品，看到自己出版的文集，看到自己获得的荣誉证书，向父亲汇报自己哪怕一点点的成绩，也成了她写作的巨大动力，她只是想让他放心。每天她都会回家看看父亲，每一次，都希望能带给父亲一点好消息，让父亲稍感欣慰。那天，她像往常一样回家，看到几位邻居坐在客厅沙发上，面前的茶几上摆满了她的资料——她的各级会员证、获奖证书、出版的散文集、发表的作品，还有一些媒体关于她的报道和照片。她不禁有些难堪，正要阻止，却迎面看到父亲含笑兴奋的眼神。她什么也说不出了，甚至不敢面对。自从母亲去世，自己下岗，她已经十几年没看到父亲笑了。这些年，父亲明显衰老了许多，精神状态也大不如前，每天都是一副郁郁寡欢的神情。一生不喜欢说话的父亲，十几年没有笑脸的父亲，此刻却像一个快乐的孩子，沧桑的眼神变得清澈而欢快，久违的笑容绽放着希望的光辉，正在对邻居们絮絮讲解着每一本杂志、每一个证书的来历。

她回过头去，轻轻拭去悄然落下的泪滴。

(原载《教师博览》2017年第11期)

感受孤独

一本书，一杯茶，一个人，一间房，造就了一种氛围。

把世界关在门外，静静地坐，幽幽地想。任思绪天马行空，上下五千年，纵横八千里。

"念天地之悠悠，独怆然而涕下。"拨开浮华的烟云，穿越历史的时空，我们见证了孤独。

帝王的孤独是与生俱来的。"高处不胜寒"，历朝帝王处在权力斗争的风口浪尖，独断朝纲，是注定的孤家寡人。

雅士的孤独是一种悲剧。曲高而和寡，先秦琴师俞伯牙一次在荒山野地弹琴，樵夫钟子期竟能领会琴声所要表达的是"巍巍乎志在高山，洋洋乎志在流水"。伯牙惊曰："善哉，子之心而与吾心同。"子期死后，伯牙摔琴断弦，终身不操。故有高山流水之曲，知音难觅之悲。

隐士的孤独是一种享受。晋时陶渊明隐居庐山南麓，高风亮节，不染风尘，与山间之明月为邻，以江上之清风为友。孤独给他带来了"采菊东篱下，悠然见南山"，一种令人神往的意境。

谋士的孤独来自英雄之间的惺惺相惜。《三国演义》中的诸葛亮"出师未捷身先死，长使英雄泪满襟"。闻知诸葛亮死讯，司马懿先喜后泣，唏嘘不已。只因少一劲敌，心中倍感遗憾，了无生趣。

凡人的孤独是伴随失意而生的，是一种落魄之后的寂寞。现代社会，人们的生活节奏快，职场竞争激烈，生存的压力很大，人生之事不如意者十之八九。难得独处一室，远离城市的喧嚣，去寻求一份安宁，享受一份孤独。孤独能够清心。身处世外，洗尽铅华，你会发现一个真实的自我；审时度势，未雨绸缪，你会拨云见日。知己，知彼，知天下，运筹帷幄决胜千里。孤独可以明志，尘埃落定，纷乱的思绪渐渐理清，躁动的心境归于平静，不再为事物的表象而迷惑，不再为世事繁芜而烦恼，心境淡泊而志向弥坚。宁静而致远，淡泊以明志。

可以说，孤独与成功是如影随形的。成功的人耐得住寂寞，接受了孤独，享受了孤独，最终让孤独拂去了岁月的风尘，使生命流光溢彩。

（原载《青春》2012年第1期）

第三辑
纸上还乡

仰天之光

重阳节，出青州城区，取道西行。路渐高渐窄，绿意渐浓。山路的两边，是起起伏伏的丘陵，高高低低的树木，深深浅浅的村庄。不时有柿树擦肩而过，在深绿的乡野底色上，一树通红的柿子显得格外醒目，给原本寂静的乡野平添了几多喧闹。

一座山矗立在那里，就像一棵树，它是如此丰茂端庄。盘根错节的山路，是它的一些须根。我们是小小的昆虫，在须根上蠕动着。

比起三山五岳来，仰天山并不显赫，却也非籍籍无名。初到仰天山，"仰天槽""摩云崮"这些名字，就已让我感到震撼。不只是因为其山峰云林所呈现的险峻雄绝，而是觉得这些名字里蕴集着一股冲天之气。闻"仰天"之谓，来自山中的"千佛洞"——深达一百六十米的溶洞，洞顶有一天然石隙，仰视可见天光。特别是每年中秋月圆之夜，银盘当空，清辉尽洒，人皆叹"仰天高挂秋月圆"。或许，这也是宋太祖赵匡胤顿悟此为接天之山，于此营建文殊寺的原因。和其他许多香火炽旺之地相似，因有神灵的喻示，更有皇帝的倡导，千佛洞、仰天山便日渐为人瞩目。

我知道"天意从来高难问"，也没有膜拜神佛的激情，然而，我是如此向往千佛洞，因为我向往那清辉遍洒的诗意。

忽然醒悟过来，不禁莞尔——已是九月初九，即便有月，也不过上弦之月，你还要去等什么"清辉遍洒"，岂不让人笑翻。

我知道，更多的人会笑我，倒不是因为这迟到的失误，而是因为我残存的"文青"心态。今人看来，"文青"的浪漫已属幼稚，功利才是硬道理。比如，今天的仰天山，更令人崇尚的，似乎是它曾经有过的腾龙起蛟的魔力——明万历状元赵秉忠，传说即是参拜仰天山之后始得高中的。环顾左右，恍然大悟，何以行走于山路的人流中，多有莘莘学子和他们的长辈。

其实奔着"状元梦"而去的人中，有几位读过赵秉忠的状元卷？今存青州博物馆的那张由万历皇帝御批"第一甲第一名"并钤"弥封关防"的长卷，是今存于大陆的唯一一张殿试状元卷真迹。我曾在友人处见过复制件，鞭辟入里的策论，洋洋洒洒的文风，或应比他高中状元更有价值——"人君一天也，天有覆育之恩，而不能自理天下，故所寄其责者，付之人君。……用是所居之位，则曰天位；所司之职，则曰天职；所治之民，则曰天民；所都之邑，则曰天邑。故兴理致治，要必求端于天……"诵读时我就在想，有研究者称赵秉忠表述的是"君权神授"的思想，但称之为"君责神授"岂不更准确？赵秉忠之言"天"，是借天以言"君责体大"，用以发挥他的政治主张。我不禁感慨，天子堂前的赵秉忠，或不免有求功名之心，但为文之道，并不仅为功名，他"仰天"而务实，发心中积郁之声，献颓世重振之策，岂不是中国文人感时忧国精神的承继。为人者，总是要"仰天"的，即使"高难问"，又岂能折断精神飞升的翅膀。

"文青"的浪漫，又何尝不可作如是观。

周边是葳蕤草木，鸟鸣声此起彼伏，天空湛蓝如大海，流云逃匿，一派清净与幽雅。我终于来到仰天山得名之所——千佛洞。千佛洞体量宽阔，洞内一千零四十尊佛像造型精美，无论从洞的体量还是佛像的数量来说，都是名副其实的天下第一佛洞。目光穿过尊尊佛像，我已迷醉于肃穆中散发的仁慈与悲悯，忽觉头顶一闪，循光望去，山洞高远嶙峋处，一线天光流泻，神秘而幽微。"一窍仰穿，天光下射"，原来就是这种感觉。顿时，错失"清辉遍洒"的遗憾早已跑到九霄云外，而一起进洞的朋友中，已有人惊叫起来。忽想，一座千年洞窟，仿佛我们内心的幽晦，一缕来自天宇的光，是亮彻的呼唤。这呼唤看似遥不可及，却因为对视的专注，变得与我们如此接近。想到此，这一缕阳光，这一声呼唤，渐渐地使我的内心澄澈起来。想起一句话："心是你的本原神祇，飘移在宇宙世界最深的地方，可以澄澈光明，也可以长夜漫漫。而宗教意义的修炼，其实就是把心打开，让心看见，最终回归人性深处，皈依那个等同于宇宙无限的自己。"

一缕天光，心门洞开。感悟的心，犹如走过了千山万水。

(原载《文艺报》2014年2月10日)

蒲松龄故居漫笔

清朝康熙年间，山东中部淄川蒲家村，一个陋牖敞户冷落门庭中，走出一个口衔烟管、路设茶摊，与过往路人闲聊并记录的乡村书生。他少年时崭露头角，随后屡试不第，失意连连，大半生过着穷困的生活。底层生活使其更能体察民间疾苦，多舛的命运使其胸中郁愤欲借诗文倾吐。他一生所著甚丰，若干年后成为被仰慕膜拜的大文学家。

这个人，就是被誉为"中国短篇小说之王"的蒲松龄。

蒲松龄（1640—1715），别号柳泉居士，小说、诗词、文赋、俚曲、杂著、戏曲无一不能，曾著《趵突泉赋》《煎饼赋》《地震》等。其《趵突泉赋》中"树无定影，月无静光；斜牵水荇，横绕荷塘；冬雾蒸而作暖，夏气飒而生凉"等句，文辞清丽，对仗工整，在历代吟咏趵突泉之文中，堪称佳作。最辉煌的著作《聊斋志异》奠定了其在文学史上的地位，借鬼狐以状人生，以曲笔鞭笞魑魅，人物活灵活现、惟妙惟肖。蒲松龄，一颗内心炽热外表寡淡的文学之星，若干年后，终于拭去历史的尘埃，辉耀神州内外。

一直想去瞻拜蒲松龄出生的地方，在一个酷暑，一个偶然的机会，终于来到这片树木葱茏、百花盛开的土地。走进蒲家村，古老的房屋错列其间，却协调有序，无声地诉说着沧桑的经历，如这里诞生的文化名人一样，不事张扬，朴素静谧。思绪亦随之飘至遥远，幽然触发怀古之情。

走进蒲松龄故居,绿树掩映,环境清幽。院内无花果、石榴等果实葳蕤,树木翁郁,生机盎然。故居正厅门前,迎面立有蒲松龄全身塑像。他仰望着前方,面前是慕名而来的虔诚的文学爱好者,驻足凝望着这位闪烁着思想和艺术光辉的文坛巨擘。

步入正厅,一眼望见郭沫若1962年为蒲松龄故居题写的楹联:"写鬼写妖高人一等,刺贪刺虐入骨三分。"正厅中陈列着蒲松龄家谱及生平介绍,玻璃柜内整齐地摆放着蒲松龄著作的各种版本以及以《聊斋志异》为蓝本出品的电影电视剧照。这里陈列的种种遗物,都与蒲松龄清贫凄苦但不乏善良坚毅的人生紧紧联系在一起。正厅墙上挂着姚雪垠、范曾、王蒙、欧阳中石等许多当代名家的题咏字画,还有与蒲松龄同时代、同为乡梓的清初文坛盟主王士禛与蒲松龄的诗词往来。时任刑部尚书的王士禛题诗云:

姑妄言之姑听之,豆棚瓜架雨如丝。
料应厌作人间语,爱听秋坟鬼唱诗。

走出蒲松龄故居,沿村内的石径蜿蜒行至柳泉。柳泉古道,昔日的通衢大道,东至青州西至济南,是三百年前蒲松龄煮茗备茶,招待贩夫走卒、过路旅客,搜集整理素材的地方。这柳泉的水,三四百年间安于弹着清波潄着卵石逶迤前进,不曾往高处攀登。阳光下,发出粼粼的波光,泉面的光影在水中碰碎了,那光点却又层层升浮起来,接近水面时,又摇曳而下,似乎泉底有异人在调弄。可是在怀念那个在此手拿笔管、口叼烟袋,招待来往过客的煮茗人?历史的印痕小心翼翼地隐藏在每一滴水里、每一粒土中,而能够理解他们的人,却是少之又少。蓦然记起一句话:"有时候,一个人走了,才使人更加觉得他的存在。这种存在的由来,根本在于他曾经做了些什么。"

凡是灵魂中富有人性的光辉,具有正直的品格,而旨在为平等公正的社会奔走呼号的人,在很多时候都要承受郁愤与孤独。他们往往较少享受别人之所享,多思别人之所思,甘担别人不愿担当之重负。他们有的生前未得殊荣,甚至终生未享受到应有之评价与理解,却未见反悔,一直默默坚持着自己的所为。这就是一种人生哲学,一种坚定的信念。蒲松龄作品中有着超越时空的精神力量,影响了一代又一代人。"地以人传",这是一句多么经典的话。寻访蒲松龄故居，这一路走来看到的风景与其他城市仿佛没有什么不同，却又别有一种意味充溢其间，有一种难以消泯的艺术气息。一位文坛巨擘，一部短篇小说集，如此深深浓浓地熏染着整个城市，成了三百年来文人墨客必愿一瞻之所在。这，就是文学的魅力。

再一次凝视蒲松龄沉思的塑像，尽力破译其中的隐语，他似乎在说："我生前住在这里，从来也不曾离开过。"仆仆风尘中，历史的动态如映画，未曾亲历，却恍若在眼前。

（原载《人民文学》2013年增刊）

海的深情

"正月十八,海庙万树芽始发,春风百帆遍天涯。"

这句民谚说的是渤海莱州湾畔渔民祭海祈福的习俗。

正月十五,吃了元宵,闹了花灯,年就算过完了。但在莱州湾畔,十里八乡渔民们的心像鼓满的帆,期待着,守望着,渴盼着……

直到正月十八,又逢祭海日——一个对渔民们来说比春节还要重要的节日。

而此时,春天已如紫燕翩然来临。最先感受到的是春风,自海上浩浩荡荡地吹来,一夜之间,吹暖了海水,吹绿了芽儿,吹开了船帆。要出海了,要开渔了。

这一天,静悄悄的早晨,同样悄无声息的浓雾笼罩着通往海庙的黄土大道。崭新的朝阳,自东方地宫冉冉升起,像反弹琵琶,铮铮有声,跃出海的脊背,越跳越高,迸射出万道金光,镀亮了千万羽海鸥洁白的翅尖。浓雾被击溃了,一绺一绺地四下逃散。一支长长的队伍,都身穿大红盛装,头裹红巾,有人擎着五色彩旗在前头开路,后面八个壮实汉子抬着一口白条整猪,上头盖着火红的绸布,好像红火日子的盖头。队伍一路来到海庙前,沿途敲锣打鼓,铙钹唢呐齐鸣,所有响器悉数出场,边走边喊出隐藏在不同形状身体里的欢乐。他们粉墨登场,披挂大红大绿,化着浓妆,戴着面具,扮成唐僧的双手合十口中念念有词,后头跟着孙悟空挥舞金箍棒,猪八戒大腹便便地扛着钉耙,沙和尚煞有介事地挑着行李担子,活脱脱一番西天取经路上的情景。那扮丑婆的头插红花,围着发夹,挽着纂儿,乍看上去是个老大娘,细看却是个老大爷,他负责以自己的丑和诙谐的动作来闹洋相,博得观众一阵阵笑声。旱船跑了起来,一个中年妇女驾着上百斤的"船",动作舒展而柔美,宛若在海中顺水漂流。有人故意逗她,问:"这个船满不满呀?"她也机智地答:"不满,打上鱼才满了载,压得密密的呢。"一听她就是个地地道道的渔民,话语中充满了对大海的期盼与敬畏。渔家秧歌扭起了,小黑毛驴的道具套上了身,扮演者一拉一拽,毛驴撒娇似的做着各种动作,憨态可掬;后面紧紧地跟着一个人,手持鞭子,时不时地甩上几下,鞭影闪过,撒下一串清脆响亮的吆喝声……

　　队伍列队停下了,千面大鼓早已摆好,领头者守着最大的那面鼓,率先一声鼓响,如雄鸡引唱,小伙子们双手舞动鼓槌,高扬臂膀,宣泄着攒了一冬的劲儿,一起砸到鼓面上,咚,咚,咚,雄浑激昂,连绵不绝,那气势,那规模,丝毫不逊色于安塞腰鼓。一挂挂鞭炮早已被甩在地上,纵横交错,从通往海庙的路口到主祭台,一直延伸到海边,足足有几百米长,一眼望不到头。它们被许多不同的手同时点燃,噼噼啪啪响成一团,腾起一条条火龙,像电闪雷鸣,一路狂奔,追赶着观众,观众仿佛受了惊吓,不停地后退。这是最鲜艳的大地红,是提前得到信儿盛开的桃花,也是另一种形式的"新符"。一眨眼,地上已铺开了一条红地毯,整条路被粉身碎骨的祝福泼得淋漓尽致。噼噼啪啪地炸响到海边,喜欢热闹的海神爷捻着胡须,收下了这串长长的祝福,默念着赐予渔民们风调雨顺、鱼虾满舱。渔民们也仿佛心有感应,这是他们与大海之间的默契,他们已看见数不清的鱼虾在网中闪着银白的光芒,兴奋地蹦着跳着,成为这个开渔季的扉页和最生动的渔家表情。

　　在长长的祭拜队伍中,一个熟悉的身影映入我的眼帘,好像是我几年前曾经采访过的一位渔家少妇。跟以前一样的鬈发,一样的瘦瘦高高的个子,只是容颜气质上有了一种说不出来的不同。正迟疑间,女子抬眼看到了我,立刻惊喜地叫了一声跑过来。真的是我七年前采访过的于娜,一个渔民的女儿,同时也是一个渔民的妻子。她的眼角眉梢洋溢着欢欣愉悦,人也水嫩年轻了许多,我差点不敢认了。我将她叫到一边,跟她聊了起来。

于娜说，近几年国家为了保障渔民安全，出台政策限制淘汰小船，鼓励增大马力合并成大船。她和丈夫李平响应号召，拿出多年打拼来的积蓄，又向银行申请了低息贷款，五年前，淘汰了自家的木壳船，购买了一艘147千瓦的钢壳船，丈夫李平带着八个伙计作业，成了船老大。

木壳船改钢壳船，船大抗风浪，出海安全有保障了，收入也提高了。就像种粮有补贴一样，国家为了鼓励渔民出海作业，也出台了政策，每年作业满三个月，就可以享受国家给予的燃油补贴。现在国家重视营造人与海洋的和谐关系，休渔期由原来的两个月延长到了四个月，看上去似乎渔民的出海时间缩短了，收入会有所减少，其实保护了鱼类的产卵期，不再滥捕乱捞、涸泽而渔，使它们得到了休养生息，海洋资源更加丰富了，开海后可以一直作业到年底，每次出海都捕捞得盆满钵溢。大海脾气时好时坏，难以琢磨，以往渔民最担心的就是出海安全，每逢台风等恶劣天气，惊险自不必言，常有船毁人亡的事故发生，家人在岸上也跟着备受煎熬。我自然而然地跟于娜谈起了这个，她说大船安全系数高，渔政部门也严格要求每艘船上都安装北斗定位系统，配备救生衣、救生圈，同时建立了船讯网，及时将各种信息通知到每一个渔民。休渔期间，渔民们除了与家人一起结补渔网、维修养护渔船外，渔政部门还组织船老大和船员免费参加安全和技术培训。渔民们还在当地政府指导下，自发成立了渔业合作社，由合作社出面挑头，集体购买保险，费用低，保障高。于娜说，以前她父亲养船，靠天吃饭，人工捕捞，几个人拉网，安全措施少，一旦发生事故，就面临着倾家荡产。如今海上作业全程机械化，劳动强度大大降低了，船上安装了空调，舒适度也提高了。即使万一发生意外，也有保险公司理赔，没有了后顾之忧。

当大海博大的内心蓄满潮水时，这些钢壳船在浩浩渺渺漫无际涯的海面上汇成一条混合船队的长蛇阵，船队在领航船上"开船喽"的大声吆喝中情绪高昂，像锋利的犁铧破开大海，或逆风侧行，或顺风直驶。时而波浪撞在船身上，粉碎而后碎玉般迸射；时而平静的水波在船头温顺地分开，成为海上一面面人类丰收的猎猎旗帜。海水与天空唇齿相依，摇曳出最最微妙的色调变化。洁白的浪花纷纷向两边绽放开来，仿佛献给大海的一条条哈达……

于娜的父亲年事已高，出不了海了。五年前，不愿安享清闲的他，与于娜和她的母亲开了一家"渔家乐"。这座别致干净的民宿掩映在黑松林中，出门面朝大海，时时浪花翻飞。穿过院中的人工湖，转过九曲回廊，在院子西北处可以看到一排整齐的木屋。院子四周全是树，院内流水潺潺，空气清新。每到周末和假期，各地的游客们络绎不绝，在此听松涛阵阵，尝时令海鲜。三三两两的亲朋结伴，跟着于娜的父亲和丈夫上船到近海捕捞，捕回一网欢乐，捞回一船兴奋。回到岸上自己动手，享用亲手捕捞的成果，晚上燃起热烈的篝火，又唱又跳，通宵达旦。

于娜娓娓讲述着。主祭台上，主祭人整冠洗手后，清了清嗓子，祭海典礼开始了……

莱州湾畔的先民靠海吃海，大海以其博大的胸怀养育和繁衍了一代代儿女，每天面对涨落不休、生生不息的大海，他们和那一叶叶出没风波中讨生活的小舟都是那么渺小，就像大海怀抱中的一朵朵浪花，倏忽而生，又倏忽而灭。过去，对一向以捕捞为生的渔民来说，称之为海的这泓浩渺的水，神秘、阴沉、深不可测。那时候，海是苦涩的旋涡、黑夜的渊薮。小船只要解开了缆绳，谁知道一阵狂风或一股无法抵御的潮流会把它带到哪里去呢？渔民们深深地懂得，他们只能碰运气，生死与否，只能无奈地交给大海与天气。渔民不知道死亡会在哪里抓住他，也不知道会把生命留在哪条船上，一切仿佛都是宿命。也许当他在风中吐出最后一口气的时候，他会纵身跳进海浪的怀抱，捆在两只桨上，继续他的旅行；也许他会葬身荒岛，再也找不到他。他们对蕴含着无穷力量的大海生出了无奈，也生出了敬畏，进而渴望大海以风平浪静的好脾气，在任何时候都可以接纳他们，佑护他们鱼虾满舱、安居乐业。他们相信，在望不见边际的大海中，必然有一种能够主宰一切的力量存在，于是信仰产生了，神也诞生了，他们构想出了海神的形象，并以海神崇拜的形式表现了出来。这其实与他们对大海的有限认识有关，是他们面对浩渺无垠、变幻无常的大海时的一种精神诉求和心灵慰藉。

如今，渔民出海有了安全保障，不再是靠运气将身家性命交托给大海，但是祭海作为一种风俗，也作为一种非遗文化的盛宴，活色生香地保留了下来。在现实生活中，那些以往的出海禁忌逐渐消失了。以前出海是严禁女人登船的，说是不吉利，总担心会有不好的事情发生，现在到处可见渔民出海和归来时，妻子登上渔船送别和迎接的身影；以往祭海时，妇女和儿童都不许焚香祈福，似乎怕冥冥中有海神怪罪，而今妇女们穿着盛装成为祭海时最靓丽的风景线，孩子们兴高采烈地将祭海当成了自己的盛大节日。而海庙庙会伴随着渔民自发的祭海活动，一直深深地扎根于民间，是莱州湾畔及周边渔民的狂欢，是他们最热闹的节日。他们在祭祀过海神之后，像赶海一样赶着庙会，开始了属于自己的娱乐。在这难得的消闲时刻，他们忘记了劳作之苦，喜气洋洋地迎迓着即将到来的新一轮出海。

此时，海庙庙会也"粉墨登场"了，来自不同渔村的渔家秧歌队同时竞技，最多时达三四十支队伍。他们吹起自己的响器悠扬嘹亮，舞起自己的龙灯闪转腾挪，耍起自己的雄狮威风凛凛，虽衣着不同、色彩不一，但心情一样，都发自内心地高兴。在黄土地上，在民间大舞台上，他们脚踩坚实大地，连接鲜活地气，尽情尽兴地表演着自己的拿手绝活和连台好戏。生旦净丑末在这儿热闹上演，忠奸黑白善恶在这儿不言自明，看上去就像一道渔家菜，叫"乱炖"。但渔民们愿意看，看不够，他们从中嗅到了海味儿，全身通泰，心满意足，像痛饮了渔家烈酒，浑身上下透着爽劲儿。

那些一路铺开的摊位，摆着香火鞭炮、饮食杂玩、日用百货，应有尽有。一幅太平盛世的美景已在渔民们的生活中挥洒铺展，像吹自海上的骀荡春风，福祉绵绵无尽……

（原载《天津文学》2018年第6期）

黑松林的记忆

已是深秋,黄叶纷飞,秋虫哀鸣。

每年的农历十月初一是人们祭祀先人的日子。清晨,我又一次走进那片熟悉而又陌生、迷离而又清晰的黑松林。一片黛青之色庄严肃穆,没有一丁点儿喧噪。一晃好像过去了几十年。

不远处海浪的喘息声依稀可闻,湿润的海风穿过丛林,却怎么也盖不住世事的繁芜。这是一片广袤的海滩,上世纪60年代前,这大片的盐碱滩都是不毛之地。大风袭来,尘土飞扬,风裹挟着细沙、尘土,钻进沿海的千家万户,无孔不入。60年代初,经过考察论证,县乡村三级政府决心带领群众植松固沙,1965年培育黑松苗,1966年到1970年,连续数年发动群众战天斗地,雨季造林。撒下一粒种子,就是播下一份希望;植入一棵小苗,就会收获一份春意。半个世纪悄然而去,当初风华正茂的那批青壮年,用汗水和着雨水浇灌着海岸线上这数万顷的黑松林茁壮成长。然而岁月无情,韶华易逝,如今他们已到了垂暮之年,有的已然逝去,就栖身在这苍松翠柏之中,与先人相伴,以大海为邻。

清晨的坟场内静悄悄的,薄雾笼罩下的沙土包毗连成片,起起伏伏,大小不一,朦胧中还原着真实。高低不一的墓碑铭刻着逝者的名字,阴阳两隔,寄托着生者的哀思。远离了尘世的喧嚣,只有枯草丛丛,在微风的吹拂下发出沙沙的声音。那些逝去的人,他们生前或富或贫,或贵或贱,或善或恶,或美或丑,无论风光抑或黯淡,在曾经的人生舞台上如何喜怒哀乐地表演,谢幕后一切都归于沉寂。"死去何所道,托体同山阿。"黑松不言,静观世间生与死的轮回,恩与怨的纠缠,情与仇的变幻,人生的归宿同是一抔沙土而已。

晌午前后,坟场上开始陆陆续续迎来拜祭的人们,有骑着摩托车的、开着车的,也有骑着电动自行车和三轮车的。他们带着或平淡或悲戚的神色,来到各自拜祭的坟前,在坟顶压上黄纸,摆好祭品,点上香,燃起了纸钱。在一股股烟气袅袅中,人们与逝者进行心灵的沟通,祭奠过后,又相继离去。

只有黑松是忠诚的守望者。阳光倾泻在枝叶上,黑松林里空寂宁静。那一排排一行行的松树,整齐地站着,如将帅布兵列阵,用一生的时光厮守着这方贫瘠的土地。它们或粗或细,姿态不一,周围空间大一点的,长得有一人合抱的样子,高度有二十余米;密度大一点的地方,也有胳膊粗细的,高十多米;树冠大的层层叠叠,像一把打开的罗伞;空间狭小的扭曲着脊梁,在密林里探索日光的温暖。它们无一例外地向往苍穹,见证着一方土地的寒来暑往,云卷云舒。树林里静悄悄的,只有秋虫在呢喃,偶尔也会传来几声鸟儿的啾鸣,调皮的松鼠在松枝上跳跃。松树间结有许多蜘蛛网,那种不知名的蜘蛛个头较大,黄色的背部有黑线相间,龟壳一般,后腹部呈紫红色,神态自若地趴在网上,唱着"空城计",耐心地等待猎物来自投罗网。

黑松林的地上落了一层松针和三三两两的松花,飘散的松子在父辈生活的土地上落地发芽,虽然不能长得很高大,却也继承了父辈的那种隐忍与执着。灰褐色的树皮爆裂开来,喻示着每一次成长都要突破一次束缚,每一次成长都要打破一次自我。那么顽强地生长,可是为了眺望,眺望梦想中的远方?阅尽沧桑后,已然成就了它儒雅孤高的性格。松树的内心同样是一片安宁的世界,春天的狂风,夏天的烈日,秋天的露霜,冬天的冰雪,都不会让松树惊悸而黯然失色。它的枝干倔强地撑起一片蓝天,"任尔东西南北风,我自岿然不动"。它用最沉默的力量对抗苦难,在岁月的长河里默然包容,这种力量让人肃然起敬。

徜徉林间,闭上眼,时间在这里定格,我的心头掠过如水的清凉。

(原载《山东文学》2015年第9期下)

仙境海岸

海上日出

　　早早起来,漫步烟台海边。此刻海上依然一片昏暗,只能听到远处澎湃的涛声。遥望东方,沿水平面露出一丝鱼肚白,再上面是湛蓝的天空,挂着一弯金弓般的月亮,光洁清雅。远处的灯塔,在海陆之间闪出一轮轮白色的光环,指点着航船的归程,照亮了夜行人的迷茫。一会儿,晓风凛冽,掠过青黑色的大海。夜幕从东方缓缓揭开,微明的晨光踏着清白的波涛由远而近。海浪拍打着岸堤,轮廓越来越清晰可辨。晓月不知何时由一弯金弓化为一弯银弓,蒙蒙天空渐次染上了清澄的微黄。银白的浪花和黝黑的波谷在浩渺的大海上明灭,夜梦犹在海上徘徊,而东边的天空已睁开眼睛,烟台的黑夜就要结束了。

　　这时,太阳升起在洁净的天空上,月亮却仿佛迟迟不愿离去,他们如同一对兄妹,在辽阔的海上彼此相望。这是一对不能常见面的兄妹,一个苍白而蔚蓝,一个金黄而火红;一个是黑夜的皇后,一个是白昼的君王。

这两个金黄和银白的圆盆分别高悬于天空的两侧，一个是黑夜的明灯，一个是白日的火炬，一起在晨光中的这片海上闪烁，构成最奇异独特的景象。然而，月亮的光辉毕竟难以与太阳匹敌，她便渐渐隐退了，消失了，只在天空中留下一片迷茫的灰色。海平面上出现了一道金色的耀眼光辉，照在一片翻滚的云彩之上，无数云朵如同脚下波浪起伏的海水，泛着泡沫，滚向遥远的远方。这时，曙光如鲜花绽放，如水波四溅。天空、海面，一派光明，海水渐渐泛白，东方天际愈发呈现出黄色。晓月、灯塔黯淡下来，终于寻不到了。一群海鸥宛如太阳的使者掠过海面，万顷波涛仰望东方，发出期待的喧嚣。

　　五分钟、十分钟……东方迸射出夺目金光，海边泛出了一点猩红，多么迅疾，让人无暇想到这是日出。屏息凝神间，海神已高擎手臂。红点出水，旋即一摇，摆脱了水面。红日出海，霞光万道，朝阳喷彩，千里熔金，面前的渤海岸边顿时卷起金色浪花。

　　柔和的阳光从东方倾泻而出，沾着湿润的晨雾，化作七彩的颜料泼洒开来，洒在起伏的波涛上，洒在翠绿的树木上，洒在沙滩、青草、鲜花上，皴染出一幅极淡雅的山水画。升腾变幻的雾气，仿佛是宣纸上尚未洇干的墨迹，以缓慢的速度变化着造型，大海的微波掩映在朦胧的云雾怀抱之中。画面的层次感极强，近处的叶片纤毫毕现，远处云雾缭绕，由近及远，一层一层模糊下去。金色的阳光笼罩着葱郁的林海，远远望去，绵延的防护林在风中就像绿色的堤坝，翻涌着一轮轮波涛，汹涌起伏中蕴含着雷霆万钧。沿海防护林松峦蜿蜒，宛如泼墨，顺着海边挥洒浸染开来。侧耳细听，远处海浪的喘息声隐约可闻，数公里长的海岸坡缓滩平，细沙如金，在阳光下熠熠闪光。

绿色堤坝

　　沿着森林公园信步走来，那片葱茏葳蕤的森林，以一种并不喧哗的姿态，沉静地与渤海相望。雾中温和的树林静静的，如一株亭亭的尖荷，而渤海，就是将这一株碧荷轻轻托起的铺开的荷叶。那静谧幽雅的美，波澜不惊。海岸上绿树成荫，鸟语花香，"明月松间照，清泉石上流"的意境自心头划过。漫步在林中，阵阵微风吹过，植物特有的清新气息沁人心脾，远处海浪翻涌，而脚下的草毯绿意点点。

在烟台海洋森林公园，沿着海滨广场、防潮堤，一路走过槐花路、黑松路、雪松路——各种树木密布在道路两旁，以最汹涌澎湃的绿，将路和人席卷进它的怀抱。林场总面积一万两千亩，森林覆盖率78%，种植有黑松、水杉、麻栎、刺槐、紫穗槐等一百七十余个树种。

烟台森林演艺广场两旁是高大笔直、绿意葱茏的水杉。记得在中学读书时，课本上介绍它是活化石、植物界的大熊猫。水杉腰杆笔直挺拔，根系发达如触角，向着黑暗中的水分，不停扩张与突围。乳白色的观光车像一艘快艇，划开水杉的绿色波涛，一会儿被托举上浪尖，一会儿沉降到谷底，就这样，在渤海之滨，与水杉惊艳相遇。

杉树的树冠呈塔形，有着塔的形状的水杉，在整个乔木家族，无疑是树中的美男子。抬头仰望一棵棵水杉，树高足有三十多米，直入云天。碗口粗的树干上，枝条密集，飘拂垂下，宛如这树中美男子的虬髯。

水杉叶子是柔软的条形，左右对称，排成两列，呈羽毛状。叶子是树的羽毛，这句话用在水杉身上再恰当不过，浅绿的叶子次第生出，活脱脱一片片羽毛。许多根枝条长在树上，旁逸斜出，每一根枝条便是一只鸟儿，是浑身鲜绿、青翠欲滴的翠鸟。数不清的翠鸟聚集在树上，借各种鸟灵巧的舌头，唱出了一树缤纷。海风吹过，满树羽毛在飞，带动得整棵树也像要拔起自己，振翅飞翔。阳光从最高的树梢纵身跳下，穿过枝与叶、叶与叶的缝隙，就像捂不住的时光，垂直地滴沥在地，花花点点像搅碎了一池春水。一簇一簇的叶子被镀成了金黄色，闪烁着金灿灿的光芒。即使不闪光，阳光透过树叶所呈现的浅黄透明的亮色，也是令人振奋的色彩。

再看根部，水杉灰褐色的树皮裂成条片状，脱落下来，亮出火红的内里。有的生了新枝，嫩叶纷披，仿佛细细的睫毛。地下，发达的根系左右突围，四下扩张，像山坡上的红薯，当它想要逃出黑暗的地牢晒晒太阳时，就会拼命向上生长，撑裂了泥土，顶出半个身子。

这种有着与生俱来的抗盐碱能力的乔木，以自己不断进取向上的挺拔，与黑松、刺槐等一起，手拉手筑起另一道防潮坝，塑出烟台人勇敢面对风沙、海潮与海风侵袭的坚毅形象，这是真正的"活化石"，一种永远的精神"活化石"。勇于抗争,不仅是树的精神,也是烟台人的精神信仰。就这样,人类赖以生存的土地就像一页页稿纸,被植入了绿色的种子,破土发芽,伸出手掌讨要春天,长出一行行绿油油的诗句。

仙境海岸

身处城市这个由水泥包裹、人们日日陀螺般高速旋转的丛林,能抽出时间到海边喘口气、歇歇脚,颇有"久在樊笼里,复得返自然"的意味。"天地有大美而不言",世间万物,自有造化顺其自然的安排。现时的亲近自然,倒更像是找寻自我的一种途径和手段,往日那些惯常,只不过是我们在社会规则中被塑造成的固定角色。为了追求生活的质感,每个人仍需面对另一种生命的存在,这种诉求会伴随时间与内心积郁的叠加而愈发强烈。

从水泥丛林走向仙境海岸,不仅应当成为每个人找寻自我的行程,也应当成为文艺创作的足迹,正所谓"返璞归真"。文化被保护的现状,预示着文化活力的降低、文化创造力的稀释。摆脱水泥丛林的束缚,我们的生活本该拥有更广阔的施展空间,对文化发展起到更重要的作用。就如这渤海湾畔的大美烟台一样,只有在保持生物多样性、打造优良生态环境的前提之下,才能最大限度地还原生命的多样、多彩、多变。

海洋中孕育着"富矿",不仅指自然资源,还有文化资源。海洋本身所涉及的丰富的学科知识,具备多样化塑造与演绎的可能,使之成为文艺创作中不可忽视的"潜力股"。而且相较于浮躁、功利气息浓重的城市文化,"海洋文化"更能够推动人与自然的和谐相处,加深人与人的平等友爱,以及向心力、凝聚力、归属感,进而滋润世道人心,积蕴力量,告诉人们即使身处城市,也要心向自然。

换一个角度来看,"海洋文化"对于每个生活在渤海之滨的人来说,都具有无可替代的启示意义。从城市步入海洋,不仅是创作题材的下沉,更是书写心态的下沉——无论是创作的心态还是艺术表达,都需要不断地观察积累,并需要时间的涵养。"十年树木,百年树人",在自然面前,有太多谜底亟待揭开,唯有静下来、慢下来,才能有不竭的思路和灵感;

唯有读懂我们面前这部最熟悉而又最陌生的海洋巨著，才能完成烟台经济未来发展的重要历史使命。

作为东方滨海、果都渔乡，烟台的城市气质和精神内涵使她成为一个极具魅力的梦幻般的滨海城市。港口、交通、生态、旅游，这座美丽的滨海城市处处洋溢着青春的活力。

时间的进度条在疾走，在推进，我们读出了烟台的点点滴滴，过去与现在，以及她必将愈发璀璨的未来。

还有那些生活在这渤海之滨的幸福居民，他们行走在洁净沙滩上，沐浴着灿烂阳光，活力满满，笑声朗朗。

正是渤海湾畔先声夺人的气势、厚积薄发的潜力以及她承载着的未来发展的伟大使命，让她具备了我们对她美好期许的全部。所谓未来，并不只在想象里，它近在咫尺，就在我们生活的这片澄净而丰富的海域。

(原载《职工天地》2019年第9期)

牟氏庄园

　　登上七级台阶,吃力地跨过近一米高的大门门槛,从西忠来的大门进入了远近闻名的牟氏庄园。

　　牟氏庄园位于山东栖霞县城北古镇都村,始建于清雍正年间。牟氏先祖牟国珑请风水先生按"左青龙,右白虎,前朱雀,后玄武"的地理特征,在这"背靠凤彩山,面临月牙河"的古镇都村择就了这方宝地。庄园占地东西一百五十八米,南北一百四十八米,总面积约两万三千多平方米。庄园坐北朝南,诸宅区均沿南北中轴线排列,建门厅、客厅、寝房及厢房等,构成多进套院,又以南北通道连贯各个院落。全院共分三个建筑单元,六个住宅区,拥有各自的堂号。

　　正是初秋季节,庄园里却没有一丝风,似在无声地诉说着沧桑的经历。肃穆庄严的气氛,让人不禁屏住了气息。金黄的阳光透过高大建筑的空隙,均匀地洒落在每一个房顶、每一株花草、每一块仰合有致的青瓦,和一只只石榴一样的红灯笼上。有着二百年历史的紫藤,繁茂的枝蔓沿着棚架爬满了半条甬道的上空。同样有着二百多年花龄的紫薇,已长成巨大的林木,仰头看去,粉色的紫薇花在半空中结成一片粉色的云霞,不时低头对游人拂面轻吟。修竹玉立,苍翠欲滴,漫舒腰肢占去了大半个祭堂庭院。艳丽的牡丹虽然早已花谢,却枝叶硕茂,依然不失华贵尊严。历史的印痕隐含在每一滴水里、每一粒土中。

然而，这不过是庄园的一点点缀。俯瞰庄园，层层四合院竖向相叠，条条通道横向连接。庄园内楼房、厅房、平房、厢房疏密相间，高低错落，气象威严，既有宫廷之威又有园林之秀。

庄园共有房屋四百八十余间，分为三组六院。东组三院分别是日新堂、西忠来、东忠来，三院并排，三条轴线规矩严整。西组二院是南忠来和师古堂，东西并列；西北组一院是宝善堂，与西组二院组成一个巨大的"品"字。房屋分配大致是老爷住阁楼，大厅供奉祖先，妻妾子女住平房，群厢则是账房、碾磨坊、伙房、酿造房、打更房等。

这样匠心独运、气势恢宏的巨大建筑，无疑是一座清代北方建筑艺术博物院。而这样的富丽堂皇的建筑群落，必然是用几代人的财富堆积而成。按清代建筑支出，约需白银四十三万两，这样的巨额费用是需要强大的经济后盾做支撑的，牟氏庄园财富的膨胀跃升让人叹为观止。

庄园的正厅中有一张画像格外引人注目：画像中人国字脸，皮肤微黑，眉毛浓密，犀利的眼神从画中透射出来，咄咄逼人，有种不怒自威的霸气。他就是牟氏家族的主要创业人牟墨林，因人生得黑，又排行老二，人称牟二黑子。

牟墨林的一世祖牟敬祖原籍湖北公安，明洪武三年任县衙主簿，举家赴栖霞，卸任后即携家眷落户耕种为农。因为地位低下，且是外来户，常受当地豪绅官家欺侮，于是教导儿孙读书入仕。到十世牟国珑时终于考得功名，然而他只做了三年县令，就蒙冤解职，回到栖霞。牟国珑从此为家族制定祖训："耕读世家，勤俭家风。"要求牟氏后人以耕读为本，不再追求仕途。

牟墨林从小在这样的环境中长大，耳濡目染，厌恶仕途，在务农经商方面则颇有天赋，一心想通过土地盈利。牟墨林的子孙们秉承了家族"以地生粮，以粮生才"的经营理念，运用强制和合法、投机与交易相结合的各种手段，大量占有土地，以其土地多、山林多、房子多、佃户多、地租多的雄厚实力，成为栖霞、胶东乃至全国闻名的大地主。

牟氏庄园的暴富让人惊叹，然而它的迅速衰败凋零更值得人深思。

牟氏家族迅速膨胀，却没有好的约束与管理机制，依然限于小农式思维管理模式，没有形成家族企业文化。牟氏后代穷奢极欲，挥金如土，家族内部倾轧等现象愈演愈烈。家族子弟抽大烟、唱大戏、出大殡，三妻四妾，玩笼架鸟，烟花柳巷，聚众豪赌，互相攀比，奢靡无所不用其极，曾经的金山慢慢销蚀融化。

《左传·庄公十一年》云："其兴也勃焉，其亡也忽焉。"牟氏庄园的迅速崛起与日渐衰亡，也没有逃脱这样的规律。而今，牟氏家族的繁盛浩大已成为历史，唯有雕梁画栋的巨大庄园，默默见证着这个家族昔日的辉煌。

历史的车轮在前进，或许，我们应当在过去、现在和未来之间，找到一个恰当的衔接点。每一处风景，都有其悠久的历史和独特的文化元素，回首凝望，尽力破译其中的隐语，历史如动态的映画，未曾亲历，却恍若在眼前。

(原载《青年报》2018 年 1 月 21 日)

印象清水

> 云海开始翻涌,浪涛开始澎湃,昆虫的小触须挠着全世界的痒。你无须开口,我和天地万物便通通奔向你。
>
> ——题记

青山如黛,秋水微波。人们都说,一见钟情会有一种胸口被撞击的冲击感,与甘肃清水的相见,就有这种感觉。

正是初夏时节,离开天水机场向东北一路行驶,视野豁然开朗,满目的绿色滋润了干涩的眼睛,泥土的芬芳沉静了躁动的灵魂,思绪随着大自然的辽阔而灵动起来。天宇清廓,水波澄澈,天地间一片空蒙,远山如黛,天空近在咫尺。秦岭山系大开大合,陡峭处山峰直插云霄,崖壁之上,山石或如牛首,或如佛面,千姿百态,惟妙惟肖。一侧是屏障似的挽手耸立的群山,一侧是深深凹陷如巨锅的涧谷,盛着羊肠似的沟渠。绿的树,红的石,柔软与坚硬狭路相逢,却又相依相偎。

人杰地灵的轩辕故里清水,以它独有的气韵和骄人的身姿,倚靠在有着五千年历史的母亲河上游,静静地任浩荡时光淘洗她的面容。蹉跎岁月没有带走她的隽美,反而增添了她的大气与厚重;丝绸之路没有让她沉迷往事,却成就了她的浩大与盛名。

走进清水秦亭,便与历史和文明撞个满怀。清水以"清泉四注"而得名,素有陇上要冲、关中屏障之称。相传秦人先祖非子牧马有功封邑于此地，故得名"秦亭"，并立"秦亭碑"。秦亭碑刻于北魏孝文帝元宏太和二十年，也就是公元 496 年，至今已有一千五百多年的历史，是清水县迄今为止发现的最早的碑刻。碑文既有鲜明的魏碑特色，同时又有商周秦汉金石之精髓，具有极高的艺术价值。秦亭碑为清水县东部的历史沿革留下了弥足珍贵的历史依据，是研究清水文化的重要历史资料。岁月更迭，它听涛观日，树立起秦亭镇的雄威和传奇，证日月之变幻，察人世之沧桑。

我们来的这天，天空飘着小雨，雨中的秦亭展示出它更加美妙的韵律。天空碧蓝如洗，山中林木葳蕤，所有的景物都披上了一层薄薄的雾霭，如梦似幻，宛如一首诗、一幅淡淡水墨的田园画卷。

小镇是纯净的诗、淳朴的画，更是可以触摸的乡愁。动与静、刚与柔在这里达成无痕的融合。一任时光如水，洗漂尘埃，一草一木、一室一亭中透出幽雅的气息。沉醉在这古镇中，城市里的烦躁都会被忘于身后。"天地有大美而不言"，世间一切万物，自有造化顺其自然的安排。

此刻的秦亭古镇，轻风微雨，树影婆娑。带着历史痕迹的碎石堆砌在草丛里，虽显孤单，却有一份不能被漠视的坚守。几处断壁残垣，在夕阳的余晖中闪烁着旧日的辉煌与壮烈。俯身捡起一块瓦片，只有手心大小，在赭色陈土上有一面深沉老厚的绿色，从中映出历史的光阴，让我与之有了一种共同的文化记忆。历史遗存与山野自然交融，集南北之气韵，会东西之精英，把刚健质朴、清丽婉约灵动地不可思议地结合起来。在秦亭古镇漫步，让人感觉不仅是一种地理的探询，也是人文的探询。

这里地势相对低洼并有群山环绕，映入眼帘的一切都那么郁郁葱葱，一派生机勃勃的景象。山水田园，岁月静好，这就是秦亭此刻给人的第一印象。跟着联络员安老师走进附近的几处村居，家家户户几乎都是老人留守，年轻人外出打工忙于生计，孩子们都在学校学习。走进一户人家，一位老妈妈端坐在东间大炕上，手里还拿着针线活，看到我们进来，欠起身子打招呼，表情恬静而又安然。门口大树下，几位大爷在树下乘凉聊天，偶尔与我们微笑对视。

这样的地理环境像果核里剥出果仁似的捧出了清水。她是养在深闺的山妮，她的素面朝天、她的羞涩与芬芳、她的本真与健康，甚至她的野性与朴拙都如太阳般光芒四射，令人难忘。如果说万里长城与黄河构成中华版图上大写的"人"字，那么花石崖与牛头河就是清水壮美的一撇一捺、一防一疏。一河柔情留下一份见证，一道石崖筑起一怀慈悲，把多少文化的密码和历史演变的哲理，泼墨书写成厚重的史诗。

作家梭罗说，湖泊是大地的眼睛，是自然风景中最美丽、最富于表情的姿容。而"西流之水东流河"的牛头河，无疑就是大地的一只明亮的眼睛，凝聚着清水独特的山水意境，与湛蓝的天空含情脉脉地对视，淡定宁静。

轩辕故里，清水古城，这是一片翰墨飞扬、丰沛深厚的土地。这儿，每一片砖瓦下，都可能掩藏着一段轩辕大帝的历史传说；每一面石墙上，都可能有一段泛黄书页里的文字历史；每一段河流中，都可能有皓首穷经的鸿儒，在此涉水而过；每一条石桥，都可能有秦的先人策马奔过。在这里，你会感受到数千年积淀的人文情怀和大自然的恩赐，陶醉于这一片一尘不染的世界。

(原载《联合日报》2019年8月3日)

风从海上来

身体的安放需要居所，信仰更需要心灵深处一隅的依托。形式的居所终会破败，心灵的居所却可以永恒。

走进东海神庙遗址，庄稼地里的玉米如同老练的道士，随着海风吹来，咏读着大地安魂曲。几棵老树陪着断壁残垣木然肃立，海风中的腥气带着一种苍凉和沉寂一会儿便融入我的血液。不远处，海还是那片海，它一直都在，阳光下的蓝色，数千年来都未曾改变过。

沧海桑田，时移世易。古人敬畏自然，天人合一的朴素哲学催生了各路神仙，而源于中土的道与仙，更有着盘根错节的渊源。中国祭祀活动起源于原始社会后期的父系社会，分祭天地、社、祖、灶几种。海有海神，自然需要神庙，祭海神以求保佑风调雨顺、五谷丰登。"国之大事，在祀与戎"，对海神的祀典从舜时就有了，五岳、五镇、四海、四渎是朝廷除了祭天之外最主要的祭祀内容。海神庙是历代统治者祭祀大海、为国为民祈福求祚的地方。因东海居四海之首，故东海祭祀居于祭海之首。东海之神自然在四海中至高无上，东海神庙成为秦汉以后历代王朝祭祀东海之神的特定场所。从秦汉开始，历代君王都会亲临东海举行祀典，其规模之大、规格之高与泰山封禅和曲阜祭孔相当，被认为是中国的三大祭祀之一。《山左郡志》载："甲天下者有三，兖曰阙里，济曰泰山，莱曰东海。阙里为生民未有之圣，泰山为帝王首巡之地，东海为万壑朝宗之墟，三者甲天下。"作为皇家祭祀的场所，祭天到天坛，祭地到地坛，祭山到泰山，祭海到东海神庙。莱州的东海神庙与泰山，与北京的天坛、地坛，具有同等地位。

据《掖县全志》载："东海神庙，城西北十八里。"神庙的最终选址是汉初至唐一代代天文学家和经纬学家根据天文、地理精心测算选定的。据明人任万里的《海庙祀典考》，从唐代开始，历代均于莱州的东海神庙对东海进行祭祀，福华夏大地，祚九州之民。东海神庙规模的扩大，始于北宋的开宝年间。《汉志》注云，临朐有海水祠（临朐城，在今莱州城北朱旺村），宋开宝六年重修，祠宇初具规模，前竖立石坊曰"朝宗"，历代修葺，封号不一。自明洪武三年（1370），改定岳渎神号，尽去封爵，改称东海之神，特许国家大事辄，遣官致告。从北宋开宝年间第一次大修开始，一千多年时间里，每当神庙遭受自然和人为损毁的时候，朝廷都会对其进行大规模修葺。元朝建立后，成吉思汗深知"天下至计莫于食，天下至险莫于海"的道理，也未曾忘却对丘处机的许诺，对神庙进行了修缮。仅元、明、清三代，对东海神庙的大修就在十次以上。清时的东海神庙气势恢宏，汉初至清末的统治者动用国库金钱不断维修扩建，成就了其宏伟。东海神庙占地四十余亩，三进院落，中为大殿，前为庙门，后为寝殿。建筑气势宏伟，金碧辉煌。大殿顶部为黄琉璃瓦，红墙，檐灰色斗拱，绘以仙鹤图案，檐角飞翘，古朴清雅，雄伟壮观。檐下两巨匾横悬：上匾是乾隆皇帝御笔亲书的蓝底金字"万派朝宗"，四个字浑厚有力；下匾为明代嘉靖时宰相严嵩所书的黑底金字"海天浴日"，四个字苍劲挺拔。殿正中一米半高的神台上设有神龛，龛内供奉东海龙王神像，像高五米，头戴珠冕，身穿日月金龙皂袍服，下着浅绿色内裙，手捧玉圭，银发紫面，高大端庄，威严肃穆。神龛上悬巨匾，上面是明太祖朱元璋奉"东海神殿"四个大字。东海龙王神像两侧塑有两位侍童。神台下东西两边是着碧蓝色朝服的"左辅右弼"二臣，再前面是巡海夜叉二将塑像，夜叉金盔银甲，手执矛刀，威风凛凛。神台上摆着高大的香炉、蜡台，台前悬绿色围裙。南北墙壁画有海神出巡图、四海龙王斗悟空图，画中旗锣幡伞、楼台亭阁，云雾茫茫，栩栩如生，极其精巧；东壁绘海龙王出宫行雨图，有风婆、闪光娘娘、雷公、云雨五神在前施展神威开路，海龙王乘御辇指挥发令；西壁绘海龙王入跸凯旋图，众神行雨完毕，偃旗息鼓，簇拥龙王回宫。这些壁画便是掖县八大胜景之一的"海庙画壁",相传为唐代大画家吴道子所画,画作宏大,气势恢宏,人物形态各异,造型威武生动,惟妙惟肖,视之如身临其境。庙四周广植杨、柳、椿、榆、松、柏等树千余株,殿后有四棵白果树,三个人才能合抱过来,高四十余米,枝繁叶茂,树冠可笼罩半个庙宇,远在百里之外的潍河也能看清楚。庙内各种雕塑精美绝伦:庄严的龙王、慈祥的孙母、坚毅的杜构、聪慧的鲁班,个个栩栩如生;蟹将擂鼓、虾兵撞钟、夜叉巡海、精灵点灯,件件鲜活灵动;诸神喜、怒、哀、乐、愁、恼、慈、爱、阔、达、豁、善,处处惟妙惟肖。

自秦皇汉武祭海,到清光绪十六年朝廷最后一次祭海,有文字记载的帝王祭海共有八十一次。有时皇帝不能亲临,也要派重臣持御书、伴銮驾代天致祭,视同皇帝亲临。宋朝,朝廷将祭海之事做了定制,每年立春之日要于东海祭海神,记于《志》,之后历代帝王均循此礼。明成化二十二年(1486)重修东海神庙之后,祭海仪式又进行了定制,神前桌椅及器皿摆放都得按规矩来,连乐人演奏的曲调也由朝廷乐师提供。代天祭海者祭拜海神时,必须有文武官员陪祭,以示对海神的尊重。明后期至清代,祭海仪式的规格一次比一次高,所有祭者对海神行"三拜九叩"之礼。东海神庙成为皇家的祭祀圣地,这处海神的居所数千年来香火不曾间断。海神的神韵在历朝统治者的心中其实是模糊的,因为皇权至上,他们所做的一切最终是为了满足自己及子孙的统治欲望和占有欲望。祭祀祈福表面顺应民心,实际上还是为了实现他们更顺畅的奴役,实现他们世世代代永恒的统治。

神庙祭海产生了庙会,带来了地方经济的繁荣和各地风俗民俗人文文化的交流与融合。据《莱州府志》载:"海庙远近环集如市,楼船花艇,小舟大舸,连泊十余里。有不得靠岸者,架长篙接木板作桥,越数十重船以渡。其船尾必竖进香灯笼,入夜明烛万艘与海浪辉映,管弦呕哑,嘈杂竟十余夕。连声爆竹,起火通宵,登舻而望,真天宫海市不过如是矣。至十八日,海神诞期,谒神者……络绎庙门填塞不能入庙……"达官贵人烧香拜佛,戏子艺人吊嗓子献艺,"景芝戏班子"唱的"对台戏"赢得齐声喝彩,"西洋片(镜)"胜似"天津书场",苏杭绸缎东北皮货齐涌海庙,村民百姓开的骡马市、农产品市场,凡民日用器物、闺阁之饰、儿童之乐,万货聚萃,陈列炫售,照耀人目,十里长街家家店铺门口生意都好不兴隆。

四乡民众白天祭神营商、诗文会友、款待亲朋，晚上听戏娱乐、渔歌唱晚。传统的踩高跷、庙鼓、海庙大秧歌、皮影戏、剪纸等民间艺术精彩纷呈。

　　朝廷在东海神庙的隆重祭祀，在民间产生了久远的影响，因而民间也出现了祭海的活动。据《莱州府志》记载，沿海居民十分崇拜海龙王，把它当作海神，每年正月十八、四月初三、六月十三、十月初三都要进行拜祭。家里布置供台，摆上各式供品，先拜天，再拜海神，后拜祖先，叩谢神明与祖先的护佑。神桌供上神饭，点蜡烧香，烧金纸，燃爆竹，在街门挂起红灯笼。海上渔家要打着彩旗，抬着整猪，拿着祭祀用品，一路敲锣打鼓，吹吹打打，放着鞭炮前往海庙进行祭祀。祭海大典上，德高望重的主祭人整理衣冠、沐浴洗手后在海神香案前上香鞠躬，鞠躬作揖时年长者居中，男的左手在前右手在后，女的右手在前左手在后。主祭人恭读祭文，宣告海神为民众带来福祉，百姓感戴，并请求海神继续保佑，然后摆祭品，依礼致祭。祭品一般为当地土特产、寿桃石榴、各种面食点心及时果等。祭品前有一张案台，上陈海神神位、印玺、文房四宝、签簿等物，最前面摆放着香炉、烛台和功德箱，供善男信女祭拜纳贡。祭祀活动中，酒要先奉献给海神享用，还要讲究"乌猪拱地，绵羊大颤"。挑选黑色公猪两口、黄土一包置放于大殿内，现在则置放在供桌上。相传若此刻海神高兴，乌猪一上供桌即会直奔黄土，用嘴去拱，此为"乌猪拱地"。若此刻海神不高兴，乌猪就会边拉边尿，这时，人们就要静候吉时。"绵羊大颤"指当主祭跪告祭祀事毕，绵羊即会浑身发抖，意为海神领牲。这就是古代东海神庙祭祀时的场面。1937年抗日战争全面爆发后，祭祀活动走向衰落。1946年秋解放战争初期，庙宇被拆毁，庙祀终止，海神祭祀蜕变为沿海民间一年四次赶庙会，群众自发举行祭祀活动。改革开放以来，国家开始重视文化建设，同时重视传统文化的挖掘和保护。近几年沿海群众又重新自发组织起大规模的祭拜活动，以东海神庙为核心，整合利用胶东丰富的群众文化元素及民间民俗文化资源，将游乐、民间工艺、美食、民俗拜祭等活动相结合，全面展示海庙民俗文化。数千年来，海庙庙会一直是莱州沿海老百姓一年中极其重要的日子。庙虽已毁，东海神庙这处海神的居所却一直矗立在老百姓的脑海里，口口相传；庙虽已毁，海神的神韵在老百姓的心里却是清晰的，因为东海神庙给他们带来的不仅是精神的依托，还有实实在在的利益；庙虽已毁，新中国却以前所未有的发展，傲立于世界民族之林。

东海素有"神窟仙宅"之称,尤其是秦始皇、汉武帝这两位历史上非常有作为的皇帝,更是把这里看成神域仙乡,多次到此求神拜仙,留有"始皇游而忘返,武帝过以乐留"的千古佳话,更使东海神庙显名。神窟仙宅并非欺世盗名——东莱是道教发祥地,莱州是全真道的发源地,大基山的淳朴秀美和渤海的神秘浩荡,滋养了多位全真掌教。金泰和三年(1203)二月初六,全真七子之一、曾任全真道掌教的刘处玄仙逝,全真道掌教之位传给了时年五十五岁的丘处机,从此把全真道带进了一个极盛时期。丘处机生逢乱世,在他人生的八十载岁月中,经历了金、南宋、西夏三个并立的王朝从发展到衰落,他还亲眼看到了蒙古帝国的崛起。长期以来,丘处机盼望出现一个好皇帝,让人民过上安居乐业的生活。金世宗统治时期,一度政治比较清明,因此,获得了丘处机的拥戴和高度评价。然而好景不长,随着元军进入中原,与金战争不断,山河破碎,人民流离失所。目睹人民痛苦、生灵涂炭,丘处机写下了"天苍苍兮临下土,胡为不救万灵苦?万灵日夜相凌迟,饮气吞声死无语。仰天大叫天不应,一物细琐枉劳形"等满怀悲愤的诗句。

金贞祐四年(1216),金宣宗召见丘处机,丘"不赴";南宋嘉定十二年(1219)八月宋宁宗召丘处机,丘"亦不赴";当年十二月,在外征战的成吉思汗也召丘处机,丘却"慨然应命"。三帝召唤,充分说明了丘处机在当时的社会影响。丘处机深明天下大势,看到了蒙古政权将一统天下,为了平息战乱、拯救黎民,丘处机毅然决定不远万里去见成吉思汗。

丘处机临行前来到东海神庙,海庙历经战乱,早已破败不堪。海面时而平静,似在轻轻诉说;时而汹涌,似乎万马奔腾。他感受到了刚与柔的力量,感受到了海纳百川的胸怀。"水能载舟亦能覆舟。"他喃喃自语。海庙肃穆,与即将远行的战士静静对视。丘处机伫立海神庙前,心里默念福佑中华、国祚久远、天下太平的祈愿,阖目时他竟然看到了诸海神的目光灵动,刹那间伟大的世纪呼唤,就如同千年一遇的海啸,轰鸣而过,稍纵即逝。他睁开眼,目光不再有一丝游离,再次叩拜海神,并许愿西行功成将代民请命,整修神庙。他把西行面见成吉思汗当作一个实现自己济世安民理想的良好契机,并在西行途中,用诗句来表明自己的这一夙愿:

> 十年兵火万民愁，千万中无一二留。
> 去岁幸逢慈诏下，今春须索冒寒游。
> 不辞岭北三千里，仍念山东二百州。
> 穷急漏诛残喘在，早教身命得消忧。

他不顾年迈，跨戈壁，过草原，心中念的是"山东二百州"人民。这首诗正是表达了他不辞劳苦万里西行，欲救民于水火的心情。

宋嘉定十二年（1219）腊月十八，丘处机带领尹志平、李志常等十八位弟子从莱州昊天观启程西行。《元史·丘处机传》记载，丘处机一行历经千辛万苦，"经数十国，为地万有余里。盖喋血战场，避寇叛域，绝粮沙漠，自昆仑历四载而达雪山"。宋嘉定十五年（1222）初夏，丘处机到达大雪山（今阿富汗兴都库什山），成吉思汗率太师阿海、阿里鲜迎接。丘处机雪山论道，劝说成吉思汗"敬天爱民""不嗜杀人"，并被成吉思汗尊为国师。成吉思汗称丘处机为老神仙，欲讨长生不老之道，丘处机以"节欲乃修身之要，爱民为永国之方"循循善诱，话题渐转至陈述"天道好生恶杀"，劝勉成吉思汗要爱惜民生，不要滥杀无辜。最坚硬的兵器止于丘处机的游说中，学识让"蒙古马所到之处四方臣服"的成吉思汗心悦诚服。"神仙是言，正合朕心。"他接受了丘处机上天有好生之德的理念，放弃了一味地征战杀戮。

著名宗教学家牟钟鉴在《昆嵛山与全真道》中这样评价丘处机："丘祖有大功德于平民百姓，他西行雪山见成吉思汗，一言止杀，拯救无数生灵，其大仁大义、大慈大勇，不仅是道教史上第一人，也使他成为中华民族全民爱戴的历史伟人。"

丘处机修道悟道，达到了道仙合一的境界。东海神庙之大，大于宇宙；东海神庙之小，小于微尘。东海神韵没有居所，而在天、地、人和世界万物之间。

千年的风，从大海深处吹来，仿佛在轻轻诉说。

（原载《鸭绿江》2017 年第 12 期）

白云生处有人家

金秋十月,又是橙黄橘绿时。每年十月的最后一个周日,是莱州的枫叶节。这一天,默咏着"霜叶红于二月花"的诗句,离开喧闹的市区,我与文友走进传说中杜牧笔下的"寒山",即今天的莱州市寒同山,去寻找诗人笔下的"寒山、石径、白云、人家、枫林、霜叶"。

走进寒同山,秋烟横吹,秋风流岚,满目金黄丹红,流光溢彩,万山红遍,层林尽染。蓝天白云,松翠枫红,似丹青之手随意泼墨洇开的一轴赤橙黄绿五彩斑斓的画卷。枫叶丹霞,野菊明黄,是山水画里最精彩的渲染。正所谓:

> 丛林花木争娇,峰高奇石兀岩;
> 清脆绿浅红尽染,枫叶赤如火焰。
> ——静明先生《西江月·寒同秋色》

始近山林,远远就感觉到一丝禅意,肃静庄严。寒同山自古就是道教名山,这里山清水秀,环境清幽,向为道家修真圣地。全真教著名六师、七真人中的丘处机、刘长生等都曾在此坐观修真,并从这里启程率徒周游全国。遥想当年丘处机、刘长生修行于山水之间,胸中无日月流转,眼前唯天地无垠，那是何等的境界。离红尘越远的地方，离禅意越近，晨钟暮鼓，萍聚萍散。心念一转，躁动的心在与神奇的自然和厚重的人脉及禅意的浸淫中，自然而然卸下那份生命的沉重，回到本真的自我。

一位当地的文友邀我们去家中做客。顺山而下，缓缓向南，有一个不大的山村坐落在山脚下。山脚下的农家仿佛躲开了尘世，一幢幢农舍没有任何声息，只有小桥流水、高山田野与他们相伴。文友的父母已是八旬老人，依然精神矍铄、身板硬朗，看到我们前来，远远地出门迎接，热情纯朴，豁达自足，带着山里人特有的朴实，又有着道教文化"上善若水"的底蕴。"故人具鸡黍，邀我至田家。绿树村边合，青山郭外斜。开轩面场圃，把酒话桑麻。待到重阳日，还来就菊花。"孟浩然《过故人庄》中描绘的，就是此情此景吧。

从主人家信步踱出，房前是一池清水，水池边停靠着一条木头小船，生机盎然的水草和湿地的蒲草在风中摇曳，与清风轻语。花临水岸，树影交衬，硕大的鸡冠花、明丽的菊花和艳丽的美人蕉就那样旁若无人地兀自盛开着，清明无碍，静谧美好，随性自在，散发着清冷芳香。几根藤蔓斜挂在墙头，沐浴着阳光畅意舒展。田地里，白菜和萝卜恣肆伸展，蝴蝶在谈情，蚂蚱在拥吻。蓝天碧水白云，远山村舍溪流，鸟语花香的田园风光，染蔻着碧的自然景色，构成人与植物、动物和谐相处的绝美图画。在这样一片宁静的天地，感受道教的天人合一道法自然，静静体会岁月安然，不争艳，不浮华，真真实实，平平淡淡。

"枯藤老树昏鸦，古道西风瘦马。夕阳西下，断肠人在天涯。"脑海里突然浮现出马致远的《天净沙·秋思》，一样的秋色，在古人笔下如此肃杀苍凉。而今日此时，苍松丹枫古寺，小桥流水人家，温馨宁静，诗意浪漫。境由心生，行走在人生的路上，匆匆忙忙，早已习惯在万丈红尘中穿梭。而今，微风过处，花香缕缕，陌上花开淡淡香，一样心情别样娇，一切静谧安好，人也变得灵动而柔美。

与一群有相同特质、共同爱好的人在此闲暇把酒问农桑，依稀听见心灵无声的交流，闻到了秋天的花香，听到了秋天的妙律，触到了秋天的灵魂。蓦然明白，只有将身心融于此中谛听山的脉搏，才能让灵魂与山水共舞，吸纳山魂水韵，清洗红尘污浊。若你远离喧嚣，停下脚步，等一等灵魂，给心灵一处憩息的家园，舞动笔尖，就能敲落点点心语。

金风习习，吹来阵阵花香，放眼望去，静静感受寒同之秋的美好。行云缈缈，碧海晴空，原来，释怀如此轻松，没有刻意的渲染，没有无意的点缀，一切来得自然，去得必然。

白云轻拂，清风微吻。离开寒同，告别友人，回眸伫立，溪流淙淙而歌，野花婆娑起舞。风，摇曳生花，心，澄澈飞扬。

尘归于尘，土归于土，我——归于我们。

(原载《散文选刊》原创版2011年第9期)

竹海烟雨

虽生于北方,但是在唐诗宋词的浸淫中,很小的时候,就向往着梦中的江南,仿佛那梦里江南,应该是前生驻足过的地方。那里,始终是我一个无法释怀的梦。"柳枝经雨重,松色带烟深","南朝四百八十寺,多少楼台烟雨中"。心目中的江南,便总是这样与烟雨、与诗意相连。印象中,只有烟雨中的江南才是真正的江南。亭台楼阁人家,古城水巷黛瓦,那印象中的一切,总是撩起我无限的向往与遐思。不知道,千里之外的江南,烟雨是否正好?初夏的江南,诗意是否正浓?不知能否遇着那个"撑着油纸伞"的"丁香一样的姑娘"?

带着诗意的向往,在一个初夏的日子,于丝丝细雨中,我梦幻一般,从古道西风的北国,来到了小桥流水的江南。既到江南,总是要体会一下江南的烟雨,而安吉的烟雨竹林,会给我一种怎样的感受?

最早知道安吉,源于去年初夏。一位南方朋友赠送我两盒安吉白茶,然后通过百度了解了安吉,知道了《卧虎藏龙》中的安吉大竹海,从此神往。没想到,这么快我就真的来了,走进了安吉,走进了安吉的大竹海。烟雨中的安吉竹海,比我想象中更有一番韵味。放眼望去,满目翠碧,竹海中竹枝挺拔绿叶丰茂,千山万岭高低起伏,竹涛滚滚,浩瀚连绵。阳光下,带雨的竹叶露珠欲滴,叶片上呈现一种丝绒般的质感,毛茸茸细腻可爱;

细长的枝干顶着层层叠叠浓密的竹叶，在微风轻拂中沙沙微鸣，窃窃私语。细雨中，遥闻竹叶私语，嗅品翠竹清新，仿佛身处世外桃源，心情瞬时澄澈空明了起来。

如丝如雾的烟雨，在清晨的微风中轻柔飘逸。带着积攒已久的向往，踏着湿漉漉的小径，沿着清冽的小溪，进入诗境般的竹海。氤氲的湿气与竹叶浑然一体，万千摇曳，风华无限。竹叶上的雨露晶莹剔透，斑驳的光影明暗相间，偶尔听得清脆的鸟鸣，抬眼望去却寻不到踪迹，只见翠环碧绕，一怀逍遥，心便寄托于这闲致陶然的物外了。

身处竹海，放眼绿洲，仿佛整个世界都变成了绿色。绿色代表的是青春、激情与活力，真实而又美好。沉浸在静谧的绿色画卷中，唯望时间静止，好好享受这难得的美好时光。江南雨丝竹韵，是一种朦胧的美，所有的景物都披上了一层薄薄的雾霭，如梦似幻，宛如一首诗、一幅淡淡水墨的田园画卷。置身于竹的世界、竹的海洋，满目青山苍翠欲滴，潺潺流水清澈见底，无尽的竹海连绵迤逦。

青翠欲滴直刺云天的竹海岚风拂面，带来阵阵清凉。竹子的高风亮节，格高韵胜，让人心旷神怡。林深山幽，空谷清溪，超然世外。竹林曲径通幽，别有洞天，令人久久驻足，流连忘返。在浩瀚壮观的竹海中，品味其盎然诗意，让心扉浸泡于漫天翠碧，感受心灵的启迪。

离别的时刻终于到了，回首竹海，依然烟雨蒙蒙。微风过处，竹影摇曳，似乎正依依惜别。突然记起一位同行的文友说过的一句话："百草园的路就像文学的路，幽深而又漫长。而前面的风景，越走越精彩。"文学的道路，也总是这样曲折迤逦，坚持前行，总会收获那一路相随的美丽。

(原载《散文选刊》原创版 2011 年第 9 期)

秋游虎头崖

白露时节，秋高气爽，应友人之邀，第一次踏上了莱州市虎头崖这片神奇的土地，领略了这里旖旎的风光。

驱车出城，沿着掖虎路西行十多公里，视野豁然开朗，满目的绿色滋润了干涩的眼睛，泥土的芬芳沉静了躁动的灵魂，思绪随着大自然的辽阔而灵动起来。

莱州西南部的丘陵山系为东西走向，像一条起伏的游龙。渤海有容，龙归大海，虎头崖既是山之余脉，又是海之突岩，因其形如卧虎昂首而得名。正是这座虎头石崖，在逶迤的黄金海岸线上见证了千百年来的山海交响、岁月更迭。它听涛观日，栉风沐雨，树立起虎头的雄威和传奇，证日月之更迭，察人世之沧桑。

大唐盛世，戍边固国，一座占地五十余亩、四门巍峨的城堡曾在岭上矗立。人拼战刀马嘶吼，历经风云变幻，载入厚重的历史。如今，城门和砖墙已湮灭在尘封的过往中，只有高高的废丘遗址诉说着曾经的峥嵘。这里曾出土过一尊锈迹斑斑的铁炮，它雄踞海岸，傲视群雄的怒吼只能在人们的想象中浮现。遗址南侧的山坡，当地人叫它"得胜坡"，传说明朝大将施大耐曾在此驻防。海边的巨岩上，古人的书刻历历在目，上书"双凤台"，下书"山海奇观"。传说这是清末重臣、主管北洋水师的李鸿章在巡视虎头崖沿海防务时，有感于地势之险要、风光之秀美，即兴而书，挥毫泼墨留下真迹。

虎头崖于清末同治年间（1862）开埠，此后这里商埠繁荣，商贾如织，带来了全国各地的不同习俗。中国北方不多见的妈祖庙就曾建在村中，可惜解放后被拆除。往事如烟，唯有一座1946年修建的灯塔还完好无损，指引着航船的归程，照亮了渔家的迷茫。更为神奇的是，虎头崖南北的崖下，各有一眼水井，尽管紧邻大海，却冒着汨汨的清泉，世代滋养着这里的居民。历史愈来愈远，"东临碣石，以观沧海"，曾经的点点滴滴，自有专家去论证。翻过史书厚重的一页，人们吸纳和传承了悠久的文化脉源和自强不息的精神遗产，并泰然自信地迎来鲜亮明快的今天。

走近虎头崖，首先映入眼帘的是一座气势恢宏的石牌坊，"虎头崖"三个镏金大字在阳光下熠熠生辉，不远处的住宅楼鳞次栉比，与石牌坊的壮观相得益彰，彰显着山海生态与现代气息的美丽。走近观看，可见园林假山、路灯绿茵，可谓错落有致、匠心独运。岭下的民宅红瓦白墙，周围树影婆娑，村中的水泥路上几只小狗嬉闹着，不时追逐着鸡鸭，令它们发出"嘎嘎"的惊叫，换来的是人们严厉的呵斥。老人们三三两两地聚在一起谈着家长里短，说着柴米油盐，偶有兴致时摆下棋局，重复着永远的"楚汉之争"。村里的中老年妇女似乎难有闲暇，树荫下，成帮结伙补结渔网，抑或怀抱孩子，相互交流育儿心得。站在崖上，放眼望去，远处的大海碧波荡漾，苍茫浩渺，勤劳的渔民在耕海牧渔。近处是海水养殖区，田字格整齐排列，仿佛是江南的水田。滩涂上的贝类资源丰富，大对虾、文蛤、梭子蟹和竹蛏更是这里的特产。此时恰逢落潮，人们提筐携篓前来赶小海，也有的带着孩子，全家出动，拾贝海边，与大自然进行着亲密接触。漫步海滩，脚下的鹅卵石以黑色为主调，间杂浅灰色花纹，似妙手丹青，浑然天成。成群的海鸥在海边翱翔盘旋，悠然自得地与人们分享大自然的恩赐。

然而，听村里的老人讲，解放前的虎头崖，只是一个贫瘠偏僻的小渔村。那时，在此居住的人来自全国各地，有六省十八县之多，达四十多个姓氏。人们有的是经商留居此地，有的却是因生活所迫而逃难至此。这里虽然物产丰富，却也恶浪成灾，三五年一次小灾，二十年左右就要发生一次大潮灾。风暴潮来时，转眼间盐垛被卷走，小船被砸碎，大船被打翻，房倒、人亡、庄稼淹，满目苍凉。

沧海横流，方显英雄本色。合理地利用自然、改造自然，正契合了中国人那种不屈不挠的"龙马精神"。如今，分割陆地和海洋的是一道东北起于虎头崖、西南止于土山镇海仓的"海上长城"——防潮坝，全长四十公里，莱州老百姓叫它"海潮坝"。海潮坝于1975年5月动工，1979年春天全线竣工，先后分两期工程，由掖县县委、县政府（莱州当时称掖县）发动全县二十四个乡镇，前后动用十万人工修建而成。梯形坝体蜿蜒而挺拔，自东向西设有九座排洪防潮大闸，坝顶上两辆汽车并行也绰绰有余。每当惊涛拍岸，后人仿佛看到、听到了那红旗招展、人流如潮、机车轰鸣、号子震天的施工场面。站在崖上，可见长坝气势壮观、宛若游龙。大坝建成后，不仅保住了沿海五万亩农田，又围出了十万亩养殖区，沿海居民从此安居乐业。

"不经历风雨，怎么见彩虹？"如果说虎头崖过去历尽沧桑，那么它今天的风光，正是自然与人文的完美契合。这得益于当地政府积极招商引资，落实惠民政策，大力发展民生。借力山东半岛蓝色经济区和国家黄河三角洲高效生态经济开发区，"一蓝一黄"的发展机遇，再一次给虎头崖带来了蓝黄叠加的空前发展良机。

山系迤逦，长坝绵延；双龙相拱，有凤来仪。虎头崖宛如一颗璀璨的明珠，闪耀在充满生机和活力的莱州湾畔。

（原载《齐鲁晚报》2013年9月24日）

一座城与一座山

中国幅员辽阔,山河锦绣,大山名川何其多矣!江宁地处秦淮河、长江交汇处,可以说是"六代豪华""十朝京畿"之要地。因其特定的历史和自然条件,这块山川秀丽的富饶土地上有着众多的风景名胜、文物古迹。世界上熟知汉语的人都知道的"东山再起"这个成语,说的就是江宁的东山。

江宁东山海拔六十米,周长不过两千米,然山不在高,有仙则名。东山因东晋谢安运筹帷幄淝水一战而烙上历史的印记,寄托着民族不屈的情怀。人间正道是沧桑,沧海横流,方显英雄本色。在跌宕起伏的中国历史中,民族英雄辈出,得到了后人的崇尚和敬仰。韬光养晦,东山再起,成为中华民族百折不挠的精神基因。

谢安(320—385),字安石,出身名门望族,后人又称其谢东山。据《晋书·谢安传》记载,西晋南迁后谢氏家族郁郁不得志,年轻的谢安隐居浙江会稽的东山(今浙江省上虞区西南)。谢安年少时即博学多才,初任著作郎,因无意仕途,称病辞官归隐于浙江会稽东山,经常与王羲之、许询等名士游山玩水,吟诗作文。因胸怀韬略,朝廷曾征召他做吏部侍郎,却被他拒绝了。后来,征西大将军、明帝司马绍的女婿桓温恳请谢安出山做司马,盛情难却,公元366年,四十多岁的谢安离开会稽到了建邺(今南京),

步入仕途。因思乡心切，他在今江宁区东山仿照浙江会稽东山建造别墅，宴朋交友，凭江临月，谈笑鸿儒。公元383年，前秦苻坚带领百万大军进攻东晋，秦军逼近黄河，东晋群臣恐慌。"东山高卧时起来，欲济苍生未应晚。"谢安临危受命，坐镇东山，精心排兵布阵，以八万军队打败了苻坚的百万大军，苻坚溃不成军，竟至风声鹤唳、草木皆兵，这就是历史上著名的以少胜多的"淝水之战"。淝水之战后，谢安进一步巩固了在东晋朝廷的地位，官至东晋宰相，从此"东山再起"的故事家喻户晓，广为流传。江宁东山也因谢安而声名远播，历代名人如李白、苏轼、王安石、乾隆等都曾到东山游访、凭吊，并留下许多诗文名篇。

中国文化博大精深，天人合一就是人与自然和谐相处。文人雅士近山乐水，"一松一竹真朋友，山花山鸟好兄弟"，格物求理，追根溯源，从中汲取社会与人生的大智慧。如果说谢安在浙江会稽东山播下了睿智的种子，历经酷暑寒冬，酝酿萌芽，那么这颗神奇的种子竟在江宁东山开花结果，长成了参天大树。

初秋时节，我走进江宁，登上东山，寻古探幽。天雾蒙蒙的，东山，以一种并不巍峨的姿态，与江宁相望，沉静一如曾经。雾中温和的小山静静的，如一株亭亭的尖荷，而江宁，就是将东山轻轻托起的荷叶。那静谧幽雅的美，波澜不惊，难觅当年的惊涛骇浪。山上绿树成荫，鸟语花香，谢安的别墅亭台楼阁，勾栏轩窗，空寂宁馨。徘徊的是脚步，缥缈的是思绪，琴棋书画与力挽狂澜是那么和而不同。偏偏历史在这里驻足，动与静、刚与柔、纯与雅、智与勇在这里达成无痕的融合。"谢公下棋处""谢公祠""谢公泉""布塞亭"等遗址一任时光如水，洗漂尘埃。一草一木、一砖一瓦间倔强地透出斑驳的气息；晶莹的水珠，折射着不屈无畏的光辉。白云苍狗，大江东去，中国人选择了一座小山为天地立心，为世间立传，文人墨客，挥毫题刻。一眼千年，东山获得了一种高度，因为一个人和他不是传说的传说。

天色渐暗，回顾归路，原本清晰的东山随着车子的渐行渐远又变得模糊起来，心里怅然若失。华灯初上，霓虹闪烁，高楼林立，车海如一条火龙在东山身边辗转。蓦然，一丝桂花的清香飘然而至，模糊的东山在心里又变得清晰起来！青山依旧在，几度夕阳红……

一座城需要一座山，一座山成就一座城；山是城的风骨，城是山的血脉。江宁人以东山为荣,改革开放,蓄势待发,城市建设和经济发展正以日新月异的速度,向未来迈进。

(原载《青春》2013年第9期)

第四辑
伊岸秋水

砧板上的美人鱼（外三篇）

戚夫人，汉高祖刘邦爱妃，生于两千多年前的济阴定陶。

戚夫人的名字没有确切记载，但她的身世在《史书》《汉书》《资治通鉴》中均有记录。一个能够数年间深得汉高祖宠爱的后宫嫔妃，必定风华绝代、长袖善舞，想来必有其故乡菏泽的牡丹一般的国色天香、艳压群芳。

从史书上的记载可以看到，戚夫人与吕后在个性上是有鲜明对比的。吕后生性阴险毒辣、蛇蝎心肠，是一个具有铁腕风格的女政治家；而戚夫人只不过是一个依靠姿色恃宠而骄，性格单纯、没有政治手腕的小家碧玉。

戚夫人在受到皇上宠爱的数年间，总喜欢哭哭啼啼、梨花带雨地恳求刘邦立其所生的儿子如意为太子。刘邦也有此意，不仅因如意是爱妃戚姬所生，也因为他较之吕后所生的太子刘盈更加聪明懂事，似乎更适合成就大业。戚夫人的这种做法并不难理解。宫廷险恶，到处钩心斗角，可谓步步惊心。她年轻力孤，出身寒微，性格单纯，唯一的优势就是姿色绝伦，深得帝王宠爱。假如他日君王不幸崩殂，以她的娇弱性格，以及曾为先皇专宠的身份，必然首当其冲受到嫉恨打击，而又无还击之力。她唯一的出路就是趁隆恩浩荡时，请立儿子如意为太子，将来继承帝位，方可子贵母荣，以保平安。然而，天真的戚夫人终究不是老谋深算、不动声色的吕后之对手。刘邦虽早有改立太子之心，却最终也未能实现。公元前195年刘邦离世，曾经深得皇帝眷宠的戚夫人从此走向江河日下，万劫不复的深渊。

这个曾被极度宠爱过的女人从天堂被扔进地狱，所受凌辱与摧残可谓惨绝人寰：剜眼，熏耳，灌哑药，断手足，置于厕中。以致吕后所生的汉惠帝刘盈深受刺激，派人转告吕后："此非人所为。臣为太后子，终不能治天下。"从此他沉溺于淫乐以麻醉自己，再不理朝政。

可叹戚夫人一个弱女子，一夜之间，从金阶玉辇上被推落不容呼救的无底深渊，是非恩怨，早已超出后妃之间因妒而致的惨剧，从中看出人性的绞杀可以达到怎样疯狂、怎样令人发指的地步。当然，惨剧有其发生的必然性，也有一定的偶然性。如果戚夫人遇到的不是歹毒凶残的吕后，而是清代的东太后慈安，恐怕惨剧就不至于发生。戚夫人，虽然美艳绝伦，却终不是精明智慧的女子，在权利争斗中的败局似乎早就注定。

一个人，尤其是一个弱女子，未经历过血雨腥风的人性厮杀，性格单纯，胸无城府，自己没有强大的实力，一旦跌落至平民境地甚至比一般平民还要凄惨时，本质上已不能也无法固守原本的上层意识、优越心理，只能沦为任人宰割的鱼肉。这是女人，也是天下人的悲哀。

独留青冢向黄昏

读过《史记》的人，都会记得那个"力拔山兮气盖世"的西楚霸王项羽，自然也都不会忘记那个吟唱着"大王意气尽，贱妾何聊生"，拔剑自刎的项羽爱姬虞姬。

虞姬见于史传，是楚汉相争时期的一位妙龄女子。她长年随项羽征战，能歌善舞，还可以纵马驰骋。她在历史上浓墨重彩的一笔，就是在项羽大势已去、慷慨悲歌时，以歌和之，随即拔剑自刎。

项羽死时不过三十岁，虞姬自然也正处于最好的青春年华。为了不成为项羽突围的负担，年轻貌美、多才多艺的虞姬，没有丝毫对生的眷恋，走得那么决绝，那么从容。即使在绝境中亦没有一般小女子的张皇哭啼，而是果断地选择了她认为最合适的方式：以己腕之力，抽夫君之剑，直到最后——死，也未忘"天作之合"。这是怎样一个烈性、挚情的女子，那一剑，要拿出怎样的勇气与坚定。于是，那利剑与玉颈，构成悲壮的十字架，写成一首清婉壮烈的诗篇。也许，尽管她已预料到西楚最后的失败，却不愿眼睁睁看到完全失败后的惨状，而宁可最后在心中保留着夫君虽已无回天之力却依然不失英武峻拔的风姿。

据说在虞姬的老家安徽，有一个叫虞姬乡的地方，在那里有一座虞姬墓。墓丘四周有院墙圈围，墓冢夯土垒成，墓碑上刻有一副挽联："虞姬奈何，自古红颜多薄命；姬耶安在，独留青冢向黄昏。"

虞姬虽为王妃，却不像历史上某些王妃一样，一味以色事人，或者以色相或者心机在帝王面前献媚争宠。虞姬不是的，她貌美且有心，有情而自尊，婉约而又决绝。她生如夏花，逝若飘鸿，为世人留下了一曲永远的"云敛晴空，冰轮乍涌，好一派清秋光景"。

何必珍珠慰寂寥

"于以采萍，南涧之滨；于以采藻，于彼行潦。"萍，水生植物，也许是因了水的缘由，自然生出几分柔媚和轻灵来。她婀娜多态，摇曳生姿，于是在诗人眼里便成了风雅之物——《诗经》里的参差荇菜，志摩软泥上的青荇……然而，那只是适合生长在诗歌里的吧，虽然萍的确是美丽的，但是感觉上，却总像掺了些淡淡的哀伤在里头。萍踪、萍聚……有关"萍"字的注解里，总有些许苍茫无着的感觉。于是想到一个如萍的女子，一个柔弱却最终恩爱无常、萍踪不定的莆田女子江采萍。她自比浮萍，也终如浮萍，任她再怎样青翠欲滴，还是会慢慢凋零，终含无根的况味。

江采萍（710—756），唐玄宗宠妃，福建莆田人，家族世代为医，体态清秀，娇俏美丽。多才多艺的江采萍，不仅长于诗文，还通乐器，善惊鸿舞，才华横溢，气质不凡。唐玄宗宠爱的武惠妃死后，玄宗整日郁郁不乐，太监高力士想排解一下玄宗的烦恼，于是到南方寻访美女，发现了兰心蕙质的女孩江采萍。江采萍被高力士选入宫中后，淡妆雅服，姿态明秀，精通诗文，气质高雅，很快吸引了多情帝王，让沉浸在悲伤之中的唐玄宗渐渐走出阴影。因性情高洁，酷爱梅花，所居之处遍植梅树，唐玄宗便称她梅妃。

江采萍是史上有名的才女妃子，相传她写了《箫》《兰》《梨园》《梅花》《凤笛》《玻杯》《剪刀》《绚窗》八篇文赋。其最有名的诗作莫过于被选入了《全唐诗》的那一篇《谢赐珍珠》。

冰清玉洁的梅妃，就像一株高雅娴静的梅花，深得玄宗宠爱。但自从小她九岁，丰满艳丽、娇艳欲滴的杨玉环入宫后，玄宗完全无心思再看后宫三千佳丽一眼。一日，玄宗把从南方进贡的荔枝赐给了杨贵妃，却没有给梅妃，为表歉意，玄宗赠她珍珠以作慰藉。梅妃伤心欲绝，写下凄婉诗作《谢赐珍珠》：

柳叶双眉久不描，残妆和泪污红绡。
长门尽日无梳洗，何必珍珠慰寂寥。

玉阶生寒，珠泪盈眶。看似无情，实则多情。

此外，还有《谢赐珍珠》的起因——《楼东赋》：

玉鉴尘生，凤奁杳殄。懒蝉鬓之巧梳，闲缕衣之轻练。苦寂寞于蕙宫，但凝思乎兰殿。信标落之梅花，隔长门而不见。况乃花心飐恨，柳眼弄愁，暖风习习，春鸟啾啾。楼上黄昏兮，听风吹而回首；碧云日暮兮，对素月而凝眸。温泉不到，忆拾翠之旧游；长门深闭，嗟青鸾之信修。忆昔太液清波，水光荡浮，笙歌赏宴，陪从宸旒。奏舞鸾之妙曲，乘画鹢之仙舟。君情缱绻，深叙绸缪。誓山海而常在，似日月而亡休。奈何嫉色庸庸，妒气冲冲，夺我之爱幸，斥我于幽宫。思旧欢之莫得，想梦著乎朦胧。度花朝与月夕，羞懒对乎春风。欲相如之奏赋，奈世才之不工。属愁吟之未尽，已响动乎疏钟，空长叹而掩袂，踌躇步于楼东。

从此，清高如梅、身世如萍的梅妃江采萍，再没见到过玄宗。曾经的恩爱恍如隔世，深宫红墙内，她过着青灯孤影、孑然一人的凄凉生活。

公元756年，安禄山叛乱。唐玄宗来不及带上失宠的梅妃就出逃了。不久，长安城沦陷，梅妃死于乱兵之手。唐玄宗自蜀归长安后，求得梅妃画像，并满怀伤痛亲题七绝一首。后来在温泉池畔梅树下发现梅妃尸体，胁下有刀痕，唐玄宗以妃礼改葬。

李隆基《题梅妃画真》写道：

> 忆昔娇妃在紫宸，铅华不御得天真。
> 霜绡虽似当时态，争奈娇波不顾人。

清雅如梅，命若飘萍。一代才女，就这样萎谢凋零。

牵不住的红酥手

第一次知道南宋大诗人陆游与其前妻及表妹唐婉缠绵悱恻的爱情悲剧，是上学时看过的一部电视剧里演的。那是小学二年级的暑假，我放假回奶奶老家，当时村里只有一台电视机，村子里的人都扎堆一起看。那是我第一次知道诗人陆游有这样一段凄恻的爱情故事，第一次知道了《钗头凤》这样一个词牌名。记得当时是哭着看完的，因为是跟姑姑一起去的，周围又有很多人，怕被人看到会笑话，我拼命克制自己，时不时咳嗽或者低头，以掩饰情绪。然而不争气的泪水还是哗哗流下，又怕人看到，赶紧低头佯装摆弄头发，迅速揩去脸上的泪痕。也就是从那时起，我背下了陆游和唐婉的《钗头凤》，后来陆陆续续读到过很多人写沈园、写《钗头凤》的文章，甚至一看到相关文字便格外留意，对素不相识的作者都倍感亲切起来。

据传陆游与其表妹唐婉青梅竹马，婚后恩爱和谐，可谓郎才女貌、珠联璧合。从唐婉仅存于世的《钗头凤》一词即可看出，年轻的唐婉不仅青春靓丽，更是冰雪聪明、兰心蕙质。她的内心世界无疑是极其敏感、细腻多情的，不单从其诗才，从其在沈园中与陆游遭遇，回去后不久就郁郁而终即可看出。记得当时看电视剧，陆游的母亲，即唐婉的姑妈，是以凶悍的婆母形象出现的。原因似乎是因为陆游母亲未出阁时，与娘家嫂子即唐婉的母亲相处不好，因而在唐婉嫁过来后迁怒于她，甚至恶语相向，直至最终将其逐出家门。但是及至年长，我对于这一点开始有所怀疑。不排除唐婉母亲与小姑失和的可能，但如果只是这个原因，也许就不会有当时的两家缔结鸳盟，更不至于因此在婚后将亲生侄女逐出家门。后来陆续看过一些关于这段家事纠纷的评论与感慨，觉得亦不无道理：说是因为陆母希望儿子仕途精进、儿女满堂，然而陆游与唐婉婚后却只沉湎于小夫妻卿卿我我，完全丧失了进取的锐气，而且婚后唐婉一直没有为陆家诞下子嗣，这在"不孝有三，无后为大"的封建时代是不可饶恕的。尤其是陆母一个孀居寡妇，辛辛苦苦将儿子抚育成人，本指望儿子婚后能够安心读书，有朝一日金榜题名光宗耀祖，自己也可尽享含饴弄孙之乐，却眼见得儿子沉湎于儿女情长，膝下不见一男半女，因而怨气日深，逼陆游休妻，甚至不惜以死相挟。想来唐婉这样一个感情丰富、心思细腻、有诗人气质的人，与同样性情爱好的丈夫相处，自然是水乳交融、琴瑟和谐，但却未免符合一个婆婆心中的贤惠敦厚的儿媳标准。艺术气息浓重的女性，大多个性鲜明，日常生活中与人相处难免会出现矛盾磕绊。日积月累，积怨愈甚，以至最终陆母采取了强悍之策。

唐婉自然值得同情，陆母在当时的社会环境下也未必是完全错误的，只能说这是两种气质、两种女性标准乃至价值观产生分歧的结果。唐婉之悲，最大的原因在于当时的社会体制。女子无才便是德。有些才情的女子，性格在常人看来终有些乖张，因而为讲究忠孝礼义的封建大家族所不能容。所以，仅仅归结为陆母因与娘家嫂子失和而处处刁难唐婉，太过偏颇。就如同贾母为宝玉选妻，宁可选择没有血缘亲情的薛宝钗，也不肯选择自己的嫡亲外孙女林黛玉，就是因为在贾母等众人眼中，黛玉性情、体质皆不如宝钗，而后者更有大家风范，更符合一个大家族长孙媳妇的标准。

而诗人陆游后来虽生活安稳，心中却终不能抹去与知己娇妻的表妹唐婉那段浓情蜜意的记忆。陆游先后于1155年和1199年两次去过沈园。第二次去时他已七十五岁，那时唐婉已别世多年。"伤心桥下春波绿，曾是惊鸿照影来。"

在沈园南墙的一块形状不太规则的巨型碑石上，至今镌刻着陆游的《钗头凤》词，笔力豪放，感情激越。似乎可见一青衣书生正挥笔疾书，书罢，缓缓转身，轻掸衣袖，移步向"伤心桥"踽踽独行。那里，正有一纤弱少妇，素颜似雪，掩面过桥，止步回盼，似与那书生伤别，蹙眉低首，表情幽怨，隐有泪痕……

(原载《鹿鸣》2017年第8期)

一代文宗作女师

中国历史上有这样一个奇女子,她的丈夫赵明诚,一个普通而平凡的文人士大夫,是作为"词人的丈夫"被记入青史的。甚至在她四十九岁时结合、婚姻维持不过百日的后夫张汝舟都因她而为后世所熟知。这个名贯古今的女子,就是李清照。同时期还有一个女人被钉在历史的耻辱柱上,为世人所唾骂不齿,这个女人就是宋朝奸相秦桧的老婆王氏,一个没有确切出生年月及姓名记载,却臭名昭彰的女人。

作为生活在同一时期的两个女人,在那个女性没有地位的封建王朝,以截然相反的历史形象同时被世人所记住,这在中国历史上不能不说是很少见的。更令人玩味的是李清照与秦桧老婆王氏的亲戚关系。据史料记载,李清照的父亲李格非一生娶过两任妻子,都姓王。一个是懿恪公王拱辰的孙女,《宋史·李格非传》云:"妻王氏,拱辰孙女,亦善文。"另一位妻子则为元丰年间神宗朝宰相、文恭公王珪的长女。由史料可知,李清照是王珪的外孙女,而秦桧的夫人王氏则是王珪的孙女,也就是说李清照和秦桧之妻王氏系姑表姐妹,李清照比王氏略长几岁。秦桧在密州(今诸城)负责州学教务时,李清照夫妇正在与密州相邻的青州居住,青、密二州甚近,密州还是李清照丈夫赵明诚的故乡,两家之间却连通信也没有。

由此可见,这对亲戚基本上是无任何来往的,究竟是什么原因导致她们成了最熟悉的陌生人?

　　李清照生于济南,孩童时期随父李格非到了京城开封。李格非精通经史,诗词文赋样样精通,曾受知于苏轼,与廖正一、李禧、董荣合称"苏门后四学士"。李清照在这样的环境中,耳濡目染,从小就展露出过人的才华。她的"易安体"词崇尚典雅,善用白描,语言清丽,被称为"婉约之宗"。沈去矜曾说:"男中李后主,女中李易安,极是当行本色。前此太白,故称词家三李。"李清照能与诗仙李白、词帝李煜并肩而立,被称为"词圣",堪称中国"第一才女"了。

　　北宋建中靖国元年(1101),十八岁的李清照嫁给二十一岁的赵明诚,两人婚后情投意合,诗词唱和,琴瑟和鸣,堪称神仙眷侣。新婚不久,沉浸在幸福和欢乐中的李清照就以小女人的柔情蜜意和娇涩自信,作了一首《减字木兰花》,以买花戴花的日常小事,尽情展示小夫妻间的亲昵和温情:

　　　　卖花担上,买得一枝春欲放。泪染轻匀,犹带彤霞晓露痕。
　　　　怕郎猜道,奴面不如花面好。云鬓斜簪,徒要教郎比并看。

一颦一笑中,悄然隐去了纯情的少女情怀;举手投足中,尽显浓浓的女人味。但李清照却绝非颔首低眉、柔顺软弱的小女子。虽然吏部侍郎赵挺之的儿子娶了礼部员外郎李格非的女儿,但赵挺之与李格非的政见不同,在政治斗争中也不属于同一派别。李格非属苏轼一派,苏轼曾认为赵挺之是"聚敛小人,学行无取",因而遭到赵挺之的陷害。赵挺之属蔡京一派,在李清照婚后第二年,已高居尚书左丞之位,"排击元祐诸人不遗力",苏门弟子均受到打击,亲家李格非和连襟陈师道都遭贬官。李清照听说父亲将被逐出京城,急忙写信向公公求救,说"何况人间父子情",请求不要把父亲发配到荒蛮之地,不料竟遭到赵挺之的断然拒绝。李清照十分气恼,写了一句"炙手可热心可寒",对公公不无讽刺之意。可见,大家闺秀的李清照,个性中也有奔放刚烈、蔑视世俗礼仪的一面,绝非低眉顺眼、谨守家规的小媳妇。

　　官场风波诡谲莫测,李清照夫妇结婚几年后,赵挺之却又遭蔡京罢黜。赵明诚夫妇定居青州归来堂,李清照在归来堂依据"倚南窗以寄傲,审容膝之易安"两句,自号"易安居士"。宣和三年(1121),朝中又想起了久处江湖之远的赵明诚,于是,被遗忘在青州角落里的赵明诚接到圣旨,出守莱州。此后，李清照独居青州，寂寞难耐，思夫之情日益深浓。于是，一系列抒写离情别绪、闺怨相思的词作如潺潺清泉，源源不断从她笔端流溢出来。最为人称道的是《醉花阴》，此词作于"每逢佳节倍思亲"的重阳节：

薄雾浓云愁永昼，瑞脑消金兽。佳节又重阳，玉枕纱厨，半夜凉初透。东篱把酒黄昏后。有暗香盈袖。莫道不销魂，帘卷西风，人似黄花瘦。

据说，赵明诚收到这首《醉花阴》后，赏玩之余，大为叹服，于是闭门谢客，冥思苦想，三天三夜废寝忘食，一口气填了五十首《醉花阴》。数日后，他把李清照的词混杂于这五十首词中，请好友陆德夫来赏析。陆德夫品味再三，沉吟良久道："赵兄，有三句尤其出色！'莫道不销魂，帘卷西风，人比黄花瘦。'真乃绝世之句也！"赵明诚自愧弗如，对李清照更加敬重欣赏。不久，他就接李清照到莱州，过起了志同道合、诗情画意的生活，并在莱州留下了刻石拓字、遍访名山的佳话。靖康元年（1126），赵明诚改任淄川守，李清照亦随居淄川。然而就在那一年冬天，"靖康之乱"爆发，哀鸿遍野，民不聊生。金兵铁蹄入侵，踏碎了大宋的秀丽河山，也从此改变了李清照的人生。

金兵大举入侵，攻破了都城东京，时局剧烈动荡，举国一片惊惶。国难当头，家中又遭不幸，靖康二年三月，赵明诚的母亲郭夫人突然撒手西去，赵明诚夫妇不得不南下奔丧。南下之前，他们也料到北方多事，决定将珍贵文物带往建康（南京）城。然而，多年收集的珍贵文物不便全部携带，最后，几经筛选还是装了满满的十五车，而剩下的文物古籍，都收拾妥当，安放在青州归来堂的几十间屋子里，准备来年春天再运走。不料，这些节衣缩食苦心收集来的宝贝，匆匆一走，竟成永别！靖康二年十二月，金兵攻陷了青州，李清照夫妇存于青州的所有古器物什都在金兵的一把大火中化为灰烬。

赵明诚丧服未满，即被起复知江宁。建炎三年（1129）二月，赵明诚罢守江宁，被命移知湖州，但未到任即被免。三月，李清照与赵明诚乘船上芜湖，入姑苏，沿江而上。五月，赵明诚接到圣旨，再知湖州，他认为时局不稳，决定自己单独去湖州上任。六月十三日，盛夏酷暑，赵明诚途中中了暑，患上痢疾，走到建康，病情已经非常严重。李清照奔到建康时，赵明诚已经"病危在膏肓"。八月十八日，赵明诚病逝，年仅四十九岁。山河破碎，家破人亡，相濡以沫二十八年的夫君暴病身亡，李清照再不是前半生那个锦衣玉食吟诗诵词的"婉约派"风雅词人。赵明诚去世后，孤苦无依的李清照在匆忙慌乱之中，只能拣拾部分轻软古物，整理数十箱，追随宋高宗赵构。在金兵进攻之下，赵构如丧家之犬，李清照也跟着大臣们一道颠沛流离，苦不堪言。就这样，她和赵明诚的半生心血"十去其七八"，所剩无几。屡遭打击、连日奔波的李清照，像一叶孤舟在风浪中无助地飘摇。在她最凄苦无助之时，一位"文质彬彬"的进士张汝舟出现了。张汝舟托词人周邦彦为媒，带上重金，郑重其事上门求婚，李清照以为重新找到了一个可以栖身的港湾，四十九岁的她再度嫁人。岂料，这段婚姻却是一场噩梦，张汝舟是冲着赵明诚遗留的金石器物而来。婚后，张汝舟发现这笔遗产几乎损失殆尽，剩下的一二残零，李清照又视为珍宝。他恼羞成怒，撕掉儒雅的外衣，"遂肆侵凌，日加殴击"，恨不得将李清照折磨至死。然而，刚烈独立的李清照绝不是忍气吞声的弱女子，她决计离婚。依据宋朝的法律，妻子是无权申请离婚的，除非是检举丈夫有违法之事，坐实后方可离异，但妻子也要坐两年牢。李清照很快就拿到了张汝舟的罪证，凛然上官府控告，解除了这场不到一百天的婚姻，却也被判入狱。在翰林学士綦崇礼（其母是赵明诚的姑妈）的四处奔走下，李清照在牢里只待了九日就释放出来了。出狱后，李清照潜心整理凝聚着赵明诚和她终生心血的《金石录》，写出了著名的散文《金石录后序》。绍兴十三年（1143）前后，李清照终于将赵明诚的遗作《金石录》校勘整理完毕，进献朝廷，完成了赵明诚的遗愿。李清照性情刚烈顽强，南渡之后，强烈支持抗金，对苟且偷生的南宋君臣痛恨不已。她曾经过乌江，想起项羽宁可兵败自刎、决不投降之事，抚今思昔，激愤难平，题了一首《乌江》诗：

> 生当作人杰，死亦为鬼雄。
> 至今思项羽，不肯过江东。

经历了靖康之耻、家庭悲欢，体验了民间疾苦、世态炎凉，自此李清照词风大变，由清丽细腻的婉约派风格转为雄浑壮烈的豪放派。

李清照虽晚景凄凉，但秉性刚直的她却耻于向权贵亲戚求助。秦桧的夫人是李清照的亲表妹，秦桧拜相之后炙手可热，趋炎附势、溜须拍马者不计其数。李清照却痛恨秦桧夫妇的为人，拒绝与他们来往。她改嫁张汝舟后，恶评喧嚣尘上，只得求綦崇礼出面帮她制止那些没有根据的诽谤，却没有去求位高权重、权倾一时的亲戚秦桧夫妇。即使在最困难的时候，她也没上过秦府的门。秦桧的相府落成，大宴宾客时，李清照收到请柬却拒不参加。秦府万人攒动、花天酒地的喧嚣时刻，她独守着孤清的小院，坚守着自己的人生信念，在凄苦中咀嚼余生。

研读李清照的《金石录后序》，那份追思与惆怅，令人怦然心动。

> 昔萧绎江陵陷没，不惜国亡而毁裂书画；杨广江都倾覆，不悲身死而复取图书。岂人性之所著，死生不能忘之欤？或者天意以余菲薄，不足以享此尤物耶？抑亦死者有知，犹斤斤爱惜，不肯留在人间耶？何得之艰而失之易也？

在封建王朝的历史上，真正的文人，为这个民族，为这块土地，可以有所作为、施展抱负的领域是非常有限的。然而，"穷则独善其身，达则兼济天下"的信念，使中国历代文人无不以薪火相传为己任，总是要为弘扬文化做些力所能及的事情，才不会觉得辜负一生。李清照和她的丈夫赵明诚节衣缩食，好古博雅，典当质押，搜罗金石。纵大敌当前，危机四起，仍殚思竭虑，奔走跋涉，以求保全文物于万一，这在他人眼中，实乃愚不可及的书呆子行为。到了最后，她的藏品失散、丢弃、遗落、败损，加之被窃、被盗、强借、勒索，连词人自己都忍不住嘲笑自己："何愚也邪！"李清照的晚年是十分悲惨凄苦的，自从张汝舟被"编管"柳州，再没人打搅她，一直独自默默无闻地过着清贫苦闷的生活。直到七十二岁那年，无儿无女、形单影只，为保存整理《金石录》半生流离的一代词人，在远离故乡的杭州客居中寂寞地死去，一缕香魂飘然而逝。一个在中国文学史上留下瑰丽诗篇的杰出词人，忧国忧民，抱负未施，其杳然离去的身影，给后人留下太多的感伤。

回首当年，秦桧权势炙手可热之际，凡沾亲带故者，一律飞黄腾达，窃据要津，一人得道，鸡犬升天。但李清照有着"欲将血泪寄山河，去洒青州一抔土""生当作人杰,死亦为鬼雄"的爱国情怀,亦有文人的风骨与气节,怎可能依附残害忠良、苟且偷安的秦桧、王氏,故他们虽为表亲,却从无来往。

据说,在世界上的某一个神奇的岛屿上,生长着一种名为两生花的植物。它的花朵迷人芬芳,这种花样貌很奇特,紫色的叶子,绿色的花茎上衬托着一黑一白两朵花,最为奇特的是,两朵花虽生于同株,却始终朝相反的两个方向开放。正因如此,两生花暗喻两种分离的人生,意味着光明与黑暗。

(原载《西南军事文学》2015年第1期)

1938年，那朵自由之花

一

2012年7月7日，距离卢沟桥畔的枪声，整整过去了七十五年。

有乡亲自湖南来，自故乡来，带来了故乡的泥土和清泉。

在江苏省徐州市柳新镇陈塘村，刚没脚踝的玉米覆盖四野，一座坟隆起在葱绿的玉米地中。坟边一棵大柳树像是怕沉睡的她被日晒雨淋，忠实地撑起浓密的伞盖为她遮阳挡雨。

人们在坟前撒泥土，扬清泉。亮晶晶的泉水清冽甘甜，浸湿了地面，渗入了泥土，她也一定喝到了，像儿时俯下身子并拢双手，掬一口泉水一饮而尽，回味不尽绵绵的甘甜。这是来自故乡的泥土和泉水。

她上路了，一路被捧着、搀着，走在回家路上。

那年，她十八岁；今天，她仍然十八岁。

她像蝴蝶流连花朵一样，眷恋着自己的十八岁，薄亮的翅膀停留在了十八岁，永远，一直，不朽。

在常德市新兴乡军刘村，唢呐吹响，鞭炮齐鸣，香烛点燃，纸钱纷飞。她的母校长沙稻田中学的学生手捧她的遗像走在最前头，遗像中的她端庄清秀，眉宇间有掩藏不住的英气和坚毅，留着那个时代特有的发型。这是她暂时宁静的校园，她侧身斜躺在草地上，身后是一棵雪松，再往后是一堵围墙。她清澈恬淡的双眸凝视着前方，那儿有鲜花盛开的原野，有缠绵轻盈的炊烟，有她和妹妹的咯咯笑声，也有渐渐沦陷堕入黑夜的土地……

一双纯净美丽的眼睛，一个年轻鲜活的生命。此刻，她朝气蓬勃的学弟学妹们靠拢过来，拥抱着她，他们仿佛可以感受到她吹气如兰的青春气息。曾经，她和他们一样年轻，光彩照人，如今却阴阳两隔。

少先队员们齐刷刷地举手敬礼，她的族人——军刘村全体刘姓村民磕头跪拜，以迎迓至亲和英雄的礼仪，一路恭迎她回家。

"风在吼，马在叫，黄河在咆哮，黄河在咆哮……"《黄河大合唱》气吞山河的旋律骤然响起，如滔滔河水一泻千里。永远十八岁的她一步一步地走在回家路上，走在她熟悉的这片土地上，走在泪水的白色火焰和纸钱的黑色灰烬中……

二

她叫刘守玟。

家道殷实的刘父精通文墨，面对呱呱落地的女儿，好生欢喜，为其取名"守玟"。

玟乃玉之纹理。他是期望爱女一生沿着玉美丽绚烂的花纹，守望自己怒放的生命，温润高贵，平安幸福。

玉贯串和连缀了她短短的一生。

1935年，时年十五岁的少女刘守玟考取了"湖南私立周南女子中学"。这所1905年由革命教育家朱剑凡创办的学校，是湖南省最早的一所女子中学，向警予、杨开慧、蔡畅、丁玲等著名革命志士都曾求学于此。这儿是女性解放的乐园，更是先进知识分子的摇篮，早在20世纪二三十年代就有共产党地下工作者在校内活跃地开展革命工作，后来很多学生在老师们的引导和鼓励下，悄悄地离开学校，奔赴陕北革命根据地，投身革命事业。

如果不是因为那场挥舞东洋刀切向中华民族腹部的战争，刘守玫也许会像她的父母期望的那样，顺利地完成学业，然后嫁一个如意郎君，相夫教子，度过幸福美满的一生；如果她愿意远离战争，逃离战火纷飞的故国，她富足的家庭同样有条件帮助她轻而易举地远渡重洋。然而1937年那场战争，彻底改变了她的命运，从此，世上少了一个温婉如玉的女子，却多了一个永远不屈的战士。是啊，当偌大的祖国竟然安放不下一张安静的书桌时，胸怀一腔热血的青年们，又有谁会甘心躲避在象牙塔内和温柔乡里做亡国奴呢？

1937年8月，刘守玫攥着家里给的伙食费来到学校报到后，毅然放弃学业，瞒着家人，报名参加了她的同乡丁玲女士率领的女学生战地救护队，开赴上海淞沪战场，成为一名战地护士。她进入高中的第一学期学校就开设了"护士训练课"，此时恰好派上了用场。

刘守玫所服务的湘军第二十二军在激烈的淞沪战役中伤亡惨重，初上战场就频繁地深入阵地救护伤员的她，作为幸存者随军撤回湖南后，转到了第五十师。

经过战争血雨腥风的洗礼，曾经充满稚气的刘守玫成熟了，眉宇之间愈显刚毅与坚强，一股浩然英气悄悄地在她体内萌生扎根了。她回忆着战场上经历的一幕幕，壮怀激荡如巨石相撞，内心汹涌澎湃起来。

重新回到三湘大地，离故乡已经很近了。自开赴上海她就与家里断了音信，此刻她正好可以请上几天假，回家看看因惦念她而五内俱焚的父亲母亲。但是她不能，她清楚自己回家也许就回不来了，再说在这危急关头她也不能轻易请假离开她的队伍，那样无异于一个逃兵。她是多么渴望在战场上做一个战士，一个真正的战士，哪怕最终马革裹尸也在所不惜。

她拿出钢笔，借着昏黄如豆的灯光，开始写那封思忖已久、打了无数遍腹稿的家书："敬爱的父母大人，你们好！女儿已离校参军，事前没告知父母大人，叫你们挂怀了，很对不住。但是，国难当头，为抗日救国，女儿就不能忠孝两全了……"

这时，行军号嘹亮地吹响了，她拧上钢笔，收好纸张，快步冲出帐篷……

三

1938年5月,中日双方集结大量兵力,血战于台儿庄地区。刘守玟随第五十师卫生队加入鲁南兵团孙连仲部,开赴前线。5月10日,将士们进入阵地后,即与日军开始激烈战斗。将士们五天五夜没合眼,有力地阻击了日军矶谷师团南下合围,掩护了主力部队跳出包围圈。

趁着难得的战争间隙,在浓重硝烟的笼罩下,刘守玟继续趴在那儿写那封家书:"作为堂堂一中华青年,女儿自有自己无法逃避的责任,我愿'生在湖南,死在山东'!台儿庄一战之惨烈,实在惊天地、泣鬼神,现在女儿随时都有可能身死他乡,望父母大人不要悲伤。现将身边的两块银圆和在校时的一张照片寄回留作纪念……"

刘守玟所在连队在台儿庄东十八里处遭遇日军袭击,战斗进入白热化状态,战士们死意已决,纷纷与日寇拼起了刺刀。一位连长中弹倒在血泊中,刘守玟见状前去抢救,却被一块石头绊倒了。没等她起身,一个日本兵突然冲了上来,端起刺刀嗷嗷叫唤着残忍地刺中了连长的心脏。

刹那间,平素在学校不大爱讲话、性格温和的刘守玟被激怒了,她奋力举起那块石头,向那个日本兵砸去。日本兵没想到这个柔弱女子身上竟然积蓄着如此大的力量,心中竟然埋藏着如此深的仇恨,猝不及防地被当场砸倒了,刘守玟又抱起石头连砸数下,把他的脑浆都砸了出来。不料她刚站起来,一颗罪恶的子弹击中了她的左胸……

刘守玟身负重伤,被抬到当地一位老乡家里治疗。她穿着崭新的军装,没戴军帽,乌黑的头发纷披如云,脸上看不到丝毫血色,被鲜血染红的胸脯剧烈地起伏着。她清楚自己将不久于世,微微睁开眼睛,攒了好半天劲,吃力地从衣兜里掏出染血的家书、两块大洋和那张她在学校时的照片,嘱托女房东想办法帮她转交远在湖南的家人。

她的眼前仿佛出现了家乡的山、水和稻田,哥哥领着她和妹妹在田埂上扑蜻蜓。那些蜻蜓真淘气啊,她明明已经蹑手蹑脚地接近栖息在水稻上的它们了,可等她探出手去,它们却跟她捉迷藏似的,一挣身就飞到了不远处的另一株水稻上；那些蜻蜓真红啊，就像她最爱吃的朝天椒，千万只一齐飞起来，在天空中撞出一片红彤彤的火烧云。这时，妈妈唤他们回家吃饭的声音响起了……

她的眼角流出了一滴滴清亮的泪水，洗亮了母亲因日夜思念她而憔悴的面容和单薄的背影。她声音微弱地抽泣着："妈妈，妈妈……想妈妈，想妈妈……回家，回家……"

缓缓地，她合上了那双美丽的大眼睛。

十八岁，一个人成人的年龄，一个敢叫皎月苍白的年龄，一个女人一生中最灿烂怒放的年龄。她的成人礼刚刚开始，却被死神伸腿绊住，戛然止步了，像一根猝然断裂的琴弦。

但余音仍不甘心地萦绕在台儿庄上空。

那晚，天幕低垂，残阳如血。

四

时隔七十四年，经过有心人的反复奔波和寻找，刘守玟——这位"台儿庄战役最美女兵"，终于回家了，回到了生她养她的三湘大地！

一名战士归来了！一个女儿回家了！

在距离台儿庄不远的那个接纳过她的小山村，她曾经的坟头依然年年草色青青，而她已踏上回家之路，许多人目送着她永远年轻的背影，将定格在黑白光影中的她永远地珍藏在了心间。从徐州到长沙，从运河到湘江，载着她的车子一路驰骋，人们穿过大半个中国，以最广阔的故乡、最厚重的泥土，深情地安葬这位勇敢地担当民族大义的战士。

"送战友，踏征程……"《送战友》苍凉悲壮的旋律回荡在灵堂内，四下一片哭声，人们一路送她进入湖南革命陵园雄魂阁的长安苑内。

都说湘人尚武，湘女多情，身为湘女的刘守玟肯定是多情的，她也有着对爱情的美好憧憬，有着对生命的热切期待，但在那个民族生死存亡的关口，她投笔从戎，决然走进硝烟和战火，不再回头。

1938年,台儿庄。在那场中华民族不屈的战争中,有一朵自由之花永远地绽放在了她年轻的十八岁。

作为女儿,她是一朵百合;作为一名战士,她应当是一朵咬破自己血管,将一腔沸腾热血洒向大地的凌霄。

质本洁来还洁去,她是一块美玉,在那一刻,愤怒的她高举起自己,用力掷向大地,粉身碎骨地守住了一种精神,一种品格。

(原载《时代文学》2015年第10期)

哲理与谬思

从小到大,我们是读着圣贤书、被灌输着各种先贤理论长大的。小时候,从来没有产生过怀疑,认为真理总是颠扑不破的。世上总有许多的至理名言,在一代代人中延续传承,于是这些真理和理论成了指导我们做人做事的标准。

然而,随着阅历的丰富、思想的成熟,一连串的问号敦促人不由自主地去探究事理的本原。所有的事情都可以找到最初,尽管让人叹服的,未必是真实的本质,唯有像传说中那样,追溯到一个开始。那么这个最初的开始,是否就是真理的源泉?这个问题,就只能像世上先有鸡还是先有蛋一样,仁者见仁,智者见智,百家争鸣,莫衷一是。但是有一点毋庸置疑:如果这个蛋是金蛋,那么那只鸡就一定是金鸡;而如果这只鸡是金鸡,那么它下的蛋便自然是金蛋无疑。所谓虎父无犬子,那就又会让人想起另外一句话:王侯将相,宁有种乎?世界上没有一成不变的东西,万事万物时刻都在变化。

用辩证唯物主义哲学去思考,其实细究起来,这世界上没有绝对的对与错,真理总是矛盾重重,漏洞百出。"有志者事竟成。""有心栽花花不开,无心插柳柳成荫。"这两句话显然是矛盾的,何为真理?那只能具体看所面对的受众是谁。前者是对奋斗者的激励,后者是对失败者的安慰。

西方那句名言"上帝给你关上一扇门，必然为你打开一扇窗"，则恰和中国古训"天无绝人之路"有异曲同工之妙。

"追求公平与道义"和"一切皆是命，半点不由人"两句话似乎又是一个悖论，那么芸芸众生又该遵从哪个？自古以来，传统社会以人的不平等为前提，臣贱君贵，民贱官贵。即使不符合他们的意愿，卑贱者也必须接受和服从这些预先确定的不平等。奴隶社会和封建社会从其构建的出发点上即无公平可言，在这样的框架中寻求公平，无异于自欺欺人。况且，具体到大千世界中的每个生命个体，因为人的资质、潜力、受教育程度等的差异，人也不可能生来平等。所以有话语权的统治者才有所谓"追求公平与道义"的资本，老百姓要想安身立命，只能信奉命运。正所谓统治者的思想就是社会统治的思想。

两宋时期，学术思想界出现了一个以"理学"著称的学派。理学是佛教、道教思想渗透到儒家哲学以后出现的一派新儒家学，兴起于宋，由周敦颐发扬光大，集大成者为朱熹。"存天理，灭人欲"为理学思想最重要的观点之一，而作为儒家思想文化杰出代表的朱熹却"纳尼为妾""家妇不夫而孕"，以至斯文扫地，声名狼藉。儒家文化讲究所谓"仁义道德"，朱熹理学的伪善和人的本能的欲求是相悖的，结果造就了一大批伪君子，"表面上道貌岸然，骨子里男盗女娼"。

己所欲，勿施于人；己所不欲，强施于人。这是上层统治阶级用以愚昧人民，以使其为自己服务的愚民政策。这些伪善的理学，其实质是只约束下而不限制上，只禁锢女而不控制男。所谓"只许州官放火，不许百姓点灯"，借此维系礼教秩序下的传统统治。

纵观历史，无论是周汉唐宋明华夏文明的发展，还是儒释道法墨诸子百家的争鸣，所产生的时代都有其特定的条件，都是统治阶级借以维持其社会稳定的工具。各家取其所需，或罢黜其他，或兼收并蓄，存在就是合理。你方唱罢我登场，各领风骚三百年，当然其间也有所发展。中国五千年的历史文化就是在这种纷繁复杂的浸染中一路走来。

佛家相信命运，相信因果轮回，听天由命，秉持"善有善报，恶有恶报"的向善理念，心态淡然，信奉它的是一群最易受统治者摆布的普通百姓。

道家"无为而无不为"，讲究道法自然天人合一，适于贵族士大夫"采菊东篱下,悠然见南山"的悠闲心境,有闲有钱,浪漫超然,无须为生活奔波,不必为五斗米折腰。

法家则是顺应了宗法封建制的解纽,即所谓礼崩乐坏,需要建构新的社会政治秩序的时代要求而产生的。赏罚分明,严刑峻法,尊卑有别,代表的是最高统治者的思想:顺我者昌,逆我者亡。

儒家"穷则独善其身,达则兼济天下","万般皆下品,唯有读书高",用"三纲五常"来约束知识分子和平民谨言慎行、循规蹈矩,为统治集团服务。

墨家尚贤务实,兼爱非攻,非儒节用,吃苦耐劳,是中国古代完整版的辩证唯物主义及辩证唯物论。

儒家比较侧重人生的社会性一面,强调处理好与自己有关的各种社会关系。道家则更侧重祈求生命的改良和永久。法家的特征是明刑尚法,尊主卑臣,赏罚分明,严刑峻法,尊卑有别。在高居庙堂执掌朝纲的儒士、严刑峻法役使天下的君王、飘然物外游戏人间的道士、安贫乐道屈从命运的普通百姓之外,总有一群身着简朴衣裳的墨者,为了天下安宁,劳作、奔走在大地之上,从广泛的知识领域去把握生命本来的含义。墨子谈科学,可惜人们宁愿相信虚无缥缈的奇门遁甲;墨子崇尚技术发明,但在夸夸其谈的雅士眼里,不过是"匠人之作,奇技淫巧"。无怪乎统治阶层中有人讥评墨学为贱人之言,荀子更是嘲讽墨学为役夫之道,这也造成了中国近代自然科学发展的滞后。然而,西方资本主义工业革命给人类造成的环境的污染、生态的破坏,却如一道难以愈合的伤口,现代军事工业的发展更是让人不寒而栗。

符合上层建筑意识形态的,就是正确的,反之就是旁门左道。人类的个体生命在这样的炙烤中,已经失去了信仰,不知道最基本的做人的标准。人类的发展史其实就是围绕"利益"的争斗史,小到每个个体,大到每个国家,概莫例外。中国五千年历史中数十个朝代的更迭就是阶层利益的重新分配,也就是阶级矛盾达到不可调和的临界点,革命随之爆发。古今中外,出现了无数的思想家,探究适合人类社会发展的理想模式,产生了交相辉映的东西方文化,形成了意识形态各异的国家。"天下万物生之有时,应取之有度",是否符合人类更健康地发展的要求?

凡事追本溯源,其源恰不是后人看到的所谓真相。有时候,真理,恰恰是披着虚伪外衣的谬论。社会在发展，人类总是要进步的。自然界生物的进化是优胜劣汰，社会进步也同样是建立在尊重大多数人广泛利益的基础上。利益是检验事理真相的照妖镜，平衡利益是一种先进思想理论体系的体现。

(原载《雨花》2013年第9期)

梦里无言自清欢

　　总觉得自己是与文字有缘的，而这份缘还来自一个梦。记得很小的时候，我已经是一个书虫了，小小年纪就读了很多书。当许多同龄孩子在嬉戏玩耍时，我却可以沉浸在一本书中静静品味。书之于我，是小时候不可或缺的伙伴。

　　与书的奇缘，至今最无法解释的，是小学二年级时的一个梦。那时候虽然读了很多书，却很少涉猎外国读物，只读过《格林童话》《安徒生童话》和《伊索寓言》等几本。那时候还没有听说过海伦·凯勒这个名字，但是有一天晚上，突然做梦梦到一本书，那本书的名字叫作《假如让我眼亮三天》。书的内容忘记了，但是名字却印象深刻。最巧合的是，就在第二天，我居然看到了这本书，因为梦里强烈的印象，我把它借来细细品读起来。从此，我才知道了世上有一个叫海伦·凯勒的女子，出生十九个月就因一场重病双目失明，两耳失聪，而就是这样一个女子，却活到八十八岁，终身致力于残障人事业，并且留下了这本震撼世人的励志书。从那以后，我总觉得自己与梦、与文字，是有一种奇缘的。

　　此后经年，文字总会夜夜入梦来，即使在我为生存奔波，远离书籍的那些日子里，我所钟爱的文字依然不离不弃，像一个忠实的恋人，会夜夜带着它特有的温馨与我约会。那时候，每当拖着一天的疲惫与苦痛进入梦乡，梦中总是在读书写字看文章，醒来仍沉浸其中，意犹未尽，咀嚼着梦中特有的书香。文字的甘甜，陪伴我度过了十年漫长奔波的时光。

那十年中，做得最多的梦，除了读书，就是梦到一直有人追。在梦里很累，总是被人追着，身体无着无落地在空中旋飞，却没有翅膀。常常在噩梦中醒来，心里充满了焦灼和不安定。梦里的自己曾经是追赶太阳的少年，跑过了春天，跑过了秋天，跑到了悬崖，坐在悬崖边歇息，迎来的却是漫长的黑夜。我跳下悬崖，身体变成叶子，在空中飘荡，整个人浮在空中，拼命挣扎，想要停歇却无处落脚，就那样一直被人追着。梦境的呈现与精神状态有关，更是生活环境对心灵世界占位挤压的结果。它源于对现实问题的反思，从事业、生存等各个层面表现出面对生命中不能承受之重的挣扎现状和无奈境况。梦见飞是代表失意、焦虑、迷惘的人生经历，和寻求超越的精神境界，是生存中感受到的惊慌失措、彷徨无助，暗示的是生存境遇和突围路径的探寻。精神倍受煎熬而难以逃脱困境，就像空中随风飞舞盘旋的一片枯叶，无法像鸟那样长了翅膀在高空翱翔。

梦里无言自清欢，万字千文入境来。梦或多或少、或大或小都发自内心，睡时的梦与我们心中的梦那么吻合，所见有所梦，所思有所梦，既暗示了弥漫的焦虑，又建构美好世界、精神追求，是心灵纠结和现实困惑的精神出路。梦中的自己，总是如驰骋疆场的大将军，在文字的王国里信马由缰，纵横捭阖。或者读到好文章爱不释手，醒来意犹未尽，只觉得回味无穷，仍想沉浸于梦中咀嚼文字的芳香。在梦里，没有喧嚣，没有浮躁，面对的只是文字，体味那种文字的清香，那种心情的愉悦。其实梦中所读所写，都是自己心底情思的挥洒。潜意识中，情感和更多的思想一直存在着，并加深、加重着，痛和记忆、希望在心里连接。常常于梦中，灵感脱颖而出，洋洋洒洒，下笔千言。

"浮生梦欺书不欺，情愿生涯一蠹鱼。"（傅月庵先生语）文字是梦中飞翔的翅膀，更是寻找精神家园的暗道。梦中读书，与其说是在享受与原本遥不可及的事物之间相联系的感受，不如说是一种无法用理性掌握，所以无法用言语形容，却在心底荡起的一层层涟漪。那种无可取代的惬意、遐思，是潜意识里存储的知识和积淀的情感在产生巨大作用，在追求心灵的充实，追求梦想中的境界，追求理想化的环境，缱绻温暖，深邃明亮。梦是抛开理智的最原始的思想，最荒诞不经却最真实。记得无聊时做过一个心理测试,测自己的前生是做什么的,我的测试结果是一介书生。我是相信的,也许前生,我便是一个皓首穷经的读书人,享受那夜半读书、红袖添香的雅趣,而且必是那怜香惜玉、细腻婉约的情种,于是此生,便始终对美女、美文心存亲近与爱意。

梦是个玄妙的东西,它让我觉得梦里的我是我的一部分,而我和我的另一部分却迥然不同地生活在两个空间中。我相信,有那么一天,我和梦里的我终会相见或者重合。

(原载《西北军事文学》2014年第3期)

青鸟殷勤为探看

明天是三月八日,妇女节。其实对于"妇女"这个词,她是非常不喜欢的,不如叫"女性节",哪怕叫作"女人节"呢。多年以来,她从不过这个节,也是源于对这个词的排斥。然而,从那一年开始,她开始喜欢这个节日,甚至开始期待这个节日的到来。

那年,她在城南经营一个预制件厂,同时接些土建工程。白天忙碌一天,为了保证休息,她每晚十点准时关手机,早上六点开机,开始一天的工作。三月八日早上六点,她像以往一样,打开手机,看到一个熟悉的号码发来的一条短信:"祝你节日快乐。"下面署上了名字:"言武恭祝。"这时她才记起原来今天是妇女节。这个自己从来不喜欢也不在意的节日,却因为一句短短的问候带来了些许的温暖。每一个节日,都会收到来自朋友们的祝福,但是这句祝福却带她走进一段回忆,想起了与一位友人的相识。

那年十月,她正在市区的施工现场,接到厂子里工人的电话,说有客户过去看路基石。她急忙赶回厂里,一进厂区,就看到一辆带部队标志的越野车停在院里,车旁站着两个军人。年轻的军人介绍说,他们来自某部驻莱部队,那位三十出头的军人是他们的领导,姓文。简单的商讨后,他们订了货,约定当天下午送过去。下午装车后,她带着工人准时来到部队,文队长亲自出来迎接,请她到他的办公室等待工人卸货。等待的过程中,他们聊起了部队建设的下一步工程,并且达成了初步合作意向。卸完车后,已经过了晚饭时间,出于礼貌,她请文队长一起吃饭,却被婉言谢绝。让她没料到的是,那天是周末,又已过了下班时间,原以为材料款恐怕最早也要到周一上班再结算了,可是文队长早已安排财务开具了支票。与地方单位合作多年,这样的事情是从来没有出现过的。感谢之余,她不禁问起原因,文队长告诉她,部队要求高效率,也没有周末的概念,只要不休假,每天都上班,与地方群众发生账目往来,从不欠账,更不允许吃请。他们就这样认识了。虽然彼此留了电话,但始终没有再联系,除了新年时发一发祝福短信。那年年底,她全家决定去上海过年。因为第一次见面时约定春节后合作一个营房改造工程,怕耽误施工,临行时她给文队长发了一个短信,简单的春节祝福,同时告知行程。年底结完账后到上海时已是腊月二十九下午,出火车站刚刚坐上出租车,就像冥冥之中有什么感应,短信来了,打开一看,是文队长的信息,问是否已经安全抵沪。心里第一次,有种温暖和感动。

正月十八从上海回来后,她去了一趟文队长所在部队,作为节后的探望,同时送去自己刚刚精心制作的投标计划书。文队长是个出色的军人,他的事迹曾经在《解放军报》做过专题报道,报告文学《中国特种部队纪实》中也有关于他的文章,他还两次在中央电视台做过节目。见面时,他还是像第一次一样,气质儒雅,态度谦和,全然没有想象中带兵训练的军人那样的粗犷雄壮,更没有领导的居高临下盛气凌人。他总是淡淡的,没有过多的寒暄。

四月的某日,她又收到了文队长的短信,说要休一个月的年假,发短信时,已在回家的路上。五月,文队长回来了。她第三次去部队,签施工合同,这也是他们第三次见面。出乎意料的是,两手空空而去的她,却收到了文队长送给她的礼物,一条带马头图案的长鞭。他说这条马头皮鞭是他们那里送给最尊贵客人的礼物,代表着权力、吉祥和祝福。她很感动。交谈中得知,文队长工作之余酷爱读书,尤其喜欢读商务印书馆出版的历史典籍,《史记》《资治通鉴》《二十四史》等都曾熟读。合同顺利签订,没有任何仪式,甚至没有吃一顿饭。

工期两个月,文队长为工人们安排了吃住,每天晚上施工结束后,文队长都要去工人宿舍,看看是否缺什么东西,嘘寒问暖,还让他们有什么困难尽管提。她正为资金周转不灵伤脑筋，文队长的短信又来了，说如果资金周转有问题，可先支付部分工程款。那种雪中送炭的惊喜，是以前她做工程时从没有过的。她让施工队长过去办手续，同时代她送去感谢。文队长对施工队长说，你们王经理很有能力，一个女人做工程很不容易也很让人佩服，而他所做的一切，也只能是在能力所及的范围尽力而为吧。

第四次见面，也是最后一次见面，是在施工结束验收后，她过去结算款项。同以往一样，没有握手，也没有太多的寒暄，依然是淡淡的，却那么温暖而自然。她照例想请文队长吃饭，同时邀请部队其他几位领导，意料之中的，文队长再次婉拒。

后来他们的联系依然是断断续续，没有电话，没有见面，只是偶尔发个短信。短信的内容，往往是讨论某一首诗，或者是去某地开会，描述一下沿途的景致。记得他们讨论过戴望舒、徐志摩和辛弃疾，而谈起最多的应该是台湾女诗人席慕蓉，因为她也来自内蒙古大草原，在她的诗中，常常提起魂牵梦绕的"父亲的草原母亲的河"。再后来的某一天，他来短信说要调到另一处。升迁了，自然是好事，作为部队驻地领导，通常都是在一个地方待两三年即换防的。只是她依然觉得，时间还来得及，以后还会有见面的机会。于是，她回复说："走前记得给我消息，我去送行。"但是，当再次接到短信时，他已经在离开的途中了。

两年的时间，两次合作，却只见过四次。第一次，在她的厂区，依然记得，那是金秋十月，天气晴好。她穿了一套佐丹奴的运动服，"毒药绿"的颜色，飞扬的长发，优雅的气质，凹凸有致的身材，模特般完美的比例。他一身橄榄绿，阳光下的眼神明朗干净。另外的三次，都是在他的办公室，没有送礼收礼，甚至没有一起吃过饭。

想想真是奇怪的缘分，没有太多的交流，没有过多的接触，刚刚认识，便给予了如此的信任，工程合同顺利签订，款项也及时支付。所幸，他的那些关心与付出，因为质朴而显得平淡，这份朴素到极致的温暖，使她对人性、对生活都增添了很多的热爱。没有酒桌上的觥筹交错，没有金钱与权力的交换，没有世俗的欲望的驱使，一切都那么自然，那么默契。也许两人都是心思细腻心地善良的人，都是喜欢安静的个性，都有着对诗词对文字的热爱，才使他们相识，彼此无须客套无须表白。也因为都是喜欢安静的人，所以彼此的交流只能通过短信这种无声的语言，是怕一次唐突的电话或者一个热闹的饭局，会惊扰了这种静谧美好的氛围吧。因为施工的业务来往，她无数次地请过客，也无数次地被人请过，然而与文队长，似乎有了某种约定，从来没有想过酒桌上的应酬，却依然合作顺利。以前她没有接触过部队，也没有接触过军人，在她的印象中，对军人总是有种成见，感觉他们豪放有余，细心不足，也向来都是敬而远之。而与文队长的接触中，他的低调谦和、沉静好学以及严谨自律，让她对军人有了新的认识，对军营有了一种向往和情结。

"独上江楼思悄然，月光如水水如天。"鲁迅曾经说过，人生得一知己足矣，斯世当以同怀视之。所谓朋友，其实无须朝夕相处耳鬓厮磨，有时也许仅仅需要节日的一句暖暖的问候吧。

(原载《阳光》2013 年第 7 期)

半缘修道半缘君

子夜,秋日的雨绵绵密密。她独对电脑,心绪亦如秋雨般缠绵。这深深的雨夜,她了无睡意,在等一个人,或者说,在等一个闪烁的头像。寂静的夜里,唯有敲击键盘的声音噼里啪啦落在心头。眼泪,就不由自主落下来了。突然记起他的话:"以后不要发这种图片了,我见不得女孩子流泪。"他的话,一声声敲打着她的心。那时的她多么幸福啊,每天都会看到他,他很忙,总是三言两语,却软软的,抚慰着她的心。她发给他图片,一个清秀的女孩,泪眼婆娑,伏在爱人肩膀说"我想你了"。那个女孩就是她啊,就是沉浸在思念中痴情的少女。他不忍心看一个图片中女子的泪水,又怎会舍得让她流泪?

她在等他,他很忙,总是在夜深人静时端一杯茶,送一个拥抱。于是她便耐心地等,等着他午夜出现,不为别的,只为一杯清茶、一个拥抱。原本她对医生是不感兴趣的,更不懂得医学,可是近来她如饥似渴,恶补医学知识,为的是更深入地接近他、更懂他。爱屋及乌,说的就是这个道理吧。女孩子对一个男子动心,必是从崇拜开始的。她与他,始自何时?

她是一个安静的女孩,表面波澜不惊,内心却情感丰富、心思细腻。在她很小的时候,父亲就去世了,她随着母亲生活。母亲是一家事业单位的会计,一个人含辛茹苦供养她上完大学,参加工作。虽然母亲非常宠爱她,甚至因为怕她受委屈，一直不肯再嫁，但是她的心里，却始终有种孤单落寞的感觉。

她二十六岁，是一名银行职员。一个女孩子，只要不是长得太难看，身边都不会缺少欣赏、追求的目光，何况像她这样一个风姿绰约、气质娴静，又有着不错收入的女孩。但是，面对那么多青春面孔和热辣辣的目光，也许是因为母亲的宠爱，也许是内心的孤傲，也许是与同龄人相比的早熟，她却始终心如止水，波澜不惊。也许她就像那个睡美人，在情感的世界中，始终静静地眠着，等待那个梦中的王子吧。时间久了，朋友们都戏称她冷美人。没人会想到，当喜欢的人出现时，她这样一个安静的女孩子，内心久贮的情感居然洪流般喷涌而出，无法自抑。

与他相识，是一个偶然。那天，她陪一位同学去医院看病，同学因感冒患了急性肺炎，挂的是专家门诊，接诊的是一位男医生，有着好听的声音、亲切的笑容，气度儒雅，高大俊朗，一副邻家哥哥的样子。两个女孩子对视了一眼，悄悄吐了吐舌头，在她们心里，专家应该是叔叔阿姨甚至爷爷奶奶的样子，没想到居然会有这么年轻的专家。只瞥了一眼，她的心就无来由地扑通通狂跳起来。他看了她一眼，礼貌地冲她点点头，示意她坐下。她的脸刹那红透了，嗫嚅着说："我是来陪同学看病的。"她不知道，一向沉稳的自己，怎么会一下子乱了分寸。同学惊奇地看了她一眼，意味深长。

她渴望看到他，期待有机会与他在一起，于是总会很殷勤地记着同学就医的日子，每一次都相伴左右陪同去医院。专家果然不虚，虽然年轻，却医术精湛，同学的肺炎很快痊愈了。此时三个人俨然成了相熟的朋友，为表达谢意，同学邀请医生一起吃饭。她觉得自己像一朵花，酝酿了很久，瞬时间想要灿然开放。为了这个晚上，她似乎已经等待了很久很久。她去买了漂亮的手提包、风情的长裙，新做了发型，仿佛一朵花，妖妖娆娆地盛开，心底早已是暗香浮动。没有想到，那天晚上，气度不凡的医生居然带了一个五六岁的小姑娘来，而且反客为主，为她们点菜买单。他告诉她们俩，他三十二岁了，妻子也曾是一名医生，两个人是高中同窗，可谓青梅竹马，两小无猜。不幸的是，在孩子一岁多时，一场车祸夺去了妻子如花盛开的生命。他不愿意让孩子受委屈，更忘不了与妻子多年来虽并非轰轰烈烈却也是刻骨铭心的感情。就这样，他一个人把孩子带大，好在他是医生，比一般的父亲更懂得照顾孩子。因为不舍得孩子自己在家，所以下班后直接从幼儿园接了过来。小姑娘长得白白净净，精致而乖巧，很有礼貌地叫了两声阿姨，一看就是个家教良好的孩子。医生看女儿的眼神专注而安详，有掩饰不住的娇宠和溺爱。她和同学对望了一眼，恍惚间，想起了儿时的自己，想到了记忆中那个遥远而模糊的父亲的身影。这一刻，她仿佛看到了内心那个忧郁深邃而细腻柔软的自己。

他是聪明的，隐约读懂了她的心，于是，不动声色地以这样一种方式婉拒，因为他不愿意耽误这样一个清纯女孩的未来。可是她，却越发深陷了进去。她对他，从起初的喜欢、崇拜，到最后成了依恋、思念。每晚，她都要上来看看他，看看他的女儿，等待着那个头像亮起。而他，始终礼貌而客气，保持着距离。她却始终不肯放弃，在他的身上，她看到了父亲的影子，而那个乖巧的小女孩，像极了她小时候的样子。

机缘终于来了，金秋十月，阳光晴好，他去岛城培训学习。那天晚上，她给他留言，第二天要出差去他所在的城市，让他去接她。下了长途车，远远地，她看到他的那辆车早已在车站出口静静地等候。他开车带着她从海边驶过，从小生长在海边、看惯了蓝色海浪的她惊奇地发现，眼前拍岸而来的，居然真的是"白浪逐沙滩"。碧蓝的海水，白色的浪花，晴朗的天空，安静的海边，两个人如同孩子，迅速下了车，向海边走去。脚下的沙滩如此地松软、干净，正是涨潮，风很大，白色的海浪扑面而来，雄浑却又温柔。此时，她好想在这海的怀抱里，在这松软的沙滩上漫步、依偎。不知不觉中，轻轻地，他牵了她的手，慢慢向海边走去。她感觉到了，心怦然剧烈跳动起来，心里的幸福瞬间如花儿般绽放。那个稳健沉着、风度翩翩的他，此时竟也有一丝羞涩，而这，最能打动她的心。很默契地，两个人牵手在海滩漫步。风很大，吹起了她的长发，他低下头，用身体为她遮挡呼啸的海风，小心翼翼地为她梳理头发，她抬眼看去，看到他那双温柔的眸子里满是爱怜。她突然想起张爱玲的一句话：见了他，她变得很低很低，低到尘埃里，但她心里是欢喜的，从尘埃里开出花来。高傲如张爱玲，在所爱的男人面前的姿态，之前的她是不屑的，甚至嘲笑张的痴情。可是现在的她，比张爱玲还要低，她是如此迷恋和崇拜眼前这个人。她是如此喜欢他，他的有血有肉、有情有义，他的高大俊朗，他的父亲般的柔情。从那以后，她的心有了归宿，她愿意为这个男人默默守候，静静地为他等待，包括等待他那个娇弱可爱的女儿。

他们一起吃了午饭,餐桌上,两个人都不说话,一顿饭吃得很沉闷。然后他驱车把她送到要去开会的地方,微笑,挥手,道别。他目送着她远去,她没有转身,却能感觉到身后灼热的目光。回来以后,几乎没有了他的消息。她在网上等着他,期待他会突然出来,给她一个拥抱。晚上她不敢睡觉,清晨早早醒来,打开电脑,希望出现奇迹,生怕错过了他的消息。每次手机铃声响起,她都希望那是他的电话,或者一个短信。可是,什么也没有发生。也许他很忙,也许他无暇顾及。她想让自己忙碌,可是脑海里无时不是他的影子。她去他的博客,读他的文章,看他和女儿的照片。打开他的博客、看到他的文章时,她的心剧烈跳动,眼泪不由自主流下来。原来,他一直在犹豫,那些时光与俗世的生活横亘在他们面前,他与她无法跨越,他不愿意让她这个单纯善良的女孩子以这样的形式迈进婚姻的门槛。他想慢慢疏远她,让她忘了自己,去寻找一份简单纯净的感情。可是她知道,自己已经无可救药,他,已经深深刻在她的心里。也许成长的过程中,至少有一次,会为了某个人丢掉矜持,放下自尊,毁掉自己的全部原则吧。

爱,原来如此折磨。她的安静她的清高呢?在他的面前,一切都失去了意义。取次花丛懒回顾,半缘修道半缘君。她的人生,从此尘埃落定。

(原载《山东工人报》2014 年 5 月 27 日)

浓抹山川写性灵

莱州人杰地灵，物产丰饶，曾治州府。提起莱州知府，人们常会联想到与王羲之齐名的"北方书圣"——光州刺史郑道昭，以及宰相之子、宋代著名女词人李清照之夫、《金石录》的作者赵明诚。

然而很少有人记得，莱州历任知府中，还有一位袁枚曾极力推崇的乾嘉时代性灵派著名诗人张问陶。

张问陶（1764—1814），清代官员，著名诗人，书画家。字仲冶，一字柳门；因其故乡四川遂宁城郊有一座孤绝秀美的小山，形如船，名船山，便自号船山，也称"老船"；因善画猿，亦自号"蜀山老猿"。他被誉为清代"蜀中诗人之冠"，乾隆五十五年（1790）中进士，曾任翰林院检讨、江南道监察御史、吏部郎中。后出任山东莱州知府，因违背上官意志，辞官居吴县（今苏州）虎丘。

张问陶自幼受家庭熏陶，在其父直接教导下，与兄问安、弟问莱发愤攻读，家中出现了世界诗坛罕见的"三兄弟三妯娌诗人"，即张问陶及其兄问安、弟问莱、嫂陈慧殊、妻林韵徵、弟妇杨古雪均是诗人。张问陶饱览群书，博研名画，勤学苦练，少年时即展露才华，被誉为"青莲再世"。

嘉庆十五年（1810）七月，张问陶出任山东莱州知府。张问陶赴任后，即跋山涉水，深入所辖七邑了解民情，并清理积案，考试童生，奖掖后进。

他为官清正廉明，审理案件及时，且不徇情枉法，因而深得民心。其断案所下判词，简切透辟，被后人奉为典范，曾多次编选印行。莱州辖区掖县、即墨两县农业减产，平度、昌邑、高密、潍县、胶州五州县遭严重水灾，村落萧条，民生困苦，张问陶面对这般现实，痛如切肤。他据实上报，请予减免缓交税租，并发放积谷，以赈济饥民。因为此事，爱民如子、正直耿介的张问陶与上官意见不合，因此辞官归隐，两年后郁郁而终。

嘉庆十七年（1812）三月，张问陶以生病为由辞去莱州知府之职，行前，他牵挂莱州百姓歉收，民有饥馑，便将自己多年积蓄捐谷七百石赈济七个州县的饥民。他上辞呈后曾写诗自述："二十三年指一弹，非才早愧不胜官。……云衣久已轻如叶，虎背抽身也不难。"离开莱州时，他又写诗自白："绝口不谈官里事，头衔重整旧诗狂。"这些诗句反映了他对官场生活的愤懑和沉重的心情。他在《平度昌邑道中感事》中写道："天意苍茫地苦贫，救荒无策愧临民。辞官也作飘零计，忏尔流亡一郡人。"真是寄情于民了。到吴门时，他病情加重，便留虎丘寓所，自号"药庵退守"。五十一岁的张问陶心念百姓而无能为力，积劳成疾，医治无效，于嘉庆十九年在苏州寓所去世。张问陶去世时，家境贫寒，三个尚未出阁的女儿无力扶灵柩回乡，一年后得鲍勋茂（字树堂）太仆等人资助，才归葬于故乡四川两河口祖茔。他一生两袖清风，却英年早逝，令人扼腕叹息。张问陶不仅政绩卓著、为官清明，而且才华横溢、成绩斐然，是著名的诗人、书画家，曾著诗集《船山诗草》。

张问陶主张诗歌应写性情、有个性。他的诗论与性灵说相吻合，为袁枚所称赏，成为嘉庆时期性灵派之大家，与乾隆时期性灵派的代表人物袁枚、赵翼鼎足而立。袁枚晚年因洪亮吉的推荐与张问陶相识，后对其大加赞赏，极力推崇："吾年近八十，可以死；所以不死者，以足下所云张君诗犹未见耳！"袁枚视船山为生平"第一"知己，可见船山之才非同一般。

对于诗歌的审美特征，袁枚的性灵说要求灵活、有生趣、风趣，张问陶则主张空灵、有真趣，二者颇为接近，但亦有区别。张问陶主张写诗要"浓抹山川写性灵"。他重"空灵"，内涵要广，不仅要求意象灵动，而且追求意境深、韵味长，是一种至高境界，故又称"诗到空灵艺始成"（《孟津县寄陈理堂》）。

张问陶在文学上表现出的不循陈俗、卓然峭拔的思想和在艺术上的探求精神,以及其一身正气两袖清风的品德,奠定了他在中国思想界、文化界举足轻重的地位。正如巴蜀文化研究专家、四川大学的彭静中先生所说:"综观船山行藏,他立德、立功、立言,是一位三不朽的杰出人物,他的高风亮节,永远为全国人民尤其是四川人民所爱戴和景仰。"

(原载《齐鲁晚报》2014年12月26日)

文字的天空

此时是凌晨四点,太阳还在梦中,月亮也已疲惫地闭上了眼睛。世界是静谧的,在床上辗转反侧,想要举头遥望明月,突然发现,虽然是阴历六月十五的夜晚,天空却黯淡得没有一丝光芒。终于了悟:这应该就是黎明前的黑暗吧。总是忙忙碌碌,总是忽略了生活中很多的风景和细节,原来真的是处处留心皆学问,人情练达亦文章。

参加笔会回来已二十天,一直想写点什么,却总是没有时间和心情。写字是要用心的,需要安静的空间和沉静的心情,可是每日奔波于生计,忙于琐碎的生活,始终无法静下心把自己的思想记录和表达出来。

昨天上午,收到《人民日报》美术编审,文化部中国文化产业专项基金会秘书长,《中华文艺家》杂志主编,著名诗人、画家王耀东先生给我寄来的邮件。感动之余想到,这是自参加笔会归来,收到的第几封邮件和第几次问候了?

这次参加笔会,选在"先天下之忧而忧,后天下之乐而乐"的范公故里邹平,入住的"黛溪山庄"是一家依山傍水的四星级宾馆,远山如黛,近水微澜,空气清新,景色秀美。此次笔会,由中国书画家联谊会、《作家报》、《中国书画家报》联合举办,会议主题为"庆祝中国共产党建党九十周年全国书画百杰精品大奖赛暨全国文学艺术大奖赛颁奖庆典",与会人员可称得上群星璀璨、名家荟萃。我，一个初出茅庐的文学爱好者，作为征文比赛散文组银奖获得者，有幸参加此次盛会，也因此得以结识了许多国内国际知名的画家、书法家、作家、诗人，认识了许多文艺界前辈，得到了许多的关注与关心，如著名军旅作家、《闪闪的红星》作者李心田，文化部中国文化产业专项基金会秘书长王耀东，全国人大常委会文员、中国政法大学教授夏家骏等。第一次与名人零距离接触，感觉却是那么自然亲切，也许是共同的爱好消弭了彼此年龄与身份的差别，似乎大家早已是相识经年已有默契的朋友。回来之后，重新回到现实的琐屑中，感觉一切又开始渐行渐远。然而没想到的是，一个名不见经传的小作者，却没有被前辈们遗忘。每天晚上回家，打开电脑，邮箱里总是躺着几封邮件，有问候，有传送的照片，有约稿的信函。《霸州文苑》主编于其超先生，《科技信息报》主编笑琰及荣膺"中国十大书画名家"的著名画家、书法家王耀东先生对我的文字点评指导；香港泉州同乡会秘书长黄仲璇先生等传来合影照片；被称为"中华一枝梅"的南京名人艺术研究院院长、南京国际梅花书画院院长蒋义海先生寄来他亲笔签名的诗集《蒋义海咏梅诗三百首》；著名戏剧表演艺术家马义文先生及文友平原君等也分别打来电话或发送邮件问候。

　　自从下岗后，曾经的诗情画意被生活磨砺得粗糙愚钝，早已失去了写作的灵性与心情。而自从去年莱州作协创立，久违的文字才慢慢涌上心头，再次拾笔，那些艰难与痛苦的过往反而成了一笔财富，使我的文字不再只是风花雪月，而有了些许思考与沉淀。因为有了作协这个平台，我的内心重新变得充实而丰盈，心中的歌化为文字倾泻而出，有二十余篇诗歌散文先后被广播电台、报刊等采用。尤其令人欣慰的是，我写的几篇散文得到了作协主席杨黎明先生的认可和鼓励，他还亲自为我撰写了文学评论，这样的感动和激励，是无法用文字来表达的。

　　"日月之行，若出其中；星汉灿烂，若出其里。"这是曹操的名篇《观沧海》中的两句。其实自文字出现以来，有太多的俊彦英才、将相名士，乃至黎民百姓都从这片浩瀚大海中找到了人生的归属和答案，从中汲取到智慧的光芒和解脱，寻找到自己的未来和希望。

　　不由想起毕业时同学赠我的一首诗：荡起心中的激情，用你犀利的笔触弹叩心灵的琴弦，使生活的颤音流淌于指尖。愿将来的文坛升起一颗星，一颗或许我不陌生的"星"！

"两句三年得，一吟双泪流。"文字的天空，群星灿烂。希望有一天，我也能成为一颗小小的闪烁的星星，在璀璨星河发出一点微弱的光芒，为这个世界增添一点光明。

（原载《青海湖》2011年第11期）

文学正道是沧桑

台湾诗人余光中有句名言：天下的一切都是忙出来的，唯有文化，是闲出来的。这话的深意是，文化的内核应该是安静从容的，追求速度的结果是速朽，放下功利心，方能留下精品。

在网络化的今天，我们已经进入一个全民写作的时代，尤其是散文写作。在一般人看来，散文似乎是最容易写的文本，因此，散文题材也是包罗万象、内容芜杂，如游记散文、小女子散文、随笔散文、大文化散文等等，散文创作似乎进入了空前繁荣的状态。然而散文易写而难工，很多散文题材不够广泛，格局不够宏大，随意性太强。或者没有筋骨，只有血肉，像一个懒散的人，东倒西歪；或者逻辑混乱，没有章法，仿佛一个小脚老太太唾星乱溅，絮絮叨叨，而终不知其意。

高尔基说过，文学即人学。文学就是写人性的，文字只是个外壳，思想和底蕴才是风骨。文字所承载的使命是警示世人、启迪后人、传承文化，而非宣泄自己，一味表达小我。小说是写别人的，散文是写自己的。要写出好的散文，作者就要具有心怀天下的胸襟、包容万物的气度，能够给人带来正能量，让人感觉温暖和滋润。

有的人是天生为文字而生的，而大多数作者要靠生活、积累以及才华和后天的修炼。除了极少一部分作家属于前者之外，包括很多知名作家在内的大多数写作者都属于后者。他们要想成为成功的作家，更需要勤奋和悟性，需要不断学习，做好后天的知识储备，提升境界格局。真正的好文字是行云流水，而不是刻意雕琢出的。行云流水的文字，都是内心情感的自然流露，尤其是散文。散文的意境，最能体现出作者自身的气度、学养、阅历、性情。

汤显祖把世界划分成了两个天下："有情之天下"和"有法之天下"。这是两个完全不同的世界，有着完全不同的两种生命，几百年前是这样，几百年后也仍然如此。那个"有情之天下"，就在身体之中，在肉身的生命深处，与其同在，不可剥离，亦无从背叛。文字的使命，就是弘扬有情天下的真善美，抨击心灵深处的假恶丑，教化育人，已达到有法天下的向善、理性。散文，有足够的宽度来承担这种责任。

文字是有生命的，温婉的文字代表着美好，粗俗的语言则凸显出丑陋。每个真正爱好文学的人，都应该有一颗敬畏文字的心，小心翼翼，善待文字，让她温暖而美好。因此，不要亵渎文字，不要用粗鄙的语言破坏那份圣洁的美。

芸芸众生，总要情态各异。文学不仅关乎观念和美学问题，更不仅涉及方法和技巧问题，还有作家的问题、时代背景的问题、潜在文化结构问题。文字是有时代性的，不同时期有不同的文字。鲁迅在《新青年》发表的"随感录"、陈独秀《敬告青年》中的"以自我为中心"、李大钊《〈晨钟〉之使命》中的"自我觉醒之绝叫"，都是迎合新思想的表现；20世纪二三十年代的作家喜欢谈身边琐事，借小事表现人生的大课题；五六十年代的散文，取材多着眼于国家大事，喜欢从时代激荡的浪花中显现时代风貌；80年代后更趋于抒情、个性书写和内心表达；90年代末期更私人化，更偏向于偶感录和个人成长。这些创作特征，和时代判断、知识分子的生存状态有极大关联。

1921年周作人以《美文》一文促成了现代散文观和散文理论的形成，即散文既要有艺术性，更要有思想性，所谓文以载道。

真正的好文章要追求情浓而意美，要符合艺术发展的规律，做到德、识、才、艺的较好融合，能够达到高层次美学境界与精神理想的统一。创作者要开阔视野,提高社会责任感,既要有丰厚的文化底蕴,更要有恢宏的气度。人间正道是沧桑,这才是文学的意旨所在。

(原载《文艺报》2016 年 7 月 29 日)

扇上桃花

一

岔里新庄,一个俗得不能再俗的名字,却是奶奶家所在的小山村。

小时候,父母各自忙工作,无暇顾及多病的我,便将我寄养在了岔里新庄的奶奶家。

大概是因为在奶奶家吃饭和睡觉都有规律,也可能是老家四周麦地环绕,空气新鲜,阳光充足,最重要的是奶奶一家的精心呵护,我个儿长高了,人也胖了、晒黑了,不再是过去那根病恹恹的"豆芽菜"。从家的温室到出门触手可及的大自然,我脱胎换骨了。

岔里新庄村子不大,总共七八十户人家。沿着四通八达的田埂,有好几条路通往村庄各处,奶奶家住在村东头。

岔里新庄有一个"大人物",他叫杨四海,是乡电影放映站的放映员。当他骑着一辆"大金鹿"自行车,车后架上捆绑着放电影的家什,穿过麦香弥漫的田埂时,包括我在内的孩子们,仿佛听见了镶着黑边的白色幕布上簌簌抖落的笑声，早已经成群结队地站在村口等他了。他看见我们，骗腿下了车，推着车子走，我们则簇拥着他，有人卖力地在后头帮他推车子，前呼后拥地进了村。他那时受欢迎的程度，不亚于今天的狂热"粉丝"见到了自己崇拜的明星。这也难怪，那时精神娱乐匮乏，整个村子没有一台电视机，杨四海像一个奇迹似的出现在田埂上，为我们打开了外面的世界，将我们的视野延伸到了村庄外的人和事。

岔里新庄的露天电影院在奶奶家的围墙外头，这似乎有些象征意味。在那个年代的乡村，每个独门独院的人家，都是一个相对封闭独立的社会个体和经济单元。奶奶一家日子过得安静，除了鸡鸣和狗吠平平仄仄地越过不高的围墙外，听不见其他动静。不像有的人家，拌嘴吵架撒泼，哭着喊着上吊喝药，各种声音一股脑地集结在正方形的院中，原原本本地附着在炊烟上，被一阵风吹拂，便刮进了所有人的耳中。饶是如此，墙内安静墙外热闹，露天电影一直诱惑着岔里新庄的大人孩子们，他们敞开门，走出家，不由自主地追随幕布里的人笑着哭着。一个个封闭和独立的空间被打破了，心灵的藩篱都已经被拆除了，现实中冷冰冰的围墙还有何意义？正是黑夜中星空下的露天电影成功地做到了这一切。

露天电影院其实是一个晒麦场，这也是岔里新庄唯一的晒麦场。小麦玉米黄豆芝麻谷子，这些土生土长的粮食，都无比热爱干净，不喜欢小石子和泥土混迹在它们中间，那样会让无比热爱粮食的人们吃了牙碜，硌了他们正愉悦咀嚼的牙齿，让他们或狼吞虎咽或细嚼慢咽的生活像触礁似的兴致大减。因此，这块全村最平坦最规整的土地，在用作晒麦场前，必须由壮实劳力拉着沉重的碌碡，或用牲口拉着碌碡，轰隆轰隆一遍又一遍地滚过，像脾气最暴烈的雷掠过大地。这样经过了九九八十一遍，反反复复地压实了，让土地成为坚硬细密的一个整体。即使雨水从天而降，土地那无懈可击的凝聚力，也会让自以为是的水束手无策。经受住了最能分解身体的水的考验，风和阳光等就更不在话下了，这些只会让土地更加紧致团结。那些堆金絮玉般的粮食，宾至如归地躺在土地宽广的胸怀中，是那么熨帖，那么舒服，那么轻松。它们惊喜地发现，这就是它们最舒适的眠床，它们就是这张床的主人。当被人们清扫入仓时，它们恋恋不舍，却不带走一粒石子和一丝泥土。

在这片晒麦场北面的边缘上，隔开一顶幕布的距离，竖立起两根大腿粗的木棒。它们经过了精挑细选，都是最笔直结实的松木，又经过千锤百砸，深深地栽入了土地。在岔里新庄这样一个平静的小山村，还没有足够大的风能够将它们拦腰刮断。马扎、板凳、小椅子，它们有着形形色色的面孔和表情，就像岔里新庄人一家一户的生活，乍一看有些混乱，久了就看顺眼了。天渐渐地黑了，马扎、板凳、小椅子上坐满了人，黑压压的一片，衬得夜越发黑了。几管旱烟袋忽闪着红通通的眼睛，伴着几声竭力压抑却克制不住的咳嗽声，电影开始放映了。

是《桃花扇》。幼小的我依偎在奶奶怀里，隐匿在暗黑如石的人海中，追随着黑白故事的推进，不漏掉每一句对白、每一个表情、每一个动作。那些穿插其中的昆曲唱腔，是最美的桃花，在黑夜中嘹亮地粲然绽放。而在我看来，它们更像一顶顶蒲公英的小伞，被温暖的春风一吹，仿佛得到了怂恿或鼓舞，纷纷扬扬地张开翅膀，飞上空旷静谧的天空，变作眨着眼睛的繁星。当然，每一顶小伞上头都载着我渺小的心愿，化为星星又细又长的睫毛……

临近终场，当侯方域千寻万觅地找到失散多时的李香君时，本是一个欢欢喜喜厮守终生的大团圆结局，但当侯方域脱下斗篷，露出了改朝换代的官服，也就显露出了自己的真实面目。香君怒撕桃花扇，从此与侯方域情断义绝，天涯陌路。岔里新庄最有学问的人、读过私塾的二爷爷坐在我旁边捶胸顿足，从鼻子里重重地哼了一声，骂道："这个没骨气的文人！"我当时尚小，不懂二爷爷这句话的含义，但看得出一贯温和亲切的他此刻是真的生气了。我只是觉得，可惜了那么一把美丽的桃花扇。如果说还有别的感受，那就是电影中出现的桃花场景太少了，远不如岔里新庄村南石门山上的桃花，那桃花像一片红云，好看极了。

二

岔里新庄往南五里路，有一座矮矮的土山，叫石门山。再矮的山也是山，也有属于自己的脊梁和骨骼，不同于一马平川的平原。在老家的日子里，三叔带我爬过几次石门山，一般都是春天去。石门山最有特色的是那里的桃花，春天如期来到人间，桃花、杏花、梨花竞相开放，粉面红腮的桃花无疑是春天的扉页。从山底到山顶，一棵棵桃树摩肩接踵，亲密无间，却谁都不妨碍谁，谁都不影响谁。树如此，花亦如此，一朵朵自言自语着打开了自己，每一朵都是一个独立的春天，攒聚在一起，又是另一个盛大浩荡的春天。土山像被桃花的火焰烧红了，脚步踉跄，眼神迷离，就像村庄田埂上快速奔走的翠仙姑姑，她也同样两腮通红，双目含情……

若干年后，我才知道世上还有一座石门山，与《桃花扇》有着不解之缘。我开始怀疑，幼年在乡间与清风明月为伴，不谙世事的我听见乡亲们"石门山，石门山"地喊来喊去，那乡音是土得掉渣的，也许他们喊的是另一个名字，但在我就听成了"石门山"。从来没有一个人在我幼嫩的小小掌心里，一笔一画写下这三个字，使它们成为我发蒙的起点。后来，验证对错变得易如反掌，我却懒得去问去查了。也许在我的心里，一直相信和希望它就是石门山，与数百公里之遥的那座石门山，有着精神气质上的融合与贯通。那是一个人的原乡，也是一部传奇的上游。

我也终于离开有奶奶呵护照料的老家，回到父母身边，开始求学时光。及至上了高中，读了《桃花扇》原著，才恍然大悟，幼年时看过的电影《桃花扇》，在结尾跟我开了一个大大的玩笑。原著中写到扬州沦陷之后，弘光皇帝带着马士英逃离金陵，李香君趁乱逃出皇宫，上了栖霞山。侯方域重回金陵寻找李香君，拿着桃花扇追上了栖霞山。在张道士的道观里面，一对乱世才子佳人终于见面了。他们俩本想好好地叙叙旧情，但张道士看见侯方域拿着桃花扇，骂他们俩说，国破家亡之时你们还有闲心谈情说爱，一气之下撕了桃花扇，最后二人双双出家入道。

桃花扇的确是被挟带着愤怒撕掉了，却不是被侯方域最心爱的人亲手撕的。侯方域也没有易志变节，在那个新朝廷出仕为官。当此乱世，何去何从成为痛苦而艰难的选择，苦海天涯，回头岸已被激流淹没。出家入道虽为遁世之举，却不失为苟活于乱世，从而保全自己清名乃至清白的不二之路。

这仍然不是花好月圆式的大团圆结局，但比起电影的结尾，已足以令我接受并喟叹不已了。

三

我已记不清自己去过几次曲阜了。父母领我去过，我与同学去过，我一个人也去过。这座抑扬顿挫在《论语》中的东方圣城，仿佛从城里到城外都散发着一种迷迭香的气息。这气息浓烈而神秘，深邃而持久，像无边黑夜中的一盏明灯，诱惑着我化作一只执着的飞蛾，义无反顾地扑投其中。

但在领略了孔府和孔庙的庄严、壮观、恢宏和浩荡之后，我一直从内心里拒绝孔林、排斥孔林。每一次，不知不觉地被脚步牵引着，来到孔林神道的这端，望向那端的二林门，我最后都会止步，转身原路返回。浸淫过齐鲁文化，我当然清楚"林"的准确含义。小时候常听说李家朱家的林地，使我在成长中已渐渐地洞悉了它的指向和含义。独木不成林，孔林中当然会站立着形形色色的树木，是它们以不一样的姿态和面目，构成了偌大一片林子。当然，这林子还代表了一个家族和他们最亲近的人躺在泥土之下最后的睡姿。不必讳莫如深了，我说的是死，就是死亡。而我是怕死的，这更多的是我自己的心理在作祟。我怕去任何与死有关的地方，怕触及任何与死有关的话题，怕看见任何与死有关的场景。更何况孔林这么大一块地方，据说它是世界上最大的坟地，既是公墓——属于整个孔氏家族的公共坟地，又是私墓——单单属于孔氏家族的私有坟地。在我想象中，林中没有道路，荒草疯长，每一座坟都有一片树荫庇着。这样想着，我愈加怕了，我怕自己进去后，抬足落脚之间，都会踩痛一个名字、一个灵魂、一段历史，他们也会呻吟、战栗、疼痛，像藤蔓一样紧紧地缠住我的腿脚，让我抽身不得，坐以待毙……

其实，我想去看看他。看露天电影《桃花扇》时，我并不想；读过《桃花扇》原著后，我却强烈地想。这念头像一粒种子，埋在我心底，我尝试着忽略它、遗忘它。我是做到了，它自己却拒绝不了发芽和生长，直至我妥协了，认可了。

于是，多年之后，在我自认为有足够的勇气和胆量独自进入孔林，一个人安安静静坦然面对和接受它所呈现的一切时，我又一次来到了曲阜。

这一次，我不为孔府，也不为孔庙，只为了孔林。准确地说，只为了他。我想亲眼看看这个将桃花扇上的故事写得缠绵悱恻、荡气回肠的人，是怎样安妥他最后睡姿的。我甚至心怀侥幸地想着能循他最后潦倒落魄的足迹，捕捉一缕他最后的叹息，浇灌那抹扇上永不凋谢的桃花。

四

我终于走上了那条神道。

青石板路算不上平坦，就像他一生的路。两旁的柏树面目沧桑，姿态各异，都落满了经年风霜、陈年月色、前朝往事，栖满了一茬又一茬倦鸟，它们或清脆或喑哑的歌声，远远近近地回响在岁月深处。这些树从被栽到这儿就再也没动过，它们当然居高临下地看见过他貌不惊人地站在祭祖的人流中，也曾张开伞盖为烈日和暴雨下踽踽独行的他遮阳挡雨，更曾依依难舍地目送他最后一次进入二林门。没有比树更长寿的人，他也不例外，但他却找到了比树更长寿的存在方式。只要这世间还有人，他那抹开在扇上的桃花，便会永远被人阅读和重温。从这个意义上说，深埋和附着在自己文字里的他，才是一朵桃花皈依的春天。

进得二林门，路边立有导游牌。大概是想看他的心太急切了，我没问谁，也未加分辨，只看路牌上指示向右，就在第一个路口往右拐去。各种叫不出名字的野草高可及膝，偶尔有几朵紫的、红的小花，像一张张小脸扑闪在草间，环绕着一两座坟茔。约走了一里路，我觉得不像正途，急忙转身近乎小跑地返回路口。问售货亭中的人，她伸手一指，我便顺着她手指的方向寻去。寻寻觅觅，不知过了多久，终于看到两尊簇新的华表分列两旁，进去，两边对应站着翁仲、石马、石羊和石虎。我心里一喜，这是售货员手指的方向，想必就是这里了。在我心里，多高的规格和礼仪、多大的祭坛和荣耀，他都配得上。只是，我想得太天真了，沿着甬道走到近前，才看见碑上刻的不是他的名字，细看旁边的人物生平，原来是孔氏家族史上一位有中兴意义的先祖。如此说来，华表、甬道、翁仲和石马这些代表身份的祭仪，却不是人人都能享有的了。我怏怏而退，走至半路，碰到几个游客，向他们打听，他们蛮有把握地指向我的身后，说就在那儿，我们刚看过。我真的有些糊涂了，或许我没说清要看的是谁，大概即使说清了他们同样也是糊涂的，或者说他们干脆不知道或不了解他。但是我相信了他们，转身原路返回，绕来绕去，竟然又回到了那位孔氏先祖墓前。我感到有些沮丧，疲惫通过双脚传遍了我周身，我觉得自己此刻正站在一座迷宫当中，一座时间和空间经纬交织困我如兽的迷宫。

重新上路，对准二林门，一直向前。这是直觉替我找出的路，有人说女人的直觉总是敏锐的，当没有什么能够相信时，我只能相信自己的直觉了。此刻，即使不相信直觉也别无他法，向右不是，向左是看望孔老夫子的路，只剩下中间这一条路了。继续向前，走着走着又遇到了新问题：青石板的大路一路向前，却另有一条泥土路蜿蜒向右，路上空无一人。踌躇一会儿，我再次请出了自己的直觉，它声音低沉地对我说，向——前！我不再犹豫。走了许久，路上依然无人，我又开始怀疑了，但双脚却像被冥冥中一股看不见的力量牵引着，沿着青石板一路向前。路两边都是荒草树林，不时有坟茔和牌坊、石像点缀其间，直觉告诉我它们都与他无关。终于，一辆敞篷的旅游观光车驶了过来，一向内向、不善言谈的我，鼓足勇气向司机打听，他目不斜视地答道，快到了，就在前头。司机日复一日地载着游客在孔林中奔跑，他说的话大抵是可信的。我攒足了力气，脚下一块块长方形青石板错落有致，像一个个安置得妥妥帖帖的汉字，我坚信它们终究会将我带到他的身边。我似乎真切地嗅到了他的气息，是桃花的气息，幼时我在老家的石门山上凑近嗅过，学生时代我纤细的手指拈过竖排的繁体文字时嗅过……

到了，到了，终于找到了，我看见他了。我是真的想不到，他竟然就安睡在青石板铺就的主路边，而我以为他应该长眠于青草和野花深处。相比孔府和孔庙，偌大的孔林是冷清而寂寞的。即使来到孔林，绝大多数人带着急功近利的脚步和按捺不住的心，都一窝蜂地投奔孔老夫子而去了。他们心怀各种各样的梦想与诉求，在孔老夫子面前敬献鲜花，纳头跪拜。他们口中念念有词，看上去有些神神秘秘，其实是在向孔老夫子祈祷和许愿，而这些基本都与那张灿烂的金榜有关。在他们眼中，这是孔老夫子分内能管和该管的事，他们相信心诚则灵，自己拜了，孔老夫子就会默默地保佑和帮助他们。他们热闹的脚步和浮躁的心，一般到不了他面前，个屡试不第的人给不了他们需要的希望和护佑。他们习惯于拜毕孔老夫子后，坐上观光车，一日看尽长安花似的奔跑在青石板路上。在随车导游的提醒下，他们偶尔也会在他面前停车，轻移脚步，潦草地与他对视一眼，然后争前恐后地上车，头也不回地扬长而去。因此，虽然他安睡在主路边，任何穿过青石板主路的车辆和行人都不可能错过他，但从早到晚，每天留意他的车辆和行人是有限的，他依然是冷清而寂寞的，就像他生前的大部分时光。

五

他叫孔尚任，曲阜湖上村人，孔子六十四代孙。

自汉高祖刘邦始，先后有十一位皇帝亲临曲阜祭孔，他们以"朝圣"的姿态和心情祭孔，在孔老夫子面前行三跪九叩之大礼。至于皇帝委派官员到曲阜致祭，据史书记载，更是达一百九十六次之多。

而孔老夫子本人，由"褒成宣尼公"到"文宣王""大成至圣文宣王"，直至"大成至圣先师"，已成为集大成的布衣至圣，天下帝王和读书人的老师与榜样。

这些尊崇而热烈的加冕和荣耀，是背负"野合而生"之名、出身贫贱的孔老夫子生前想都不敢想的。他老人家一生壮志未酬，心怀修身齐家治国平天下的伟大理想，奔波十四年，却无一位国君真正地接纳他，放心地任用他治理自己的国家，这让他有时陡生"丧家之犬"的喟叹。但他一茬又一茬地开枝散叶的子孙们却因为他，也因为他的学说，沐浴着皇恩的阳光甘露，成为历史上独一无二的贵族。

作为老夫子的嫡系后裔，孔尚任的血液中当然流淌着修身齐家治国平天下的基因，这是一代代孔氏子孙共同的印记。因此，尽管孔尚任多年隐没于乡野，却从没放弃过求功名、济天下的政治理想。像那个时代正宗的儒生一样，他也曾应试童子试成为诸生，也曾夙兴夜寐地苦读经书，但不得不承认，他没有学运抑或考运。他虽满腹经纶，写得一手锦绣文章，可是在关键的时候，那个看不见摸不着却左右和主宰着他命运的运气，却着着实实地给他开了一个残酷甚至残忍的玩笑。康熙十七年（1678）的秋天，三十一岁的孔尚任走出结庐苦读的石门山，兴冲冲地奔赴济南参加乡试。秋风秋雨愁煞人，秋雨和着人生的苦雨，不约而同地从天降临，浇灭了他熊熊燃烧的雄心壮志，他无缘由地落第了。三年后，一直对功名耿耿于怀的他，不甘心做一介白丁，卖尽靠近曲阜城边的良田，买了一个国子监生的"功名"。国子监是清代的最高学府，入此学习三载便有了"吏部议叙"当官的资格，但他因为是用钱捐纳的"例监生"，未经保举不准升转正途。这就像过去的孩子，嫡出还是庶出，决定了他（她）以后不同的命运走向。他走到这一步，有着千般万般的悲愤和无奈。身为孔氏子孙，老祖宗至圣和文圣的显赫声名给了他压力，同辈人相继及第同样给了他压力。说到底，还是孔氏家族自身延续的强大文化背景和价值取向带给他最大的压力。正道既然走不通，那就只能走走偏门。他放下了清高和孤傲，不顾族人和世人的冷眼与耻笑，卖掉了养家糊口的良田，捐纳一个虚名，只为有朝一日被人保举出仕为官，一展自己的宏图抱负。

这一次，他的运气不错，命运终于对他展颜一笑了。

康熙二十三年（1684）十一月，皇帝南巡后要到曲阜祭祀孔子，深知孔尚任学问的衍圣公孔毓圻推举其为御前讲经人。一介布衣能够亲眼看见皇帝，而且还要以孔氏子孙的身份当面为皇帝讲经，这在孔尚任看来是一件无比光宗耀祖的事情，也足以让他扬眉吐气，乃至心花怒放、受宠若惊了。

十七日，康熙皇帝在文武百官陪同下来到曲阜，孔尚任列于诸生中跪迎后，又匆匆赶回孔庙诗礼堂做第二天讲经的最后准备。

第二天，上午八时左右，康熙来到孔庙，向孔子像行三跪九叩的大礼后，便坐上诗礼堂御座，听孔尚任讲经。康熙端坐，孔尚任肃立，中间隔着御案，这大概是臣民与皇帝之间最近的距离了。在康熙的示意下，孔尚任侃侃而谈，诗礼堂前的麻雀不再叽叽喳喳地聒噪，而是排成一溜儿站在檐上，仿佛入定一样听着这个长衫男人中气充沛的讲经声。康熙满意地轻轻捻须颔首，儒家学说自孔子至今已两千多年，是他必然需要的统治工具，尊孔可以标榜和证明自己政权的正统，而像孔尚任这样的士子文人，更是为其加上了温情与仁慈的注解。

腊月初一，吏部的任命书飞驰至曲阜，授孔尚任为国子监博士。孔尚任终于等来了他人生中的贵人，而且是万人之上的皇帝，一纸诏书改变了他的命运。曾经的国子监"自费生",摇身一变成了一般必须是进士出身的国子监博士,潦倒书生的人生来了个乾坤大反转。

士为知己者死,孔尚任也不能免俗。感动之余,他形容自己与康熙的关系是"等君臣于父子"。这是中国古代文人的软肋,也是他们自开始认字读书便树立的志向。出世与入世,书斋与庙堂,文坛与官场,忠君与功名,他们人生的角色在其间转换着,人格渐渐地萎缩,直至蜕变为龙椅下的一只蝼蚁。

六

我常常想,如果没有《桃花扇》,孔尚任的仕途会有怎样的铺展和延伸?

但,历史只有因果,没有如果。

我仍然相信,依孔尚任的经历、见识和个性,《桃花扇》是迟早会出现的,《桃花扇》一出,所有的一切便注定覆水难收了。

如果说《桃花扇》最初是一颗桃核,那么,它的萌芽便是从孔尚任在桑梓读书时开始的。1644年三月,崇祯皇帝吊死在景山东麓那棵老槐树上,大明王朝终结了。但由老槐树向南分蘖出一根枝干,衍生出了在南京苟延残喘的南明王朝。四年后,孔尚任出生,此时距南明王朝覆灭仅三年,浮华已逝,风雅成空,一切却还历历在目。

孔尚任成年后接触过一些南明王朝官员,听他们口述南明的历史,他又想法设法地找各种史料去印证,第一次听说了李香君不肯改嫁、血溅桃花扇的故事。这颗桃核带着它时代的气息、特有的刚烈,萌芽了。

萌芽归萌芽,假如没有合适的气候,这瓣鹅黄的芽儿仍会在霜风剑雨的打击下夭折。恰逢合适的气候出现了,1680年,康熙重开明史馆,向全国宣布要修明史,以此来笼络汉族的知识分子。此时的康熙正是血气方刚的青年,三藩之乱平定在即,渐渐丰富的执政经验、逐步向好的局势,使他有了放手搏击的底气。五年后,台湾收复,大一统的格局形成,踌躇满志的康熙亲临曲阜祭孔,与大自己六岁的孔尚任迎面遇见,孔氏子孙的身份和儒家学说成为贯串这次相遇的主线。孔尚任被破格提拔为国子监博士没多久，就被朝廷委派跟随工部侍郎孙在丰南下扬州治理水患。扬州比邻南明王朝故都南京，《桃花扇》此时已长成茁壮小苗。孔尚任在扬州遍访明朝遗士，特别是时年七十八岁的冒襄与他一见如故。在南明时期的南京城，冒襄与后来《桃花扇》的男主人公侯方域等三人并称"四公子"，桃叶渡边的社集、雅宴，驱逐阮大铖的公揭，他都是参与者和亲历者。他还经常出入旧院，与众位名妓交情深厚，当然对《桃花扇》中男女主人公侯方域和李香君的悲欢离合，更是了然于心。与冒襄一个月的昼夜长谈，使孔尚任收获颇丰，对《桃花扇》最终长成一棵大树起到了重要作用。

孔尚任还在扬州实地考察，登梅花岭祭奠史可法衣冠冢，到南京瞻仰明孝陵，《桃花扇》在他脑海中渐渐根深叶茂起来。

1700年六月，孔尚任在增删十余载、两易其稿之后，写完了我们现在看到的第三稿《桃花扇》，一棵大树终于临风长成了。

次年正月，《桃花扇》首演，整个北京城争说李香君，连康熙也按捺不住，连夜差人索要剧本。三月，孔尚任升任广东户部员外郎，但上任没多久就被免职了。和那位"奉旨填词"的柳三变不一样的是，没有人跟他说是因何而被罢免，更没有一纸圣旨或一道口谕令他去"奉旨"干什么。他就那么不明不白地黯然离京，回到曲阜老家，终老于石门山中。

康熙罢了孔尚任的官，却不点明缘由，众说纷纭，大家都猜测是因为《桃花扇》。孔尚任被逐出了官场，但康熙却不公开禁《桃花扇》，这在文字狱登峰造极的清代，是不可思议的事情。我想主要是因为孔尚任与康熙的明史观有不谋而合之处，《桃花扇》否定南明王朝，反对魏忠贤，这些都与康熙的想法一致。"杀退流贼，安了百姓，替明朝报了大仇……"他在《桃花扇》中流露出的这种思想，也是康熙所需要的。康熙需要为清政权的合法性找到一个合理的解释，他到曲阜祭孔，到南京祭拜明太祖，写《祭明太祖文》，无一不是出于这种政治考量。说清朝"替明朝报了大仇"，就是在肯定清政权的合法性，从而承接上了明朝的政权，如此说来，康熙又怎么会去反对去禁呢？

但孔尚任毕竟是孔老夫子的后代，是儒家学说的衣钵传人，而康熙对汉族知识分子始终存有难以彻底放下的戒心，因此当《桃花扇》中出现史可法等抗清角色，更牵扯出血腥的扬州屠城时，则逆了康熙的龙鳞，犯了康熙的忌讳，这当然是他不能容忍的。政治家玩弄权术毕竟更高明，更不动声色。康熙罢了孔尚任的官,却对罢官缘由不置一词,给天下汉族知识分子传达的信号就是:你们都要小心一点,不要逾越了那条红线。有些历史像鲜润的伤口,是永远触摸不得的,更是永远不能乱说乱写的。而康熙也在这番颇费心机的运筹中,继续维护着他开明皇帝的颜面。

只是委屈和可怜了曾经视他为知己的孔尚任。

七

在孔尚任墓前,石碑顶端"大清"两字硕大醒目,碑上刻有"奉直大夫户部广东清吏司员外郎东塘先生之墓"字样。这是孔尚任最后的官职,也是他留给那个王朝最后的背影。即使他魂归故园了,孔氏家族所看重的,仍然是他曾经的官职;向世人传递的,仍然是他在仕途上所能达到的高度。至于他作为一个有血有肉的普通人、一个有追求有个性的文人、一个有温度有情怀的读书人,所能留给这个世界的细枝末节、所能传达的气息,都隐匿在这块碑后,和那堆隆起的土堆中了。

大概也是孔氏家族怕族中这个成员寂寞,就在他的墓前栽了两棵桃树,这当然也与《桃花扇》有关。我去时桃花已谢,青青毛桃挂上了枝头。偶见去年的桃还在,经了风雨,漆黑如墨,干瘪如生满皱纹的核桃。

墓前是石板路,墓后是经年的落叶。拉拉秧、蒺藜伸出利齿,咬住我的裤腿,二月兰眨着亮晶晶的眼睛,在枯荣之间反刍着繁华与悲凉。

祭台是一横一竖两块青石,竖石已然断裂,似有道不尽的凄凉。

其实,我想,无须什么祭台,单置一部铜版《桃花扇》,便足以让许多人的安睡失去重量。

编辑说明

  为不断加强青年作家队伍建设，培养和扶持文学新人，推动我省文学事业的发展繁荣，在省委宣传部和有关方面的大力支持下，2001、2012、2015年，我们分别编辑出版了《文学鲁军新锐文丛》（以下简称《文丛》）第一、二、三辑，共推出30位优秀青年作家的代表作品精选集。这30位作家现已成为活跃在我省文坛的主力，得到了广泛的认可和好评。为持续推动青年作家队伍建设，省作协于2018年6月启动了《文丛》第四辑征集编选工作。

  省委宣传部领导对《文丛》的编选工作非常重视。省委宣传部主持日常工作的副部长王红勇和省委宣传部副部长程守田多次对编辑出版《文丛》提出指导性意见，给予了大力支持。

  为确保《文丛》第四辑编选工作的高质量和权威性，省作协组建了由有关领导、专家等组成的编委会。编委会对入选青年作家的人员构成、文学导向的宏观把握、题材和体裁的合理布局、风格形式的丰富多样以及总体设计的协调统一等方面，进行了认真研究，确定了编选方案。

  我们在征集作品时确定，推荐申报《文丛》第四辑的作者应为1978年1月1日以后出生的近年来创作成绩突出的优秀青年作家（特别优秀的可以放宽到1973年1月1日以后出生的）。推荐申报作者的作品须有4篇以上在全国重要文学期刊上发表，或有2篇以上被全国重要文学选刊选载，或获得过省级以上重要文学奖项。已入选《文学鲁军新锐文丛》第一、二、三辑和中国作协"21世纪文学之星"的作者不得再申报、推荐。2019年8月，结合"不忘初心，牢记使命"活动的开展，省作协领导研究决定在前期工作基础上，调整优化《文学鲁军新锐文丛》第四辑的编辑出版思路，再次面向全省补充征集了优秀青年作家书稿。

在各市、大企业文联作协和省作协各专业委员会及有关单位推荐的基础上，省作协组织专家对申报《文丛》第四辑的书稿进行了评选。经过认真审读、充分酝酿讨论，最终投票确定了10部入选书稿。经向社会公示后，最后确定10位青年作家的作品集入选《文丛》第四辑。此次入选的10部作品包括5部小说、3部诗歌和2部散文，既有崭露头角的新人新作，也有实力作家的代表性作品，均具有较高的思想性、艺术性、可读性，是对我省近年来涌现的优秀青年作家及其代表性作品的一次集中展示和重点推介。需要特别说明的是，近年来我省文坛涌现出的创作成绩突出的文学新人较多，遗珠之憾肯定在所难免。

省作协领导班子成员和有关方面专家参与了《文丛》第四辑的评审、编选、出版工作。省作协党组书记姬德君、省作协主席黄发有牵头统筹《文丛》各项工作。省作协党组成员、副主席李军、葛长伟，省作协副主席刘玉栋、王方晨、孙书文以及张海珊、马兵、丛新强、张丽军、顾广梅、刘青、李纪钊、李春风等专家学者和省作协有关业务单位负责同志参加了《文丛》入选作家作品评审工作，并对《文丛》的编选提出了许多指导性、建设性意见和建议。省作协副主席、创联部主任陈文东带领省作协创联部全体同志承担了《文丛》从征集到评审、出版的各项具体工作。省作协办公室为《文丛》评审、出版做了许多保障性工作。山东文艺出版社对《文丛》的出版工作给予了大力支持和帮助，社长李运才、总编辑张海珊参与了编辑出版的统筹和评审工作，责任编辑李燕、林蕙、王玲玲、李玉玲对书稿进行了精心编辑和校对。在此，谨向所有为《文学鲁军新锐文丛》第四辑编选出版工作给予大力支持和付出辛勤努力的单位和个人表示衷心的感谢！

编者
2019年12月